향병일기 鄉兵日記

역주자 신해진(申海鎭)

경북 의성 출생
고려대학교 국어국문학과 및 동대학원 석·박사과정 졸업(문학박사)
현재 전남대학교 인문대학 국어국문학과 교수
BK21플러스 지역어 기반 문화가치 창출 인재양성 사업단장
저역서 『심양왕환일기』(보고사, 2014)
      『우산선생 병자창의록』(보고사, 2014)
      『강도충렬록』(공역, 역락, 2013)
      『호남병자창의록』(태학사, 2013)
      『호남의록·삼원기사』(역락, 2013)
      『심양사행일기』(보고사, 2013)
      『17세기 호란과 강화도』(편역, 역락, 2012)
      『남한일기』(보고사, 2012)
      『광산거의록』(경인문화사, 2012)
      『강도일기』(역락, 2012)
      『병자봉사』(역락, 2012)
      『남한기략』(박이정, 2012)
      이외 다수의 저역서와 논문

향병일기 鄕兵日記

초판 인쇄 2014년 9월 7일
초판 발행 2014년 9월 14일

원저자 미상
역주자 신해진
펴낸이 이대현
편 집 권분옥
펴낸곳 도서출판 역락
주 소 서울시 서초구 동광로 46길 6-6 문창빌딩 2층
전 화 02-3409-2060(편집부), 2058(영업부)
팩 스 02-3409-2059
등 록 1999년 4월 19일 제303-2002-000014호
이메일 youkrack@hanmail.net

정 가 21,000원
I S B N 979-11-5686-075-4 93810

이 도서의 국립중앙도서관 출판예정도서목록(CIP)은 서지정보유통지원시스템 홈페이지(http://seoji.nl.go.kr)와 국가자료공동목록시스템(http://www.nl.go.kr/kolisnet)에서 이용하실 수 있습니다.(CIP제어번호: CIP2014023834)

현전 〈향병일기〉의 편찬 경위와 그 시기 규명
임진왜란 당시 영남 북부지역 의병들의 전투 일지

향병일기鄕兵日記

원저자 미상
申海鎭 역주

역락

▌머리말

이 책은 임진왜란 당시 근시재(近始齋) 김해(金垓, 1555~1593)를 의병대장으로 추대하고 의기를 떨친 영남 북부지역 의병들의 전투상황을 기록한 국사편찬위원회 마이크로필름 ≪향병일기(鄕兵日記)≫를 번역하고 주석한 것이다.

이 일기는 단편적으로 기록된 일지 형식이지만, 임진왜란 당시 안동, 예안, 의성, 상주, 영주, 봉화 등 이른바 영남 북부지역 의병들의 전투상황을 날짜별로 기록한 것이다. 국난에 대처하기 위하여 의병을 일으키고 군량을 모집하는 과정, 의병장을 추대하고 군사조직 체계를 갖추는 과정, 당교(唐橋) 등지에서 왜적과 전투하는 과정, 진천뢰(震天雷)의 운용에 대한 사례 등이 기록되어 있는바, 영남 북부지역에서 의병을 일으켰던 향촌재지사족들의 의식과 대응을 엿볼 수 있는 귀중한 자료이다. 곧, 지역 의병사를 살필 수 있는 학술적 가치가 높은 문헌이다.

현전 ≪향병일기≫는 4종의 이본이 있다. 그 중 심재덕 소장본은 아직 공개되지 않아 전모를 알 수가 없는 실정이며, 이화여자대학교 도서관 소장본은 ≪을사전문록(乙巳傳聞錄)≫(청구기호 : 920 을61)과 합철된 것으로 축약본이다. 안동대학교의 안동문화연구소가 발행한 『안동문화』 4권에 수록된 영인 자료는 국사편찬위원회 소장 마이크로필름 자료(청구기호 : MF A지수350)의 일부 누락본이다. 현재로서 이 마이크로필름 자료는 선본(先本)이자 선본(善本)인 셈인데, 국사편찬위원회가 그것을 활자화했지만 부전지(附箋紙)의 일부가 누락된 채로 한국사료총서 제43집 상권 『향병일기・매원일기(鄕兵日記・梅園日記)』(2000)를 간행하였다.

이 ≪향병일기≫의 편찬 시기는 누락된 부전지의 탈초를 통해 1914년임을 알 수가 있다. 또한 일기의 내용을 정밀하게 살피건대, 김해가 의병활동을 하면서 날마다 그날그날 겪은 일이나 생각, 느낌 따위를 적은 개인의 일기라기보다 '당시의 서기'가 그날그날 있었던 전투상황을 기록한 전투 일지임을 알 수 있다. ≪향병일기≫의 1593년 5월 7일자 협주를 보면, 그 날짜까지의 내용은 '당시의 서기가 기록한 것'임을 표시해 놓은 것이 분명하게 있기 때문이다. 현전 ≪향병일기≫의 선본 및 편찬 경위와 그 시기에 대한 저간의 사정을 탐색한 역주자의 글을 부록으로 실었는바, 경북대학교 영남문화연구원의 『영남학』 25호(2014.06)에 실린 논문이다. 이에 따라서 ≪향병일기≫의 저자에 대해 이 역주서에서는 미상(未詳)으로 표기하였다. 그렇다면 국사편찬위원회는 그 공신력을 고려하건대 좀 더 신중했어야 했던 것이 아닌가 한다. 왜냐하면, 『향병일기・매원일기』의 '간행사'와 '범례'에서 ≪향병일기≫를 김해가 직접 쓴 것으로 안내했는데, 이것은 큰 오류를 범한 것으로 잘못된 길라잡이 노릇을 했기 때문이다.

한편, 아직 속단하기는 이르지만 안동의 심재덕 씨가 소장한 ≪향병일기≫가 공개되면 현전 ≪향병일기≫의 편찬 경위의 전모가 더 자세하게 드러날 것이고 저자의 규명도 활발해질 것으로 생각된다. 심재덕 씨가 보내주어 첫 대목 1면과 마지막 대목 3면을 살펴볼 수 있었는데, 일기가 1593년 5월 7일자로 끝나있어 현전 ≪향병일기≫의 같은 날짜에 '당시의 서기가 기록한 것'이라고 협주한 것과 일치하였다. 첫 대목 1면과 현전 ≪향병일기≫를 서로 비교해 보니, 첫 대목인 4월 14일자의 내용 가운데 안동부사 정희적(鄭熙績)과 순찰사 김수(金睟)에 관련된 기록을 누락시키고

4월 30일자 내용을 축약시켰지만, 다른 내용은 한 글자만 빠졌을 뿐 똑같았다. 그리고 문헌이 접혀졌던 탓에 글자가 뭉개진 것이나 종이가 훼손되어서 읽을 수 없는 것 등이 어김없이 현전 ≪향병일기≫에서는 '결(缺)'로 처리되어 있었다. 이로써, 심재덕 씨의 소장본은 광산김씨 예안파 문중에서 현전 ≪향병일기≫를 편찬했던 1914년 당시 저본이었을 가능성이 아주 높다 하겠다. 따라서 편찬 당시의 취사선택의 양상을 파악하기 위해서도 심재덕 씨의 소장본은 조속히 그 전모가 공개되어야 할 귀중한 문헌이다.

이제, 심재덕 소장본이 조속히 공개되기를 바라지만 언제까지 마냥 기다릴 수만 없어서 현전 <향병일기>의 선본만이라도 정밀히 역주할 필요가 있다고 생각하여 상재하니 대방가의 질정을 청한다. 족조인 신두환 교수가 원소유주 김석준·김방식 씨에게 허락을 받아 안동대학교 『안동문화』 4권의 영인 자료를 다시 이 책에 붙이게 되었고, 아울러 이화여자대학교 도서관 소장 축약본도 영인하였다. 그 축약본과 대조해 놓았으며, 또한 원전자료 검증의 중요성을 설파하기 위하여 그 편찬 경위와 시기를 규명한 글을 부록으로 실었다. 이 역주서가 다양한 분야에서 새롭게 조명되기를 희망한다.

끝으로 편집을 맡아 수고해 주신 역락 가족들의 노고에도 심심한 고마움을 표한다.

2014년 9월 빛고을 용봉골에서
무등산을 바라보며 신해진

▌차례

1593년

1월

1일 · 70	2일 · 71	3일 · 72	4일 · 72
5일 · 73	6일 · 75	7일 · 76	8일 · 77
9일 · 77	10일 · 78	11일 · 79	12일 · 79
13일 · 80	14일 · 80	15일 · 80	16일 · 80
17일 · 81	18일 · 82	19일 · 82	20일 · 82
21일 · 83	22일 · 83	23일 · 83	24일 · 84
25일 · 84	26일 · 85	27일 · 85	28일 · 86
29일 · 86	30일 · 86		

2월

1일 · 87	2일 · 88	3일 · 88	4일 · 88
5일 · 89	6일 · 89	7일 · 90	8일 · 90
9일 · 90	10일 · 91	11일 · 93	12일 · 93
13일 · 96	14일 · 97	15일 · 97	16일 · 97
17일 · 98	18일 · 98	19일 · 98	20일 · 99
22일 · 100	24일 · 100	25일 · 101	26일 · 101
27일 · 102	28일 · 103	29일 · 104	30일 · 104

3월

1일 · 105	2일 · 105	3일 · 105	4일 · 105
5일 · 105	6일 · 106	7일 · 106	8일 · 106
9일 · 107	10일 · 110	11일 · 110	12일 · 111
13일 · 111	14일 · 113	15일 · 113	16일 · 113
17일 · 114	18일 · 114	19일 · 114	20일 · 115
21일 · 115	22일 · 115	23일 · 116	24일 · 116
25일 · 116	26일 · 117	27일 · 118	28일 · 119
29일 · 119			

4월

1일 · 120	2일 · 120	3일 · 120	4일 · 120
5일 · 121	6일 · 121	7일 · 122	8일 · 122

일러두기

이 책은 다음과 같은 요령으로 엮었다.

1. 번역은 직역을 원칙으로 하되, 가급적 원전의 뜻을 해치지 않는 범위 내에서 호흡을 간결하게 하고, 더러는 의역을 통해 자연스럽게 풀고자 했다.
2. 이 역주서 발간 이전에 이미 번역한 글이 있어 참조한 번역문은 다음과 같다.
   김귀현 번역, 〈향병일기〉, 『안동문화연구』 창간호, 안동문화연구회, 1986.
3. 원문은 저본을 충실히 옮기는 것을 위주로 하였으나, 활자로 옮길 수 없는 古體字는 今體字로 바꾸었다.
4. 원문표기는 띄어쓰기를 하고 句讀를 달되, 그 구두에는 쉼표(,), 마침표(.), 느낌표(!), 의문표(?), 홑따옴표(' '), 겹따옴표(" "), 가운데점(·) 등을 사용했다.
5. 주석은 원문에 번호를 붙이고 하단에 각주함을 원칙으로 했다. 독자들이 사전을 찾지 않고도 읽을 수 있도록 비교적 상세한 註를 달았다. 단, 원저자의 주석은 번역문에 '협주'라고 명기하여 구별하도록 하였다.
6. 주석 작업을 하면서 많은 문헌과 자료들을 참고하였으나 지면관계상 일일이 밝히지 않음을 양해바라며, 관계된 기관과 여러분들께 진심으로 감사드린다.
7. 이 책에 사용한 주요 부호는 다음과 같다.
   1) ( ) : 同音同義 한자를 표기함.
   2) [ ] : 異音同義, 出典, 교정 등을 표기함.
   3) " " : 직접적인 대화를 나타냄.
   4) ' ' : 간단한 인용이나 재인용, 또는 강조나 간접화법을 나타냄.
   5) < > : 편명, 작품명, 누락 부분의 보충 등을 나타냄.
   6) 「 」 : 시, 제문, 서간, 관문, 논문명 등을 나타냄.
   7) ≪ ≫ : 문집, 작품집 등을 나타냄.
   8) 『 』 : 단행본, 논문집 등을 나타냄.

향병일기
鄕兵日記

만력 임진년(1592)

○ 4월

14일

왜적이 동래성(東萊城)을 함락시켰다. 부사(府使) 송상현(宋象賢)이 죽었고, 병사(兵使) 이각(李珏)은 달아났다.

○ 판관(判官) 윤안성(尹安性)이 패한 곳에서 돌아와 군사를 모아 거사하고자 3일 내내 종을 쳤으나 사람들이 호응하지 않자 또한 달아나버렸다. 예안 현감(禮安縣監) 신지제(申之悌)만은 달아나지 않으니 관아의 아전들이 감히 제 마음대로 어지럽힐 수 없어 그를 원망하는 자가 많았다.

四月　十四日癸卯。倭陷東萊。府使宋象賢¹⁾死，兵使李珏逃。○判官尹安性²⁾，還自敗所，欲聚軍擧事，鳴鍾三日，而人無應者，亦逃去。禮安守

---

1) 宋象賢(송상현, 1551~1592) : 본관은 礪山, 자는 德求, 호는 泉谷·寒泉. 1570년 진사에, 1576년 別試文科에 급제하여 鏡城判官 등을 지냈다. 1584년 宗系辨誣使의 質正官으로 명나라에 다녀왔다. 귀국 뒤 호조·예조·공조의 正郎 등을 거쳐 東萊府使가 되었다. 임진왜란이 일어나 왜적이 동래성에 쳐들어와 항전했으나 함락되게 되자 朝服을 갈아입고 단정히 앉은 채 적병에게 살해되었다. 충절에 탄복한 敵將은 詩를 지어 제사지내 주었다.

2) 尹安性(윤안성, 1542~1615) : 본관은 坡平, 자는 季初, 호는 宜觀. 1572년 별시문과에 급제하여, 南原府使였을 때 임진왜란이 일어나 난민이 官倉을 부수고 약탈과 살육을 자행하자 단신으로 말을 달려 수십 명을 죽여 난을 진압시키고 남원을 사수할 계획을 세웠으나, 巡檢使 金命元의 종사관이 되어 용인에 진을 쳤다. 그러나 밤중에 순검사 등이 도망하자 남원에 돌아와서 전심전력을 다하여 흩어진 군졸을 모아 왜적과 싸웠다. 그 뒤 안동 판관을 거쳐 숙천 부사를 역임하고, 1593년 또다시 전주 부사로 전직되어 금산에 침입하여온 적군을 막지 못하고 전주의 官庫를 소각하여 많은 미곡을 소실시켰다는 죄로 파직 당하였

申之悌³⁾獨不去, 官吏不敢恣意爲亂, 多怨之者。

25일

왜적이 상주(尙州)를 함락시켰다. 종사관(從事官) 박호(朴琥)와 윤섬(尹暹)이 전사하였고, 방어사(防禦使) 이일(李鎰)은 간신히 목숨만 건져 달아났다.

二十五日甲寅。 倭陷尙州。 從事官朴琥⁴⁾・尹暹⁵⁾戰死, 防禦使李鎰⁶⁾ 僅以身免。

다. 충주목사로 등용된 뒤, 온성·회령의 부사 때는 선정을 베풀어, 1597년 表裏를 하사 받고 加資되었다. 1599년 聖節使로 명나라에 다녀온 뒤 동부승지가 되었다. 1601년 우부 승지에 이어 해주목사 등을 거쳐, 1610년 형조참관이 되었다. 1612년 양양부사 때 金直哉 의 誣獄에 관련, 파직되었다. 1615년 陵昌君 李佺 추대사건에 연루되어 처형되었다.

3) 申之悌(신지제, 1562~1624) : 아주신가 龜派의 후손, 자는 順甫, 호는 梧峰·梧齋. 1589년 增廣文科에 甲科로 급제하여 正言·禮曹佐郎·文學 등을 역임하였다. 임진왜란 때는 禮安 縣監으로 縣軍을 이끌고 龍仁싸움에 참전하여 宣武·扈從의 두 原從功臣이 되었다. 1613년 昌寧府使로 나가 백성을 괴롭히던 도적을 토평하고 민심을 안정시켜 그 공으로 通政大夫 에 올랐으며, 仁祖 초 同副承旨에 제수되었으나 부임하지 못하고 죽었다. 義城의 藏待書院 에 배향되었다.

4) 朴琥(박호) : 『역주 난적휘찬』(申仡 원저, 신해진 역주, 역락, 2010)의 19면에는 朴箎 (1567~1592)로 되어 있음. 본관은 密陽, 자는 大建. 1584년 18세로 친시문과에 장원하 여, 弘文館修撰이 되고, 1592년 임진왜란 때 26세로 巡邊使 李鎰의 종사관이 되어 상주 에서 싸우다가 尹暹·李慶流 등과 함께 전사하였다. 直提學에 추증, 상주 忠義壇에 봉향 되었다.

5) 尹暹(윤섬, 1561~1592) : 본관은 南原, 자는 如進, 호는 果齋. 1583년 별시문과에 급제한 뒤 검열·주서·정자·교리·정언·지평을 거쳐, 1587년 謝恩使의 서장관으로 명나라에 가서 李成桂의 조상이 李仁任으로 오기된 명나라의 기록을 정정한 공으로 1590년 光國功 臣 2등에 책록되고 龍城府院君에 봉하여졌다. 교리로 있던 1592년 임진왜란이 일어나자 巡邊使 李鎰의 종사관이 되어 싸우다가 尙州城에서 전사하였다.

6) 李鎰(이일, 1538~1601) : 본관은 龍仁, 자는 重卿. 1558년 무과에 급제하여, 전라도 수군 절도사로 있다가, 1583년 尼湯介가 慶源과 鐘城에 침입하자 慶源府使가 되어 이를 격퇴하 였다. 임진왜란 때 巡邊使로 尙州에서 왜군과 싸우다가 크게 패배하고 충주로 후퇴하였다. 충주에서 도순변사 申砬의 진영에 들어가 재차 왜적과 싸웠으나 패하고 황해로 도망하였 다. 그 후 임진강·평양 등을 방어하고 東邊防禦使가 되었다. 이듬해 평안도병마절도사 때 명나라 원병과 평양을 수복하였다. 서울 탈환 후 訓鍊都監이 설치되자 左知事로 군대 를 훈련했고, 후에 함북순사와 충청도·전라도·경상도 등 3도 순변사를 거쳐 武勇大將 을 지냈다. 1600년 함경남도병마절도사가 되었다가 병으로 사직하고, 1601년 부하를 죽 였다는 살인죄의 혐의를 받고 붙잡혀 호송되다가 定平에서 병사했다.

28일

왜적이 충주(忠州)를 함락시켰다. 도원수(都元帥) 신립(申砬)과 종사관 김여물(金汝岉)이 패하여 죽었다.

二十八日丁巳。倭陷忠州。都元帥申砬[7], 從事官金汝岉[8]敗死。

30일

임금의 수레가 서쪽으로 몽진하자, 종묘사직 및 신하와 백성들의 통분은 이때에 이르러 이를 데가 없었다. 이 시대의 충성스럽고 어진 사람들로 뜻 있는 선비라면 당장 비분강개하고 마음으로 맹세컨대 왜적을 토벌하여 기필코 임금의 원수를 갚고자 하지 않겠는가. 성에서 도망쳐 숨어버린 자는 한두 명에 불과하였으나, 의병을 일으킨 자는 많이 있었다.

三十日己未。御駕西狩[9], 宗社臣民之痛, 至此無謂。一時忠賢有志之士, 就不悲泣慷慨, 誓心討賊, 期復君讎哉? 逃城遁者數矣, 而倡起義旅者多有之。

---

7) 申砬(신립, 1546~1592) : 본관은 平山, 자는 立之. 1567년 무과에 급제하여 1583년 북변에 침입해온 尼湯介를 격퇴하고 두만강을 건너가 野人의 소굴을 소탕하고 개선, 함경북도 병마절도사에 올랐다. 임진왜란 때 三道都巡邊使로 임명되어 忠州 㺚川江 彈琴臺에서 背水之陣을 치며 왜군과 분투하다 패배하여 부하 金汝岉과 함께 강물에 투신 자결했다.
8) 金汝岉(김여물, 1548~1592) : 본관은 順天, 자는 士秀, 호는 披裘・畏菴. 영의정 金瑬의 아버지이다. 1567년에 진사시에 합격하고 1577년에 알성문과에 장원으로 급제하였다. 문무를 겸비했으나 성품이 호탕하고 법도에 얽매이는 것을 싫어해 높은 벼슬자리에는 등용되지 못하였다. 忠州都事, 담양부사를 거쳐, 1591년에는 의주목사로 있었으나, 서인 鄭澈의 당으로 몰려 파직, 의금부에 투옥되었다. 1592년 임진왜란이 일어나자 도체찰사 柳成龍이 무략에 뛰어남을 알고 옥에서 풀어 자기 幕中에 두려고 하였다. 그런데 도순변사로 임명된 申砬이 자기의 종사관으로 임명해줄 것을 간청해 신립과 함께 출전하였다가 전사하였다.
9) 西狩(서수) : 義州로 피란 간 것을 일컬음.

○5월

1일

　　五月 初一日庚申。

○6월

1일

안동의 진사(進士) 배용길(裴龍吉)이 내한(內翰) 김용(金涌)을 만나기 위해 퇴계(退溪)로 찾아가 의병 일으킬 것을 모의하였다. 얼마 뒤 안집사(安集使) 김륵(金玏)이 임금의 명을 받들고 와서 그 집에 머물고 있었다. 이에, 예안 현감 신지제가 가서 권하니 비로소 예안현(禮安縣)으로 와서 노인장들과 선비들을 불러 군사를 일으키려 도모하였다. 그러나 이때 군사들의 명부가 완전 텅텅 비어 있어서 정비하여 배치할 수가 없었기 때문에 유생들을 이장(里將)으로 삼아 각자 거주하는 마을에서 군정(軍丁)을 점고하고 일으켜 왜구를 막도록 하였다.

六月 一日己丑。安東進士裴龍吉[1], 尋金內翰涌[2]于退溪[3], 謀擧義兵。俄而, 安集使金玏[4], 奉命來留其家。禮安守申之悌往勸之, 始來禮安

---

1) 裴龍吉(배용길, 1556~1609) : 본관은 興海, 자는 明瑞, 호는 琴易堂. 金誠一, 柳成龍, 趙穆, 南致利의 문하에서 수학하였다. 부인은 光山金氏 金壤의 딸이다. 1585년 진사시에 합격하고, 1592년 임진왜란 당시 안동에서 의병을 일으켜 金垓를 대장으로 추대하고 그의 부장으로 활약하였다. 1594년 世子翊衛司의 洗馬·侍直·副率을 거쳐 1598년 安奇道 察訪이 되었다. 1602년 대과에 합격하고, 1603년 예문관의 검열·대교를 거쳐 1605년 監察, 1606년 성균관 전적에 제수되었으나 모두 나아가지 않았다. 1607년 충청도사가 되었다.
2) 金內翰涌(김내한용) : 金涌(1557~1620). 본관은 義城, 자는 道源, 호는 雲川. 아버지는 金守一이다. 이황의 손녀사위이자, 金誠一의 조카이다. 1590년에 증광문과에 급제했다. 1592년 임진왜란 때 향리 안동에서 의병을 규합하고 安東守城將으로서 항쟁했다. 1597년 정유재란 때는 군량미 조달에 많은 공을 세웠다. 1598년 柳成龍이 삭직 당하자 함께 배척을 받아 外職을 전전했다.
3) 退溪(퇴계) : 낙동강 상류에 있는 兎溪를 고쳐 부른 이름.
4) 金玏(김륵, 1540~1616) : 본관은 禮安, 자는 希玉, 호는 柏巖. 金士文에게 양자를 갔다. 1576년 식년문과에 급제했다. 임진왜란 때 형조참의를 거쳐 안동부사가 되었다가 경상도 安集使로 영남지방의 민심을 수습하고, 1595년 대사헌이 되어 時務十六條를 상소하였다. 1599년 명나라 장수를 접반하고 형조참판에서 충청도관찰사 겸 병마수군절도사·순찰사로 나갔다. 1600년 형조참판, 1601년 호조참판에 이어 忠佐衛副司果에 임명되고, 1604년 안동대도호부사가 되었다. 1608년 성균관 대사성, 1610년 한성부좌윤을 거쳐 대사헌이 되었다가 강릉부사로 좌천되었다.

縣, 招父老及士類, 謀起軍。時, 軍簿[5]蕩然[6], 無從整排, 以章甫[7]爲里將,
各於所居村, 點起軍丁, 以防倭寇。

11일

예안의 고을사람들이 의기를 떨치며 서로 이르기를, "나랏일이 이 지경
에 이르렀는데, 우리들이 어찌 궁벽한 산속으로 달아나 숨고서 임금의 위
급함을 그냥 보고만 있을 수 있으랴?" 하였다. 그리하여 중론에 따라 전
한림(前翰林) 김해(金垓)를 대장으로 추대하고, 생원(生員) 금응훈(琴應壎)을
도총사(都摠使)로 삼았다. 진사 이숙량(李叔樑)이 격문을 짓고 여러 고을에
널리 알리니, 각 고을에서 차출한 젊은이와 공사노비(公私奴婢) 300여 명
이 활쏘기와 전투를 익혔다. 전 군수 조목(趙穆), 전 현감 금응협(琴應夾),
김부륜(金富倫) 등은 모두 쌀을 바쳐 군량(軍糧)에 보태도록 했다.

○ 전 학유(前學諭) 류종개(柳宗介), 생원 임흘(任屹)이 춘양현(春陽縣)에서
의병을 일으켰다.

　　十一日己亥。禮安鄕人, 奮義相謂曰："國事至此, 吾輩豈可竄伏窮山,
　　坐視君父之急乎?" 於是, 衆議推前翰林金垓爲大將, 以生員琴應壎[8]爲都摠
　　使。進士李叔樑[9]作文, 布告列邑, 各出子弟公私賤三百餘人, 習射肄戰。

---

5) 軍簿(군부) : 군사들의 이름을 적은 장부.
6) 蕩然(탕연) : 텅 비어 있는 모양.
7) 章甫(장보) : 유생이 쓰는 관으로, '유생'을 달리 이르는 말.
8) 琴應壎(금응훈, 1540~1616) : 본관은 奉化, 자는 壎之, 호는 勉進齋. 퇴계 李滉의 문하에서
　 공부하고, 1570년 式年試에 급제하였다. 柳成龍, 趙穆 등과 교우하였다. 임진왜란 당시 향
　 토의 義兵都摠으로 추대되었다. 1594년 학행으로 천거 받아 宗廟署副奉事에 제수된 후 영
　 춘 현감과 양천 현감 등을 역임하면서 선정을 베풀었다. 1601년 의흥 현감에 제수되었으
　 나 유성룡과 조목의 권고에 따라 사직하고 ≪퇴계선생문집≫ 간행에 참여하였다. 후에
　 陶山書院 원장을 지냈다.
9) 李叔樑(이숙량, 1519~1592) : 본관은 永川, 자는 大用, 호는 梅巖. 아버지는 좌찬성을 지낸
　 聾巖 李賢輔이다. 일찍이 退溪 李滉의 문하에 나아가 학문을 닦았는데 문장은 淸麗典雅하
　 고 필법은 절묘하였다고 한다. 1543년 진사시에 합격했으나, 과업에는 뜻을 두지 않고 성

前郡守趙穆[10]，　前縣監琴應夾[11]，　金富倫[12]等，　皆納米以助餉軍之需。　○
前學諭柳宗介[13]，　生員任屹[14]，　擧義於春陽縣[15]。

리학 연구에만 치중하였다. 1592년 임진왜란이 일어났을 때는 趙穆, 琴應夾 등과 함께 廣
峴에 올라 북쪽을 향해 통곡하고 의병을 일으키고자 동지들에게 격문을 돌렸다. 이것이
계기가 되어 안동 지역의 鄕兵이 잇달아 일어났고 지역 방위에 성과를 올렸지만, 그는 난
중에 죽었다.

10) 趙穆(조목, 1524~1606) : 본관은 橫城, 자는 士敬, 호는 月川. 李滉의 문인이다. 1552년
생원시에 합격했으나 大科를 포기하고 학문과 수양에만 전념하였다. 1566년 공릉참봉에
임명되었으나 학덕이 부족하다는 이유로 사양하고, 이황을 가까이에서 모시며 경전 연
구에 주력하였다. 이후 成均館首薦·集慶殿參奉 등 여러 벼슬에 제수되었으나 모두 부임
하지 않았다. 1576년 봉화 현감에 제수되자 사직소를 냈으나 허락되지 않아 봉직하면서
향교를 중수하였다. 1580년 이후에도 여러 벼슬에 제수되었으나 모두 부임하지 않았다.
1594년 군자감주부로 잠시 있으면서 일본과의 강화를 강력하게 반대하였다.

11) 琴應夾(금응협, 1526~1596) : 본관은 奉化, 자는 夾之, 호는 日休堂. 李滉의 문인이다.
1555년 사마시에 합격하고, 1574년 음보로 集慶殿參奉을 제수받았다. 다시 敬陵·昌陵
의 참봉, 王子師傅에 제수되었으나 모두 취임하지 않았다. 1587년 遺逸로 뽑아서 6품직
을 超授(일정한 승진단계를 뛰어넘어 관직을 제수함)하고 河陽縣監을 제수하였으나, 얼
마 되지 않아서 부모의 봉양을 이유로 사직하였다. 1595년 翊贊에 제수되었으나 나아가
지 않았다.

12) 金富倫(김부륜, 1531~1598) : 본관은 光山, 자는 惇敍, 호는 雪月堂. 1555년 생원시에 합
격하여 1572년 집현전 참봉을 제수받았고, 1575년 전생서 참봉을 제수받았으나 부임하
지 않았다. 1580년 무소전 참봉을 제수받았고 곧 돈녕부 봉사로 옮겨 정릉의 石役을 맡
아 관리하였으며, 제용감 직장과 내첨시 주부로 전임되었다. 1585년에 전라도 同福縣監
으로 부임해 향교를 중수하고, 서적 8백여 권을 구입하는 등 지방교육 진흥에 많은 공
헌을 하였으며, 學令 수십조를 만들어 학문 진흥에도 힘썼다. 1592년 임진왜란 때 가산
을 털어 鄕兵을 도왔고, 봉화 원이 도망가자 관찰사의 격문에 의해 봉화성을 지켰는데,
임금이 이를 듣고 봉화현감으로 임명하여 1년 동안 선정을 베풀어, 임기를 마치고 돌아
오니 백성들이 송덕비를 세웠다. 경상도관찰사 金睟에게 지극한 충심이 담긴 적을 막는
三策을 올렸다.

13) 柳宗介(류종개, 1558~1592) : 본관은 豊山, 자는 季裕. 正言·典籍 등을 역임하였으며, 임
진왜란이 일어나자 의병 수백 명을 모집하고, 스스로 의병장이 되어 태백산을 근거지로
왜적을 무찌르다가 경북 奉化에서 적장 모리 요시나리[森吉成]의 군대를 만나 전투하다
전사하였다.

14) 任屹(임흘, 1557~1620) : 본관은 豊川, 자는 卓爾, 호는 龍潭·羅浮山人. 1582년 진사가
되고 1592년 임진왜란이 일어나자 柳宗介와 함께 의병을 모집하여 문경전투에서 많은
적을 사살하였다. 그 공으로 典獄署參奉이 되었으나 동인과 서인의 격심한 당쟁에 실망
하여 그들을 규탄하는 소를 올리고 사직하였다. 광해군 때 동몽교관으로 기용되었으나,
李爾瞻 등의 대북 일당이 나라를 망치리라 하여 사직하고 학문에 전념하였다.

15) 春陽縣(춘양현) : 경북 봉화군 춘양면 일대.

15일

예안 현감 신지제가 용궁(龍宮)에서 패하였고, 안동의 사인(士人) 배인길 (裴寅吉)이 전사하였다.

十五日癸卯。禮安縣監申之悌, 敗於龍宮[16], 安東士人裴寅吉[17]戰死。

22일

왜적이 안동으로 쳐들어갔다. (결락)

二十二日庚戌。倭入安東。缺。

---

16) 龍宮(용궁) : 경북 예천 지역의 옛 지명.

17) 裴寅吉(배인길, 1571~1592) : 본관은 興海, 자는 敬甫. 1592년 임진왜란으로 영남지방이 위기에 처했을 때 22세에 순국의 의지로 4촌형 裴龍吉과 함께 의병을 일으켜 신지제의 휘하 軍官으로 들어가 용궁 전투에서 왜적과 싸우다 순절하였다. 그의 아내도 남편을 따라 죽었다고 한다. 金熙周(1760~1830)의 ≪葛川先生文集≫ 권9 <裴義士傳>에 자세히 나온다.

1일

왜적이 예안으로 쳐들어갔다.

　　七月 一日戊午。倭入禮安。

9일

예안으로 쳐들어갔던 왜적이 안동으로 돌아왔다.

　　九日丙寅。禮安倭, 還安東。

17일

배용길이 예안 현감의 공문을 가지고 임하현(臨河縣)으로 나가 북쪽으로 구린촌(九獜村)을 향하면서 군사를 일으켰는데, 각 고을에서 젊은이들을 뽑아 대정(隊正)에게 200여 명을 나누어 배정하였다.

　　十七日甲戌。裵龍吉, 承禮安帖[1], 出臨河縣[2], 北向九獜村[3]起軍, 各
　　抄子弟, 分定隊正[4]二百餘人。

19일

안동의 왜적이 풍산(豊山)의 구담촌(九潭村)으로 나가 진을 쳤다. 병사(兵使) 박진(朴晉)이 안동부로 들어오자, 배용길은 일으킨 군사 200명을 병사

---

1) 帖(첩) : 品等이 높은 관청에서 7품 이하의 관원에게, 또는 관청의 책임자가 관속에게 내리
　는 문서. 관원을 임명하거나, 어떤 일의 시행을 허가할 때, 또는 訓令을 발할 때 사용되었
　다. 守令이 향리나 祭官을 임명할 때에도 사용되었다.
2) 臨河縣(임하현) : 경북 안동시 임동면과 임하면 지역.
3) 九獜村(구린촌) : 九麟坊村이라고도 함. 임하현의 북쪽 40리에 있는 마을. 아홉 마리 기린
　이 와서 놀았다 하여 지은 것이라 한다.
4) 隊正(대정) : 조선시대 부대 편제의 하부단위인 隊의 장인 武職.

에게 즉시 넘겨주었다.

○ (결락) 권응수(權應銖)가 승전하여 영천(永川)을 도로 수복하면서 왜적
300여 급(級)을 베었으며, 불타거나 짓밟혀 죽은 자도 셀 수 없다고 하였
다.

> 十九日丙子。安東倭, 出陣豊山5)九潭村。兵使朴晉6)入府, 裴龍吉卽
> 付所起軍二百人于兵使。○ (缺) 權應銖7), 克復永川, 斬倭三百餘級, 焚壓
> 死者無數云。

---

5) 豊山(풍산) : 경북 안동시 풍산읍 일대의 옛 지명.
6) 朴晉(박진, ?~1597) : 본관은 密陽, 자는 明甫. 무신 집안 출신으로 備邊司에서 근무하다가
   1589년 沈守慶의 천거로 등용되어 선전관을 거쳐, 1592년에 밀양부사가 되었다. 1592년
   임진왜란이 일어나자, 병마절도사 李珏과 함께 蘇山을 지키다가 패하여 성안으로 돌아왔
   으나, 적병이 밀려오자 성에 불을 지르고 후퇴하였다. 이 후 경상좌도병마절도사가 되어
   나머지 병사를 수습하고 소규모의 전투를 수행하여 적세를 저지하였다. 같은 해 8월 영
   천의 백성들이 의병을 결성하여 영천성의 왜병을 공격하려 하자 별장 權應銖를 파견, 그
   들을 지휘하게 하여 영천성을 탈환하였다. 이어서 安康에서 장군회의를 열고 16읍의 군사
   를 이끌고 경주를 쳤으나, 병사 약 500명을 잃고 후퇴하였다. 다시 한 달 뒤에 신예무기
   飛擊震天雷를 퍼부어 경주성을 탈환하였다. 1593년에 督捕使로 밀양·울산 등지에서 전과
   를 올렸다. 1594년 2월에 경상우도병마절도사, 같은 해 10월 순천부사, 이어서 전라도병
   마절도사, 1596년 11월 황해도병마절도사 겸 황주목사를 지내고 뒤에 참판에 올랐다.
7) 權應銖(권응수, 1546~1608) : 본관은 安東, 자는 仲平, 호는 白雲齋. 1583년 별시무과에 급
   제하여, 訓練院副奉事로 북변수비에 종사하였다. 임진왜란 당시 경상좌도 수군절도사 朴泓
   의 휘하에 있다가 고향에 돌아가 의병을 모집하여 永川城을 탈환하고 兵馬虞侯가 되었다.
   이해 경상좌도 병마절도사 朴晉 밑에서 軍官으로 慶州城 탈환전에 선봉이 되어 참전했으
   나 패배했고, 聞慶의 唐橋 싸움에서는 적을 격파하였다. 경상도 병마절도사 겸 방어사에
   특진하였고, 1594년 충청도 방어사를 겸직하였으며, 1599년 兼密陽府使가 되었다.

○8월

5일

권영길(權永吉)이 초유사(招諭使) 김성일(金誠一)의 초유문(招諭文)을 가지고 와서 배용길에게 보였다. 배용길이 즉시 안동 전역에 격문을 돌리자, 온 고을의 선비들은 여강서원(廬江書院)에서 모이기로 약속하였다. 이에, 김윤명(金允明)과 김윤사(金允思) 형제가 여강서원으로 가니 오직 류복기(柳復起)와 정조(鄭漇)만 약속대로 달려와 있었고 김용(金涌)과 김 아무개(金某)가 오지 않아서 또 격문을 내어 전법사(全法寺)에 모이기로 약속하였다.

八月 五日壬辰。權永吉[1]持招諭使金誠一[2]招諭文[3], 來示裴龍吉。龍吉卽通文于安東, 一邑士類, 約會廬江書院[4]。與金允明[5]・金允思[6]兄弟往廬江, 惟柳復起[7]・鄭漇[8]赴約, 金涌・金(缺)未至, 又出文, 約會于全法[9]。

---

1) 權永吉(권영길, 생몰년 미상) : 본관은 安東. 아버지는 權暉, 어머니는 康洊의 딸 信川康氏이다. 부인은 禹之綱의 딸 丹陽禹氏이다.
2) 金誠一(김성일, 1538~1593) : 본관은 義城, 자는 士純, 호는 鶴峰. 1564년 사마시에 합격했으며, 1568년 증광 문과에 급제하였다. 1577년 사은사의 서장관으로 명나라에 가서 宗系辨誣를 위해 노력했다. 그 뒤 나주목사로 있을 때는 大谷書院을 세워 김굉필・조광조・이황 등을 제향했다. 1590년 通信副使가 되어 正使 黃允吉과 함께 일본에 건너가 실정을 살피고 이듬해 돌아왔다. 이때 서인인 황윤길은 일본의 침략을 경고했으나, 동인인 그는 일본의 침략 우려가 없다고 보고하여 당시의 동인정권은 그의 견해를 채택했다. 임진왜란이 일어나자, 잘못 보고한 책임으로 처벌이 논의되었으나 동인인 유성룡의 변호로 경상우도 招諭使에 임명되었다. 그 뒤 경상우도 관찰사 겸 순찰사를 역임하다 진주에서 병으로 죽었다.
3) 招諭文(초유문) : 金誠一의 ≪鶴峯先生文集≫ 권3 <招諭一道士民文>을 가리킴. 김성일이 임진왜란이 일어나자 초유사로서 진주성에서 지은 격문이다.
4) 廬江書院(여강서원) : 안동 동쪽 낙동강 위인 여산촌에 위치해 있던 서원으로 백련사 옛터에 이황을 모시기 위해 1575년 세운 것인데 1676년 虎溪書院으로 사액받음.
5) 金允明(김윤명, 1541~1604) : 본관은 順天, 자는 守愚, 호는 松澗. 建功將軍 金博의 둘째아들이다. 1568년 증광시에 급제하였다. 安陰 縣監을 지냈다.
6) 金允思(김윤사, 1552~1622) : 본관은 順天, 자는 而得, 호는 松陰. 建功將軍 金博의 넷째아들이다. 1588년 진사시에 합격하였다. 金泉 察訪을 지냈다.
7) 柳復起(류복기, 1555~1617) : 본관은 全州, 자는 聖瑞, 호는 岐峯. 외숙 金誠一의 문하에서 수학하였으며, 鄭逑와 더불어 교유하였다. 임진왜란 때 金垓 등과 함께 의병을 일으켜 예

9일

전 현감 이유(李愈), 전 현령 권춘란(權春蘭), 전 한림 김용 및 김윤명·김윤사·이형남(李亨男)이 모였고, 배용길·이응타(李應鼉)·신경립(辛敬立)·권익형(權益亨)·금몽일(琴夢馹)·권종윤(權終允)·권태일(權泰一)·권덕성(權德成)·권중광(權重光)이 임하현 동편 기사리(耆仕里)의 송정(松亭)에 모여서 거병할 것을 상의하고 배용길과 김용을 소모유사(召募有司)로 삼았다.

九日丙申。前縣監李愈10), 前縣令權春蘭11), 前翰林金涌及金允明·金允思·李亨男12)會, 裴龍吉·李應鼉13)·辛敬立14)·權益亨15)·琴夢

천 등지에서 싸웠으며, 정유재란 때에는 郭再祐를 따라서 火旺山城을 지켰다. 전란이 끝난 뒤에는 굶주려 방랑하는 백성들을 진휼하는 데 힘썼다. 벼슬이 禮賓寺正에 이르렀으며, 안동의 岐陽里社에 제향되었다.

8) 鄭澡(정조, 1552~?) : 본관은 東萊, 자는 汝新. 부인은 眞城李氏 李潔의 딸이다. 石門 鄭榮邦(1577~1650)의 양부이다. 정영방은 아버지 鄭湜과 어머니 權濟世의 딸 안동권씨 사이에서 태어났으나, 5세 때 아버지 鄭湜을 여읜 후 아버지의 사촌동생이었던 鄭澡의 양자가 되어 안동 송천으로 이사하였다. 정영방의 부인은 柳復起의 딸이다. 따라서 류복기와 정조는 서로 사돈지간이다.

9) 全法(전법) : 全法寺. 임진왜란 당시 안동시 임동면 九龍里에 있었던 사찰이나, 현재는 廢寺가 되었다.

10) 李愈(이유, 1522~1592) : 본관은 延安, 자는 子欽, 호는 梅村. 1555년에 생원이 되고 천거를 통해 태천 현감, 용궁 현감 등을 역임하였다. 임진왜란 중에 진중에서 죽었다고 한다.

11) 權春蘭(권춘란, 1539~1617) : 본관은 安東, 자는 彦晦, 호는 晦谷. 具鳳齡·李滉의 문인으로, 柳成龍·鄭逑 등과 교유하였다. 1560년에 사마시에 합격하고, 1573년에 문과에 급제, 성균관학유·학록을 거쳐 예문관검열·사헌부감찰·大同道察訪·사간원정언·司憲府持平 등을 역임하였다. 1592년 임진왜란이 일어나자 안동에서 金允明의 의병에 가담하였다. 1595년 정월 사헌부장령을 거쳐, 3월 侍講院弼善, 6월 사간원사간에 임명되었다. 1597년 5월 司憲府執義에 임명되었으며, 6월 侍講院輔德을 거쳐, 그 뒤 성균관직강·사간원사간·成均館司藝에 임명되었다. 1599년 성균관사성에 임명되었으며, 1601년 靑松府使가 되었다. 1604년 홍문관수찬, 1606년 다시 수찬에 임명되었으나 부임하지 않았다. 그 뒤 영천군수·홍문관부교리 등의 벼슬이 내려졌으나 모두 병을 핑계로 사양하고, 초야에서 글을 읽으며 여생을 보냈다.

12) 李亨男(이형남, 1556~1627) : 본관은 眞城, 자는 嘉仲, 호는 松溪. 李滉·權大器의 문인이다. 1588년 생원과 진사시에 모두 합격하였으나 출세의 뜻을 끊고 松溪에 숨어 살며 독서와 수양에 힘을 기울였다. 1592년 임진왜란 때 臨河縣에서 의병을 일으키고 鄕兵整齊將이 되어 金得硏과 義倉에 양식을 가득하게 모아 놓고 의병과 관군에게 제공하며 안동을 지키기에 진력하였다. 1600년 敬陵參奉에 임명되었으나 부임하지 않았다.

13) 李應鼉(이응타, 생몰년 미상) : 본관은 永春, 자는 季孚. 李應鼈의 동생, 權大器의 문인이다.

駬16) · 權終允17) · 權泰一18) · 權德成19) · 權重光, 會于臨河縣東耆仕里松亭, 相議擧兵, 以裵龍吉 · 金涌爲召募有司。

12일

전 도사(前都事) 안제(安霽)가 임하에서 모이기로 약속했으나, 오늘 (결락)

十二日己亥。前都事安霽20), 期會于臨河, 而是日 (缺)

13일 맑음.

임하(臨河)에서 모두 모였는데, 온 고을의 사우(士友)들이 기약하지 않았는데도 모여든 자가 100명을 헤아렸다. 생원 김윤명을 천거하여 대장(大將)으로 삼고, 진사 배용길을 부장(副將)으로 삼고, 김윤사 · 이형남을 정제유사(整齊有司)로 삼고, 이응타 · 남우(南祐) · 권태일 · 김득의(金得礒)를 장서

생원시에 합격, 典餉有司에 제수되었다. 임진왜란 때 의병으로 활약하였다.

14) 辛敬立(신경립, 1558~1638) : 본관은 寧越, 자는 公遠, 호는 秋厓. 1582년 진사시에 합격하고, 1612년 증광시에 급제하였다. 務安 및 龍仁 현감을 거쳐 羅州兵馬節制使, 홍문관 교리, 춘추관기사관을 지냈다. 辛弘立으로 개명되었다.

15) 權益亨(권익형, 1557~?) : 본관은 安東, 자는 美叔. 아버지는 權密이다. 1603년 생원시에 합격하였다. 부인은 金允誼의 딸 宣城金氏이다.

16) 琴夢駬(금몽일, 1561~1593) : 본관은 奉化, 자는 趨夫, 호는 鳧巖.

17) 權終允(권종윤, 생몰년 미상) : 본관은 安東, 자는 愼初. 아버지는 權德麟이다. 부인은 金珣의 딸 楊根金氏이다.

18) 權泰一(권태일, 1569~1631) : 본관은 安東, 자는 守之, 호는 藏谷. 큰아버지 執義 權春蘭에게 입양되었다. 1591년 사마시에 합격하고, 1599년 별시문과에 급제하였다. 승문원권지부정자로 등용되고, 이어서 검열 · 승정원주서 · 정언 · 이조좌랑 · 영덕현령 · 풍기군수를 거쳐 동부승지 · 우승지 · 호조참의 · 좌부승지를 역임하고 竹州府尹으로 나갔다가 1623년 좌승지로 들어왔으나 곧 전주부윤으로 나간 이후로 병조참의 · 충주목사 · 전라도관찰사 등 내외직을 두루 역임하였다. 대사간을 거쳐 형조판서를 지냈다. 그 뒤 接伴使가 되어 椵島에 갔다가 돌아오던 중 죽었다.

19) 權德成(권덕성, 1558~1622) : 본관은 安東, 자는 君實, 호는 晨智. 아버지는 權處正이다.

20) 安霽(안제, 1538~1602) : 본관은 順興, 자는 汝止, 호는 東皐. 1561년 진사시와 생원시에 합격하고, 1580년 別試文科에 장원급제하여 監察 · 刑曹佐郎 등 여러 內職을 지내고 충청도사가 되고 龍宮縣監이 되었다. 후에 掌樂院正이 되었으나 李爾瞻에 거슬려 벼슬을 버리고 돌아왔다. 임진왜란 때 세운 공으로 原從勳에 책록되었다.

(掌書)로 삼고, 김득연(金得硏)·류복기를 향군도감(餉軍都監)으로 삼고, (결락) 안동부에서부터 동쪽은 권눌(權訥)이 관할케 하고, 서쪽은 권기(權紀)가 관할케 하고, 권익형은 북면(北面)을 관장케 하고, 김약(金瀹)이 남면(南面)을 관장케 하였다. (결락) 한림(翰林) 김용(金涌)은 안동부 수성장(守城將)으로 보냈다. (결락)

十三日庚子。晴。大會于臨河, 一鄕士友, 不期而至者, 以百數。薦生員金允明爲大將, 以進士裴龍吉爲副, 金允思·李亨男爲整齊有司, 李應薑·南祐[21]·權泰一·金得礒[22]爲掌書, 金得硏[23]·柳復起爲餉軍都監, (缺) 自府以東, 權訥[24]主之, 以西權紀[25]主之, 權益亨掌北面, 金瀹[26]掌南面, (缺) 會 (缺), 翰林金涌, 差本府守城將。(缺)

---

21) 南祐(남우, 1562~1594) : 본관은 英陽, 자는 申之. 아버지는 南以寬, 할아버지는 南斗이다.

22) 金得礒(김득의, 1570~1625) : 본관은 光山, 자는 義精, 호는 晴翠軒. 생부 惟一齋 金彦璣와 생모 南世容의 딸 英陽南氏 사이에서 태어났지만, 金彦玲에게 입양되었다. 형으로 葛峰 金得硏과 晩翠軒 金得肅이 있는데, 임진왜란 때 두 형과 함께 의병을 일으켜 전공을 세웠다.

23) 金得硏(김득연, 1555~1637) : 본관은 光山, 자는 汝精, 호는 葛峰. 惟一齋 金彦璣와 英陽南氏 南世容의 딸 사이에 태어난 첫째아들이다. 西厓 柳成龍·柏潭 具鳳齡·寒岡 鄭逑 등의 문하에서 수학하면서 학문하는 방향을 익혔다. 임진왜란 때에는 사우들과 창의하여 군량 보급을 주관하였다. 1621년 생원시에 합격하였다.

24) 權訥(권눌, 1547~?) : 본관은 安東, 자는 士敏, 호는 梅軒·松竹軒. 이모부 惟一齋 金彦璣의 문인이다. 1573년 진사시에 합격하였다. 南致利·權春蘭·裴龍吉) 등과 道義로서 사귀었다. 임진왜란이 발발하자 두 아들을 데리고 의병진으로 나아가 金允明 대장과 배용길 부장의 의병에서 練兵有司로 공을 세우기도 하였다.

25) 權紀(권기, 1546~1624) : 본관은 安東, 자는 士立, 호는 龍巒. 金誠一과 柳成龍에게 예의와 학문을 강구하기도 하였다. 1568년 향시에 합격한 것을 비롯하여 초시에 16차례나 합격하였으나 結科를 얻지 못했고, 만년에 濟用監參奉에 천거되었으나 아버지상을 당하여 취임하지 못했다. 그는 1602년 류성룡의 권유에 의해 權行可 등과 함께 ≪永嘉誌≫ 편찬 작업을 시작하였다. 모두 8권 4책으로 완성된 영가지 초고는 류성룡의 교열을 받으려고 했으나 1607년 류성룡의 갑작스런 죽음으로 받지 못하고 작업이 중단되었다. 1607년 鄭逑가 안동부사로 부임하면서 權紀 외에 金得硏, 權晤, 李馦, 裴得仁, 李適, 柳友潛, 李義遵, 權克明, 金近, 孫浣 등 10인의 편찬위원을 선정하여 원고를 완성시키도록 하였다. 그러나 정구가 1608년 안동부사를 물러나면서 작업이 중단되고 또 간행되지 못하다가, 1791년에 와서야 다시 간행작업이 이루어졌다.

26) 金瀹(김약, 1559~1649) : 본관은 義城, 자는 治源, 호는 雲溪. 아버지는 김성일의 셋째형 金明一이다.

15일 비.

안기역(安奇驛)의 객사에서 회동하였다. 의성사람 우경충(禹景忠)과 의흥 사람 박연(朴淵) 등이 직접 예안을 두루 찾아다니며 (결락) 하려는 뜻을 서로 말하기를, "인근의 여러 고을에 뜻을 같이하는 선비들이 동맹해서 합진(合陣)하면 의병의 위세가 미약하지는 않을 것이니, 이 뜻을 안동의 사림들에게 널리 알리자." 하였다고 한다.

> 十五日壬寅。雨。會于安奇[27]郵亭[28]。義城禹景忠・義興朴淵等，　自禮安歷訪，相話 (缺) 之意曰 : "隣近列邑，同志之士，同盟合陣，則兵勢不爲孤弱，此意通諭于安東士林."云云。

16일 맑음.

> 十六日癸卯。晴。

17일 맑음.

향교에서 회동하여 군병을 낱낱이 점검하였다.

> 十七日甲辰。晴。會于鄕校，點閱[29]軍兵。

18일 맑음.

대장 이하 여러 유사(有司)들이 향교에서 회동하였는데, 생원 이정백(李庭栢)이 횡성(橫城)으로부터 이르자, 대장 김윤명이 자리를 내놓고 사양하며 말하기를, "나는 앞일을 꿰뚫어 보는 지혜가 얕은데다 완력이 쇠약하고 둔한데, 이정백은 침착하고 생각이 깊은데다 정한 뜻이 있으니, 대장

---

27) 安奇(안기) : 안동부 부내면의 지역으로서 安奇驛. 지금의 안동시 안기동이다.
28) 郵亭(우정) : 역말을 갈아타는 곳에 있는 숙소. 공문을 전달하거나 관원을 마중하거나 배웅하는 데 쓰이는 곳이다.
29) 點閱(점열) : 일일이 점검함.

을 속히 교체하여 의병을 일으키기를 바란다." 하니, 중론이 하나로 모아 져 마침내 대장으로 삼았고, 향교에 진을 쳐서 병기를 수선하여 병장기를 갖추었다.

○ 이때 예안의 김해, 영천(榮川 : 지금의 영주)의 박록(朴漉), 안동의 배용 길 등이 모두 의병을 일으키고, 경상우도(慶尙右道) 사람인 김면(金沔), 곽재 우(郭再祐), 정인홍(鄭仁弘) 등도 의병을 일으켰는데, 영남 지역이 왜적에게 무릎을 꿇지 않았던 것은 의병의 힘이었다.

十八日乙巳。 晴。 大將以下諸有司, 會鄕校, 生員李庭栢[30), 自橫城至, 大將金允明致席辭曰: "余智慮膚淺[31), 膂力衰鈍, 李庭栢沈深有定志[32), 願 亟遞代[33)以成事." 衆議歸一, 遂拜爲大將, 以鄕校爲陣所, 繕兵治械。 ○時, 禮安金垓・榮川朴漉[34)・安東裴龍吉等, 並起義兵, 而右道人金沔[35)・郭再 祐[36)・鄭仁弘[37)等, 亦擧義兵, 嶺南一道, 不屈膝於賊者, 義兵之力也。

---

30) 李庭栢(이정백, 1553~1600) : 본관은 眞城, 자는 汝直, 호는 樂琴軒. 參奉 李希顏의 아들로 李希雍에게 입양되었다. 鶴峯 김성일과는 내외종이었다. 퇴계 이황의 문하에서 수학하였 으며 남치리, 권호문 등 여러 문인들과 교류하며 학문의 폭을 넓혔다. 1588년 식년시에 서 급제하여 참봉에 제수되었으나 나아가지 않았다. 1592년 임진왜란이 일어나자 의병 을 일으켜 의병대장에 추대되었으며 裴龍吉 등과 함께 醴泉 龍宮으로 진격하여 왜적을 물리쳤다. 이듬해 다시 密陽과 凝川지방에서 활약하였으나 병을 얻어 돌아왔다.
31) 膚淺(부천) : 생각이 얕음. 지식이나 말이 천박함.
32) 定志(정지) : 마음이 정해져서 분수를 넘어서지 않음.
33) 遞代(체대) : 교체. 벼슬이 갈림.
34) 朴漉(박록, 1542~1632) : 본관은 潘南, 자는 子澄, 호는 醉睡軒. 榮州 사람으로 1592년 임 진왜란이 일어나자 고향 사람들의 추천을 받아 의병장이 되었다. 경상도의 다른 의병장 들과 협력하여 교묘한 전술로 왜군을 괴롭힘으로써 고을을 방어하였다. 1594년 나라에 서 공을 인정하여 泰陵參奉에 임명하였으나 곧 그만두었다. 정유재란 중인 1598년에도 沙斤道察訪에 임명되었으나 병을 핑계로 사임하였다. 이후에도 나라에서 관직을 제수하 여 1603년 의금부도사를 비롯하여 禮賓寺別提 등을 역임하였으나 역시 얼마 되지 않아 사임하였다. 1630년 老人職으로 통정대부를 거쳐 이듬해 가선대부에 올랐다.
35) 金沔(김면, 1541~1593) : 본관은 高靈, 자는 志海, 호는 松菴. 임진왜란 때 분연 궐기하여 의병을 규합하여 開寧 지역에 있는 적병 10만과 대치하여 牛旨에 진을 치고, 金時敏과 함께 知禮를 역습하여 대응했다. 1593년 경상우도 병마절도사가 되어 의병과 함께 진을 치고 善山의 적을 치려할 때 병에 걸리자 죽음을 알리지 말라는 유언을 남기고 죽었다.
36) 郭再祐(곽재우, 1552~1617) : 본관은 玄風, 자는 季綏, 호는 忘憂堂. 1585년 정시문과에

19일 맑음.

예안의 김해와 금응훈 등이 안동으로 와서 묵었는데, 다음날 여러 고을
의 사우(士友)들과 일직현(一直縣)에서 동맹하기로 하였기 때문이다.

十九日丙午。晴。禮安金垓·琴應壎等，來宿安東，翌日將與列邑士
友，同盟于一直縣[38]。

20일 맑음.

안동·예안 사람들이 의성(義城)·의흥(義興)·군위(軍威) 사람들과 일직
에서 모여 맹세하였는데, 예안의 승문원 정자(承文院正字) 김해를 대장으로
삼고, 안동의 생원 이정백과 진사 배용길을 우부장(右副將)과 좌부장(左副
將)으로 삼고, 군대의 호칭을 '안동열읍향병(安東列邑鄕兵)'(협주 : 義라는 글자
로 自號하기에는 쑥스러웠기 때문에 향병이라 한 것이다.)이라 하고 안동을 본진
(本陳)으로 삼았다.

급제했지만 왕의 뜻에 거슬린 구절 때문에 罷榜되었다. 임진왜란 때 의병을 일으켜 天降
紅衣將軍이라 불리며 거듭 왜적을 무찔렀다. 정유재란 때 慶尙左道防禦使로 火旺山城을
지켰다.

37) 鄭仁弘(정인홍, 1535~1623) : 본관은 瑞山, 자는 德遠, 호는 萊菴. 南冥 曹植의 문인으로,
崔永慶, 吳健, 金宇顒, 郭再祐 등과 함께 경상우도의 南冥學派를 대표하였는데, 1581년 掌
令이 되어 鄭澈·尹斗壽를 탄핵하다가 해직되었다. 1589년 鄭汝立 獄事를 계기로 동인이
남북으로 분립될 때 北人에 가담하여 領首가 된 인물이다. 1592년 임진왜란 때 濟用監正
으로 陝川에서 의병을 모아, 星州에서 왜병을 격퇴하여 영남의병장의 호를 받았다. 이듬
해 의병 3,000명을 모아 성주·합천·함안 등을 방어했고, 1602년 대사헌에 승진, 중추
부동지사·공조참판을 역임하였으며 柳成龍을 임진왜란 때 화의를 주장하였다는 죄목으
로 탄핵하여 사직하게 하고, 洪汝諄과 南以恭 등 北人과 함께 정권을 잡았다. 1608년 柳
永慶이 선조가 광해군에게 양위하는 것을 반대하자 이를 탄핵하다가, 이듬해 寧邊에 유
배되었다. 하지만 선조가 급서하고 광해군이 즉위하자 대사헌이 되어 大北政權을 세웠
다. 자신의 스승인 남명 조식의 학문을 기반으로 경상우도 사림세력을 형성하였다. 더구
나 임진왜란 당시의 의병장으로서 활약한 경력과 남명의 학통을 이어받은 수장으로써
영남사림의 강력한 영향력과 지지기반을 확보하였다. 1623년 인조반정 뒤 참형되고 가
산은 적몰되었으며, 이후 대북은 정계에서 거세되어 몰락하였다.

38) 一直縣(일직현) : 안동부 남쪽 31리에 있던 현.

二十日丁未。晴。安東·禮安人, 與義城·義興·軍威人, 會盟于一直, 以禮安承文院正字金垓爲大將, 以安東生員李庭栢·進士裴龍吉爲左右副將, 兵號安東列邑鄉兵(以義字嫌於自號, 故曰鄉兵.), 以安東爲本陳。

21일 맑음.

대장(大將)과 부장(副將)들이 일직현(一直縣)에서 안동의 본진으로 돌아와 교적(校籍 : 향교의 학생 명부)을 조사하고 살펴 병약한 자를 골라 제외하고서 쌀을 내게 하거나 노비로 대신토록 하였는데, 하나같이 공론에 따라 결정된 것이었다.

○ 정원 이외의 유생 안민(安民) (결락) 등 100여 명이 불평의 마음을 품고서 호령을 따르지 않는지라, 대장이 잡아오게 하여 그 연유를 묻자, "정원 이내든 정원 이외든 유생임은 똑같은데도 힘들고 편한 정도가 고르지 않으니, 이것이 우리가 서운하게 여기는 것입니다."라고 하였다. 대장이 말하기를, "그대들은 진실로 보잘것없도다. (결락) 유자(儒者)가 부끄러워해야 할 바이다. 몸소 앞장서서 적을 맞이하고, 말을 채찍질하며 후퇴할 때는 맨 뒤에 서는 것이 진실로 오늘 동맹한 뜻이거늘, 그대들이 자기만 잘나서 혼자 고생한다고 원망하며 남들이 누워서 쉰다고 시기하는 것은 왜적 토벌하기를 싫어하고 구차히 살기를 좋아하는 것이니, 어찌 자신을 잊고 나라를 위하여 죽을 뜻이 있으랴? 하물며 단속해야 할 때에 어찌 사사로운 감정을 용납하여 빠져나가게 할 리가 있겠는가? 그대들은 사소한 분개 때문에 갑자기 약속을 저버리고 군영으로 찾아와 (결락) 진정하지 못하니, 끝내 이와 같은 짓을 그만두지 않는다면 열 걸음도 채 못되어 그대들의 머리에 창이 겨누어지는 것을 면치 못할 것이다." 하였다. 이에, 안민 (결락) 등은 품었던 분개를 이내 풀고 물러나 호령을 따랐다. (결락)

二十一日甲戌。晴。大將·副將，自一直還本陣，查考校籍，擇除屢病者，俾納米，或代奴，一從公論定之。○額外儒安民 (缺) 等百餘人，有怏怏39)之意，不聽號令，大將捕來問之，曰：“額內額外，爲儒則等，而勞逸不均，此吾等之慊然者也。”大將曰：“公等誠碌碌40)也，(缺) 儒者所恥。夫身先臨敵，策馬奔殿41)，固今日同盟之意，而公等怨己之賢勞42)，忌人之偃息，是厭於討賊，而樂於偸生也，烏在其忘身殉國之義乎？況整齊之際，豈有容私遺漏之理哉？公等，以些小之憤，遽背約束，致軍中 (缺) 不定，遂此不已，十步之內，公等之首，未免注槊。”於是，安民 (缺) 等，懷憤乃釋，退從號令。(缺)

---

39) 怏怏(앙앙) : 마음에 만족하지 못하여 불평을 품은 모양.
40) 碌碌(녹록) : 보잘것없음. 하잘것없음.
41) 奔殿(분전) : 전쟁에서 패하여 후퇴할 때 맨 뒤에 떨어진 것을 말함. 본디 패전한 장수가 후퇴할 때에 맨 뒤에 떨어져 오는 것을 功으로 여기기 때문에 한 말이다. ≪논어≫-雍也篇>의 “맹지반은 공을 자랑하지 않았다. 패주하면서 군대 후미에 뒤쳐져 있다가, 장차 도성문을 들어가려 할 적에 말을 채찍질하며 ‘내 감히 용감하여 뒤에 있는 것이 아니요, 말이 전진하지 못하여 뒤에 처졌을 뿐이다.’ 하였다.(孟之反, 不伐. 奔而殿, 將入門, 策其馬曰: ‘非敢後也, 馬不進也.’)에 나오는 말이다.
42) 賢勞(현로) : 훌륭한 재주를 지닌 자가 홀로 어려운 일을 감당하여 고생을 할 때 쓰이는 말. ≪詩經≫<小雅·北山>에, “온 하늘 아래가, 왕의 땅 아닌 곳이 없으며, 땅을 빙 두른 바다 안 사람이, 왕의 신하 아님이 없거늘, 대부가 공평하지 못한지라, 홀로 어질대서 나만 부리는구나.(溥天之下, 莫非王土, 率土之濱, 莫非王臣, 大夫不均, 我從事獨賢.)”라고 하였는바, 이 시는 본디 周나라의 한 대부가 자기만 늘 부역에 종사하느라 부모를 봉양할 수 없게 되므로, 나라의 불공정한 정사를 풍자하여 부른 노래인데, 孟子가 이 시를 인용하면서 “이것이 왕의 일이 아님이 없건만, 나만 홀로 어질대서 수고롭구나.(此莫非王事, 我獨賢勞也.)”라고 한 데서 온 말이다.

○9월

1일 맑음.

예안과 안동이 합진(合陣)하고, 다음날에는 하도(下道)의 향병들과 일직에서 합진하기로 하고서, 소를 잡고 술을 마련하여 군사들을 먹였다.

> 九月　一日甲申。晴。禮安・安東合陣，翌日將與下道鄕兵，合陣于一直，備牛酒餉軍。

2일 맑음.

운산역(雲山驛)에서 합진(合陣)하였다.

○ 행군할 때에 군대의 위용이 질서 있고 엄숙하여 감히 떠들면서 대오를 벗어나는 자가 없었고, 안동부에서 석현(石峴)에 이르기까지 10여 리를 머리와 꼬리가 서로 닿은 듯 이어지자, 언양현감(彦陽縣監) 김옥(金沃 : 金玉의 오기)이 안동부 성의 남문에 올라 멀리 바라보며 말하기를, "성대하구나, 군대의 위용이여! 대장인 선비는 진실로 문무를 겸한 재자(才子)로다." 하였고, 도로의 구경꾼들도 모두 몹시 놀라고 감탄하였다. 한낮에 운산(雲山)에 이르렀고, 머지않아 의성의 의병들도 이르렀다.

○ 영천(榮川 : 지금의 영주)의 박록(朴漉)이 영천군(榮川郡)의 향병으로써 동맹하기를 원하였다.

○ 어떤 군인 한 사람이 벼를 베어 말에게 먹이자 그 사람을 곤장으로 때렸다.

○ 우위장(右衛將) 홍엄(洪淹)과 한후장(捍後將) 손흥지(孫興智)는 장군이 앉는 자리를 범하자 즉시 잡아들이도록 하여 꾸짖었는데, 병졸이 장수의 자리를 범했기 때문에 죄는 죽여야 마땅했지만 끝내 사형을 감하고 곤장을 쳤다. 또 한후장의 군관(軍官)도 잡아들여 곤장을 치고 나무라기를, "진을

친 뒤에는 명령 없이 드나드는 자를 일절 금하고 막는 것이 성을 굳게 지키는 것이라고 말할 수 있는데, 다른 진영의 군인이 진중으로 돌입하는 것을 능히 금지시키지 못하여 좌석을 범하기에 이르렀으니, 혹여 왜적이 진중에 들어오기라도 했으면 (결락) 어찌 되었겠느냐? 이 뒤에 만약 이와 같은 일이 있으면, 너는 장차 모가지를 보존치 못하리라." 하자, 군관이 머리를 조아리고 물러났다.

○ 날이 저물어 이윽고 우거진 잡초 사이에 묵게 되었는데 바람과 이슬이 쌀쌀히 차가워서 입고 있던 옷이 흠뻑 젖자, 진중에서 서로 말하기를, "바람과 이슬을 무릅쓰고 밖에서 먹고 자는 고생이 바로 이와 같은 것이로구나. 그러하지만 이것은 남아의 일일뿐이다." 하였다. 날이 밝아오자, 북을 치고 나팔을 불게 하여 군영 안을 경계하였다.

二日乙酉。晴。合陣雲山驛[1]。○行軍之時, 軍容整肅, 無敢諠譁失伍者, 自本府至石峴[2]十餘里, 首尾相接, 彦陽縣監金沃[3], 上府城南門, 望見曰 : "盛哉軍容! 大將儒者, 眞文武兼才也." 道路觀者, 亦皆驚歎。晌午至雲山, 俄而義城兵亦至。○榮川朴漉, 願以本郡鄕兵同盟。○一軍人刈禾秣馬, 乃杖之。○右衛將洪淹[4]・捍後將孫興智[5], 犯坐席, 卽令摔致責之, 以

1) 雲山驛(운산역) : 안동시 일직면에 있던 역참.
2) 石峴(석현) : 경북 예천군 예천읍 동본리에 있는 고개.
3) 金沃(김옥) : 趙慶男의 ≪亂中雜錄≫≪임진년 상≫에는 金玉(1543~1593)으로 되어 있는바, 이것이 옳음. 본관은 順天, 자는 白溫. 아버지는 군수를 지낸 金瑾이고, 할아버지는 한성좌윤과 포도대장을 지낸 金舜皐이다. 무과에 급제하여 언양현감을 지냈고, 임진왜란이 발발하자 경상우병사로 부임한 金誠一의 휘하에서 군관으로 왜적을 무찌르는 공을 세웠으며, 1593년 진주 촉석루 전투에서 순절하였다고 한다. 菊潭 金有溫의 유덕을 추모하기 위하여 안동시 풍천면 구담리에 菊潭齋舍가 있는데, 이곳에 김옥의 위패가 봉안되어 있다.
4) 洪淹(홍엄, 1553~?) : 본관은 南陽, 자는 文仲. 아버지는 洪潤先이다. 1589년 진사시에 합격하였다.
5) 孫興智(손흥지, 1556~1619) : 본관은 慶州, 자는 君達, 호는 達觀子. 金彦璣와 具鳳齡의 문인이다. 예안에서 용궁현으로 옮겨와서 1590년 龍頭亭(경북 예천군 풍양면 와룡리 소재)을 짓고 당대의 명유들과 교유하였다고 한다.

卒犯將, 罪當死, 遂減死杖之。又捽捍後將軍官, 杖責曰：“結陣之後, 無傳令出入者, 一切禁防, 可謂堅壁, 而他陣軍人, 突入陣中, 莫之能禁, 至於披犯[6]坐席, 脫[7]有賊入陣中 (缺) 如何? 後若有此, 爾將不保首領矣。” 軍官叩頭而退。○日暮仍宿蔓草間, 風露凄冷, 征衫[8]盡濕, 陣中相謂曰：“風餐露宿[9]之苦, 乃如是耶? 然而, 此是男子事耳。” 遲明, 令鼓角警軍中。

3일 맑음.

군영 안에서 아침밥을 먹은 뒤, 대장은 진지로 나아가 대오를 정비하고 약속을 밝혔다. 그리고 김윤사·류복기·김약 등은 본진의 정제장(整齊將)으로, 박호인(朴好仁)은 조전장(助戰將)으로, 권극인(權克仁)은 척후장(斥候將)으로, 이선충(李選忠)·김사권(金嗣權)·조성중(趙誠中) 등은 복병장(伏兵將)으로, 김익(金翌)은 좌위장(左衛將)으로, 이영도(李詠道)는 군량도총(軍粮都摠)으로, 김택룡(金澤龍)은 예안의 정제장으로, 심지(沈智)는 영병장(領兵將)으로, 김사원(金士元)·신홍도(申弘道)는 의성의 정제장으로, 신심(申忱)은 우위장(右衛將)으로, 이영남(李榮男)은 군위의 정제장으로, 장사진(張士珍)은 별장(別將)으로, 홍위(洪瑋)·권행가(權行可)는 전향유사(典餉有司)로, 강충립(康忠立)·박문윤(朴文潤)·이호인(李好仁)·홍경승(洪慶承) 등은 의흥의 정제장으로 삼았다.

三日丙戌。晴。軍中喫飯訖, 大將臨陣, 整部伍, 明約束。以金允思·柳復起·金瀹爲本陣整齊將, 朴好仁[10]爲助戰將, 權克仁[11]爲斥候將, 李選

---

6) 披犯(피범) : ‘被犯’의 오기인 듯.

7) 脫(탈) : 혹여.

8) 征衫(정진) : ‘征衫’의 오기인 듯. 길나선 사람이 입고 있는 옷.

9) 風餐露宿(풍찬노숙) : 바람과 이슬을 맞으며 한데서 먹고 잠잔다는 뜻으로, 모진 고생 또는 객지에서 겪는 고생을 이르는 말.

10) 朴好仁(박호인) : 1593년 2월 10일 안동에서 昌原의 熊川城 전투에 지원차 참전하였다가 왜장 長曾我部元親에게 포로가 되어 일본에 끌려가서 두부 제조비법을 전달하고 1617년

忠12)·金嗣權·趙誠中爲伏兵將, 金翌13)爲左衛將, 李詠道14)爲軍粮都摠,

金澤龍15)爲禮安整齊將, 沈智16)爲領兵將, 金士元17)·申弘道18)爲義城整

通信正使 吳允謙을 따라 24년만에 귀국하였다는 설이 있음.

11) 權克仁(권극인, 1545~?) : 본관은 安東, 자는 先達. 조부는 忠順衛 權審思, 아버지는 참봉 權昕이다. 將仕郎을 지냈다.

12) 李選忠(이선충, 1559~?) : 자는 叔信. 본관 등은 알 수가 없다.

13) 金翌(김익, 1547~1603) : 본관은 光山, 자는 顯甫, 호는 愚巖. 아버지는 金彦璞이다. 부인은 金克佶의 딸 안동김씨이다. 金奉祖(1572~1630)의 장인이다. 1590년에 생원이 되었다.

14) 李詠道(이영도, 1559~1637) : 본관은 眞城, 자는 聖與, 호는 東巖. 蔭補로 軍資監參奉을 거쳐 濟用監奉事를 역임하였다. 1592년 임진왜란 때 안동에 내려가 의병을 모집하여 왜군과 싸웠다. 이듬해 연원도찰방으로 나가 戰災民 구호와 군량미를 조달하여 명관으로 이름을 떨쳤고, 1594년 충청도판관을 겸직, 피난민들에게 농사를 짓게 하여 전란 중에서도 수만 석의 양곡을 생산하였다. 1596년 한때 좌천당하였다가 柳成龍의 상소로 복직된 뒤, 원병으로 온 명나라 군사를 따라 많은 군량미를 조달, 수송하여, 그 공으로 1597년 호조좌랑이 되고 다시 호조정랑이 되어 南征糧餉使로서 상을 받았다. 이듬해 현풍현감을 거쳐 1599년 김제군수에, 1606년부터 1611년까지 청송도호부사에 이르렀다. 광해군 때에는 사복시첨정, 군기시부정, 영천군수를 지냈다. 1623년 인조반정 후 익산군수를 거쳐 繕工監僉正, 내섬시정, 원주목사를 역임하고 1636년 군기감정에 올랐다.

15) 金澤龍(김택룡, 1547~1627) : 본관은 禮安, 자는 施普, 호는 臥雲子. 1576년 사마시에 합격하여 생원이 되고 이어 참봉을 거쳐, 1588년 식년문과에 병과로 급제하고 문학을 역임하였다. 1595년 병조좌랑이 되고, 같은 해 獻納·直講을 거쳐 이듬해 持平·兼司書를 역임하고, 전라도 광양·운봉에서 적을 무찌른 공으로 공적이 널리 세상에 알려지게 되었다. 1600년 典籍을 거쳐 江原道都事·전라도도사 등을 역임하였다. 1608년 영월군수에 이르기까지 여러 벼슬을 지냈다. 광해군이 즉위한 후 낙향하여 향촌을 교화하고 후진을 양성하는 데 힘썼다. 1611년에는 鄭仁弘이 李彦迪과 李滉 양 선생을 모함하는 上箚를 올리자 도내에 통문을 돌려 陶山書院에 모이도록 하고 洞主의 임무를 수행하여 변무하는 소를 올리기로 결정하였다

16) 沈智(심지, 1550~1632) : 본관은 靑松, 자는 士明, 호는 愛心亭. 아버지는 沈光佐이다. 어머니는 金崇祖의 딸 의성김씨이다.

17) 金士元(김사원, 1539~1601) : 본관은 安東, 자는 景仁, 호는 晩翠堂. 경북 의성군 點谷面 沙村에 살았다. 타고난 성품이 인자하여 개인의 재산을 털어 많은 굶주린 백성들을 진휼하여 지방민의 추앙을 받았고, 이로 인해 임진왜란 때에는 의병을 규합하여 整齊將으로 추대되었다.

18) 申弘道(신홍도, 1558~1612) : 본관은 鵝洲, 자는 大中, 호는 鼎峰. 1592년 임진왜란이 일어나자 의병장으로 활약하였다. 1592년 경상도 禮安縣에서 金垓가 창의를 할 때 동참하였다. 전란 초기 僉使 裵慶男이 패주를 거듭하며 도망치자 그의 죄상을 순찰사에게 알리고, 張士珍으로 교체를 청하여 허락을 받기도 했다. 1593년 명나라 원병들이 인근으로 남하해 오자, 그들의 군량을 마련하는 데 힘을 썼다. 1598년 명나라 遊擊將軍 葉邦榮 부대의 주둔지가 안동에서 의성으로 옮겨졌는데, 병졸들의 횡포가 심하여 고을의 많은 백성들이 흩어지게 되었다. 이때 섭섭방에게 편지를 보내 보급 문제에 대해 논의한 뒤 그

齊將, 申伈19)爲右衛將, 李榮男20)爲軍威整齊將, 張士珍21)爲別將, 洪
瑋22)·權行可23)爲典餉有司, 康忠立·朴文潤24)·李好仁·洪慶承25)爲義
興整齊將.

들의 횡포를 진정시켰다. 1600년 관찰사가 遺逸로 천거하였으나, 사양한 뒤 선암사 아래
에 은거하며 후학 양성에 주력하였다.

19) 申伈(신심, 1547~1615) : 본관은 鵝洲, 자는 喜之, 호는 興溪·城軒. 어려서 재주와 효행
이 뛰어났다고 한다. 성장함에 張顯光·徐思遠과 도의를 맺었다. 임진왜란이 일어나자
동생 申伀과 함께 경상도 安東府 一直縣에서 안동 의진 병영의 영남의병대장 金圻, 鄭世
牙, 柳宗介 등과 더불어 적을 토벌할 것을 결의하였다. 고을에 큰 흉년이 일어나자 사재
를 털어 백성들을 구휼하기도 했다. 司憲府 監察을 역임했다.

20) 李榮男(이영남, 1561~?) : 본관은 固城(鐵城), 자는 孝述. 아버지는 李瓘, 할아버지는 李顯
이다. 홍위의 둘째아들 洪善慶이 그의 사위이므로, 洪瑋와는 사돈지간이다. 1591년 식년
시에 합격하였다.

21) 張士珍(장사진, ?~1592) : 본관은 仁同. 임진왜란 때 軍威의 향교 유생들과 상의하여 의
병을 일으키고 檄文을 보내자 수백 명이 모여들었다. 그는 군대의 이름을 復讐軍이라 칭
하고, 군위와 인동 지역을 돌면서 왜병들을 닥치는 대로 척살하여 큰 전과를 올렸다. 왜
군들은 그를 張將軍이라고 일컬으면서 두려워하였다고 한다. 매복한 왜적의 함정에 빠졌
지만 분투하면서 한쪽 팔을 잃었지만 굴하지 않고 계속 싸우다 전사하였다.

22) 洪瑋(홍위, 1559~1624) : 본관은 南陽, 자는 偉夫, 호는 西潭. 1588년 사마시에 합격한 뒤
1592년 임진왜란을 맞아 부모를 정성껏 보호하였다. 이듬해 李元翼이 체찰사로 파견되
었을 때 수천 언의 斥和討賊策을 진언하여 크게 참고하게 하였다. 1601년 생원으로 식년
문과에 급제하고, 지평·예조좌랑·성균관전적 등을 역임하였다. 이어 統制營從事官으로
선임되어 통제사를 보좌하여 백성을 구휼하였으며, 전비를 강화하는 데 공이 컸다. 다시
내직으로 들어와 춘추관기사관·세자시강원사서·정언·지평 등 요직을 역임하면서 직
언으로 시사를 바로잡았다. 광해군대에 정치가 어지러워지자 관직에서 물러나 후생교육
에 힘썼다. 그 뒤 1623년 인조반정 후에 다시 벼슬길에 나가 병조정랑·예천군수 등 내
외직을 역임하였다.

23) 權行可(권행가, 1553~1623) : 본관은 安東, 자는 士遇, 호는 梅湖. 아버지는 權善文, 어머
니는 巨濟潘氏 潘淑의 딸이다. 숙부 權好文에게 입양되었다. 1572년 사마시에 합격하였
고, 그 뒤 金誠一, 權大器의 문하에 나아가 수학하였다. 임진왜란이 일어나자 고향 안동
에서 의병대장 金圻를 도와 典餉有司로 활약하였다. 1599년 順陵參奉에 제수되었고, 만년
에는 李燉, 金澋, 權紀 등과 함께 고을의 풍속을 교화시키는 데 힘을 쏟았다.

24) 朴文潤(박문윤, 1568~?) : 본관은 義興, 자는 士彬, 호는 星谷.

25) 洪慶承(홍경승, 1567~?) : 본관은 缶林, 자는 君賀, 호는 混庵. 임진왜란이 일어나서 각 성
이 함락되었다는 소문을 듣고 집에 내려와서 부친의 명에 따라 三從叔 洪天賚와 함께 의
병장 權應銖의 막하에 들어갔다. 공은 軍餉을 맡게 되고 또 서기로써 군부와 移檄等草를
작성했다. 永川을 회복한 뒤에 권응수가 左道防禦使의 명을 받고 포상하고자 하였으나
고사하였다. 1597년에 다시 왜군이 침입함에 糧料官의 명을 받고 다시 전지에 달려갔다.
이듬해에 적이 泗川에 주둔하여 장구한 계책을 세웠다.

4일 맑음.

안동의 생원 김윤명, 예안의 생원 금응훈, 군위의 참봉 이보(李輔), 선산의 생원 노경필(盧景佖) 등을 모의사(謀議士)로 삼았다.

四日丁亥。晴。以安東生員金允明, 禮安生員琴應壎, 軍威參奉李輔26), 善山生員盧景佖27), 爲謀議士.

5일 맑음.

생원 김강(金堈) · 생원 금몽일 · 김윤안 · 금경(琴憬) · 권강(權杠) · 정조 · 신경립 · 권득가(權得可)를 장서(掌書)로, 김평(金坪) · 이적(李適) 등을 (결락) 무슨 관(官)으로, 김태(金兌)를 병색군관(兵色軍官)으로 삼아 군사 관련 업무를 모두 관리하도록 하고, 남정순(南庭筍)을 내성(奈城)의 영병장(領兵將)으로 삼았다.

○ 비안(比安)의 향병 조단(趙端) 등이 약속을 듣고 싶어 하며 격문을 전해와 그들과 함께 동맹하였고, 조단을 비안의 정제장으로 삼았다.

○ 진보(眞寶 : 청송의 옛 지명) 고을에 급히 격문을 돌려 그들도 의병 일으키기를 권하였다.

---

26) 李輔(이보, 1545~1608) : 본관은 延安, 자는 景任, 호는 南溪. 1580년 사마시에 합격하였고, 1592년 임진왜란이 일어나자 의병장 金垓의 종사관으로 크게 활약하였다. 전란으로 피폐해진 안동을 임시로 맡아 다스리면서 募粟官을 겸하여 군량미 조달에 공이 많았다. 뒤에 金應南 · 鄭崑壽 등의 천거로 당진현감에 임명되었으나, 안동 주민들의 요청에 의하여 안동현감으로 부임하였으며, 선정을 베풀어 크게 명망이 있었다. 체찰사 李元翼이 天生山城을 쌓을 때, 그 역사를 책임맡아 수개월 만에 준공을 보았으며, 1604년 거창현감으로 전직되었으나 노쇠하여 관직에서 물러났다.

27) 盧景佖(노경필, 1554~1595) : 본관은 安康, 자는 懼中, 호는 櫟亭. 鄭逑의 문하에서 수학하였으며, 1573년 사마시에 합격하였다. 일찍이 과거를 폐하고 형제와 함께 부모를 봉양하며 독서에 힘써 천거로 陵署郎이 되었으나 취임하지 않았다. 임진왜란 때에는 아우 盧景任과 더불어 의병을 일으켜 상주에서 전공을 세웠다. 1594년 安奇察訪이 되어 安東府使를 겸임하여 의심하는 獄事를 판결함에 신명이 있다는 칭송을 받았다. 梧峯 申之悌와 旅軒 張顯光과 교유하였다.

○ 전 현령(前縣令) 권춘란이 쌀 10말, 소 1마리를 보내와 군사에게 먹이도록 하였고, 전 도사(前都事) 안제가 쌀 5말을 보내왔으며, 전 좌랑(前佐郎) 이공(李珙)이 전마(戰馬) 1필, 큰 소 1마리, 군량미 2섬을 바쳐왔다.

五日戊子。晴。以生員金墹[28]·生員琴夢駒·金允安·琴憬[29]·權杠[30]·鄭澡·辛敬立·權得可[31]爲掌書, 金坪[32]·李適等 (缺) 官, 金兌[33]爲兵色軍官, 摠理軍簿, 南庭筍[34]爲奈城[35]領兵將。○比安鄉兵趙端[36]等, 願聽約束傳檄, 與之同盟, 以趙端爲比安整齊將。○飛檄眞寶[37]鄉中, 以勸其起兵。○前縣令權春蘭, 送米十斗·牛一隻, 以助餉軍, 前都事安霽, 送米五斗, 前佐郎李珙[38], 納戰馬一正, 大牛一隻, 軍粮二石。

---

28) 金墹(김강, 1558~1595) : 본관은 光山, 자는 器仲, 호는 雪厓. 아버지는 金富信, 형은 金址, 동생은 金坪이다. 金垓의 4촌동생이다. 1591년 식년시에 합격하였다.

29) 琴憬(금경, 1553~1634) : 본관은 奉化, 자는 彦覺, 호는 月潭. 月川 趙穆 문인이다. 1589년 동생 晩修齋 琴愰과 함께 나란히 사마시에 합격하였고 1600년에 顯陵參奉에 제수되었다. 1601년에 동생 금업과 함께 대과에 응시하였는데, 동생이 먼저 급제하였다. 1614년 2월 司瞻寺奉事에 제수되었으나 광해군 정권의 혼정을 마다하여 부임하지 않고 고향인 예안으로 내려왔다. 그런데 고향에 오자마자 그 달에 부친상을 당하였고 1616년에는 모친상까지 당하니, 이후 세상에 뜻을 두지 않고 같은 곳에 사는 溪巖 金坽, 東巖 李詠道 등과 깊은 산골인 鼻巖 등지에서 서로 학문을 강론하였다.

30) 權杠(권강, 1567~1626) : 본관은 安東, 자는 公擧, 호는 方潭. 惟一齋 金彦璣의 문인이며, 1589년 사마시에 합격하였으나 관직에 나아가지 않았다. 西厓 柳成龍이 벼슬을 그만 두고 안동에 머무르고 있을 때 그를 찾아가 공부하였다.

31) 權得可(권득가, 1556~?) : 본관은 安東, 자는 時中, 호는 晩晦. 아버지는 權以諶이다.

32) 金坪(김평, 1563~1617) : 본관은 光山, 자는 季平, 호는 克齋. 아버지는 金富信이다. 1591년 식년시에 형 金墹과 함께 급제하였다.

33) 金兌(김태, 1561~?) : 본관은 安東, 자는 士悅, 호는 九潭·水月堂. 아버지는 金箕報이다. 成渾와 閔純의 문인이다. 임진왜란 때 崔滉을 따랐고, 정유재란 때 의병장 곽재우가 경상도 창녕의 火旺山城을 지킬 때 화왕산 창의격문을 쓰고 같이 참전하였다.

34) 南庭筍(남정순) : 영양남씨 족보에는 '南廷筍(생몰년 미상)'으로 되어 있음. 아버지는 南應乾, 할아버지는 南麒壽이다.

35) 奈城(내성) : 경북 봉화 지역의 옛 지명. 조선시대에 내성은 소백산맥 남쪽 산록에 발달하였다. 동쪽의 봉화와 서쪽의 순흥 사이에 끼어 있는 형태였고, 남쪽으로 예안·영천이 있어 안동의 越境地로 존재하였다.

36) 趙端(조단, 1563~?) : 본관은 漢陽, 자는 正夫. 아버지는 趙光邦이다. 1589년 증광시에 급제하였다.

37) 眞寶(진보) : 경북 청송지역의 옛 지명.

6일 맑음.

장서(掌書)인 권강이 쌀을 바치고 그 직에서 물러나자, 전향유사(典餉有司) 권행가를 장서로 삼았는데, 전향소(典餉所)의 유사(有司)가 자신의 의견을 더하여 보고하기를, "이 사람은 부지런하고 군량을 조달하여 운반하는 일에 능력이 있으니, 장서를 다시 임명하소서." 하자, 대장이 다시 진사 배득인(裴得仁)을 장서로 삼았다. (결락)

　　六日己丑。晴。掌書權杠, 納米而退, 以典餉有司權行可爲掌書, 典餉所有司論報39)曰："此人, 勤幹轉餉之事, 請改差掌書。" 大將更以進士裴得仁40)爲掌書。(缺)

---

38) 李珙(이공, 1533~1612) : 본관은 禮安, 자는 共甫, 호는 栗園. 아버지는 李淑仁이다. 1567년 생원시에 합격하고, 1573년 식년문과에 급제했다. 그러나 1584년에 부모를 여의고 여묘 3년을 마친 후에 조정의 당쟁을 보고는 벼슬에 뜻이 없어서 외직으로는 경상도·강원도의 都事, 延日·玄風·禮安의 縣監, 豊基·醴泉의 郡守 등에 임명되고, 내직으로는 兵曹·禮曹의 佐郎, 司憲府의 持平 등에 임명되었으나 한 번도 나아가지 않았다. 학문에만 정진하였고, 月川 趙穆, 松巖 權好文 등과 道義의 交를 맺었다.

39) 論報(논보) : 예전에, 하급관청에서 상급관청에 자신의 의견을 더하여 보고하는 일을 이르던 말.

40) 裴得仁(배득인, 1566~1623) : 본관은 興海, 자는 榮仲, 호는 洛庵. 아버지는 裴經이다. 1590년 진사시에 합격하였다. 權紀와 함께 《永嘉誌》를 편찬하였다.

◎ 10월

20일 맑음.

예안에서 합진(合陣)하였는데, 영병장(領兵將) 심지(沈智)가 약속 날짜에 오지 않았다.

○ 순찰사(巡察使) 김수(金睟)에게 서찰을 올리기를, 「삼가 아뢰건대, 전쟁에 임하는 장수의 승패는 뜻이 용감한가 비겁한가에 따라 결정되고, 병사가 정예병인가 오합지졸인가에 관계됩니다. 가만히 보건대, 지금의 병사들이 많지 않은 것이 아닌데도 (결락) 걸핏하면 달아나 궤멸되는 것은 오직 많도록 하는 것만 힘쓰고 정예롭게 하는 것을 힘쓰지 않았기 때문입니다. 비록 정예롭게 하는 것에 힘쓸 줄을 안다고 할지라도 그 요령을 터득하지 못하고 군졸들 가운데 용감한 자와 비겁한 자가 뒤섞여 있도록 하여 한 사람이라도 등지고 돌아서면 대군(大軍)은 파도에 휩쓸리듯 무너지고 말 것입니다. 그리하여 그 중에 비록 감히 나아가려는 군사가 있을지라도 형세가 고단하고 약하여 홀로 서 있을 수가 없게 되니, 이를 통해 비겁한 한 사람이 용감한 천만인(千萬人)을 족히 무너뜨릴 수도 있음을 알 수 있습니다. 우활한 계책일지라도 반드시 정밀히 병사들을 선택한 뒤에는 일을 성취할 수 있을 것으로 생각합니다. 그리고 선택하는 일을 여러 수령에게 위임하면, 수령들은 비록 마음을 다하고자 해도 시골구석 인물까지 두루 알지 못하여 용감한 사람과 비겁한 사람을 가려내는 것이 정밀하지도 마땅하지도 않을 듯합니다. 만일 정밀히 가려내고자 한다면, 여러 고을의 관군(官軍) 가운데 강개한 뜻을 지녀 몸소 앞장서서 인도하려는 자를 뽑아서 선택하는 일을 맡겨야 합니다. 또 그것이 혹 견제 받을까 염려하여 결단하지 못하고 공도(公道)를 따르겠다면, 유생들 가운데 책략을 지닌 자를 참여토록 하여 먼저 수령에게 알리고 다음으로 여러 고을의

여론을 물어보아서 상세히 채택하도록 하는데, 뜻한 바가 용감한 자이면 최상이요 재주가 뛰어난 자이면 그 다음이니 많고 적음을 한정하지 말고 오직 정밀히 선택하는 데에 힘써야 합니다. 만약 한 군대를 편성하여 훈련을 배가하고 채택한 자로 하여금 직접 거느리도록 한다면 그들과 고락을 같이하고 마음과 힘을 합하여 사당(死黨 : 나라를 위해 죽음을 무릅쓰는 무리)이 결성될 것입니다. 평상시에는 요충지에 나누어 파견하여 밤에 습격하거나 돌격하기도 하며, 크게 군사를 일으킬 때에는 각기 부대를 거느리고 (결락) 선봉이 될 것입니다. 대군(大軍)이 후방에 있으면서 그들의 맹렬한 기세를 도와 드날리게 하면 용기가 절로 배가되어 향하는 곳에는 앞을 가로막을 자가 없을 것입니다. 이에, 소속된 여러 고을의 사우(士友)들 사이에 있었던 공론을 가지고 몇 사람을 뽑아 별도로 다른 종이에 기록하였는데, 이들이 과연 사람들의 기대를 저버리지 않을지에 대한 여부는 알지 못하겠으나, 한번 써 보고 받아들이거나 물리쳐주기를 바라옵니다. 혹시라도 저의 계책이 (결락) 하다면, 다른 나머지 여러 고을들도 또한 반드시 찾아가서 시행하신다면 적임자를 얻지 못할까 걱정하지 않아도 될 것입니다. 심지어 본진(本陣)의 장막에서 가까이 모시는 자가 반드시 뜻이 (결락) 바른 자를 얻어 그와 일을 함께하도록 한 연후이면, 방책을 내는 사이에 보탬이 되는 바가 있고, 또한 여러 사람들의 마음을 진정시켜 따르도록 할 수 있으니, 그 관계하는 바가 결코 가볍지 아니합니다.」고 운운하였다. (결락)

　　十月 二十日丙午。晴。合陣禮安, 領兵將沈智, 期不至。○上書巡察使金睟[1]：「伏以兵家勝敗, 決於志之勇怯, 係於兵之精雜。窃見今之兵, 不

---

1) 金睟(김수, 1547~1615) : 본관은 安東, 자는 子昻, 호는 夢村. 1573년 알성문과에 급제하여 평안도관찰사·경상도관찰사를 거쳐 대사헌, 병조·형조의 판서를 두루 지냈다. 임진왜란이 일어났을 때 경상우감사로 진주에 있다가 동래가 함락되자 밀양과 가야를 거쳐 거창으로 도망갔다. 전라감사 李洸, 충청감사 尹國馨 등이 勤王兵을 일으키자 함께 용인전투

爲不多, 而一 (缺) 動輒奔潰者, 惟務其多, 而不務其精。雖知務精, 而不得 其要, 使行伍之中, 勇怯相雜, 一人背立, 則大軍波奔。其中雖有敢進之士, 形勢孤弱[2], 不能獨立, 是知一人之㤼, 足敗千萬人之勇也。迂計以爲, 必 精加選擇, 然後可以濟事。而選擇之事, 委諸守宰[3], 則守宰雖欲盡心, 而 不能周知鄉曲[4]人物, 旌別[5]似未精當[6]。如欲精擇, 則列邑官軍中, 拔出忼 慨有志, 身先倡率者, 使掌掄選之事。又慮其或有所牽制, 而不能斷, 從公 道, 則以儒士之有謀劃者參之, 先禀之邑宰, 次詢諸鄉論, 使之詳加採擇, 志意勇敢者爲上, 技藝精强者次之, 不限多少, 而惟務精選。若成一軍, 倍 加調養[7], 使採擇者, 自領之, 與之同甘苦, 一心力, 結爲死黨[8]。常時則分 遣要害, 或夜擊, 或突擊, 大擧則各率所部 (缺) 前鋒。而大軍在後, 助揚聲 勢, 則勇氣自倍, 所向無前[9]矣。玆將所屬列邑士友間公論, 拔擧數人, 別 錄一紙, 未知此等人, 果能不負人望與否, 幸試用, 而進退之。如或以鄙策 爲 (缺), 則他餘列邑中, 亦須訪問施行, 不患不得其人矣。至於昵侍帷幄[10] 者, 必得志慮 (缺) 正者, 與之同事然後, 謀猷之間, 有所裨益, 而亦足以鎭 服衆心, 其所關甚不輕矣.」云云。(缺)

에 참가했으나 패배한 책임을 지고 한때 관직에서 물러났다. 당시 의령에서 의병을 일으
켰던 곽재우와 불화가 심했는데 이를 金誠一이 중재하여 무마하기도 했으며, 경상감사로
있을 때 왜군과 맞서 계책을 세워 싸우지 않고 도망한 일로 사람들의 비난을 받았다.
2) 孤弱(고약) : 도와주는 사람이 없이 외롭고 연약함.
3) 守宰(수재) : 각 고을 맡아 다스리던 지방관들을 통틀어 이르는 말.
4) 鄉曲(향곡) : 시골구석.
5) 旌別(정별) : 旌別. 착한 사람과 악한 사람을 구별함.
6) 精當(정당) : 매우 자세하고 마땅함.
7) 調養(조양) : 調鍊. 전투에 적응하도록 행하는 훈련.
8) 死黨(사당) : 나라를 위하여 죽음을 각오하고 단결한 徒黨.
9) 所向無前(소향무전) : 향하는 곳에는 앞을 가로막을 자가 없음.
10) 帷幄(유악) : 군대의 장막. 작전 계획을 짜는 본진을 가리킨다.

21일 흐림.

아침에 예안의 군대가 왔다.

　　二十一日丁未。陰。朝, 禮安軍至。

22일 밤에 비 오다가 늦게야 맑음.

해가 돋아 밝아올 무렵, 행군하여 풍산현에 주둔하였다.

　　二十二日戊申。夜雨晚晴。平明行軍, 駐豊山縣。

23일 맑음.

안동의 정제장(整齊將) 김윤사를 승진시켜 중위장(中衛將)으로 삼았고, 복병장(伏兵將) 이선충과 조전장(助戰將) 박호인으로 하여금 날쌔고 건장한 군관 8명과 정예병 130명을 거느리고 서쪽으로 가게 했다.

○ 오위(五衛)를 합하여 삼위(三衛)로 재편하였다.

○ 행군하여 예천군(醴泉郡)의 진장(陣場)에 주둔하였다.

　　二十三日己酉。晴。陞安東整齊將金允思, 爲中衛將, 使伏兵將李選
　　忠・助戰將朴好仁, 率驍健軍官八人・精兵一百三十人, 西行。○合五衛爲
　　三衛。○行軍, 駐醴泉郡陣場。

24일 비.

장서(掌書) 김강이 왔다.

○ 예천군의 아전 김경안(金景安)이 군수 이언함(李彦諴)의 진소(陣所 : 진영)로부터 와서 말을 전하기를, "예천군의 향병대장(鄕兵大將) 이종무(李種茂)는 향병을 거느리고 화장(花藏)에 주둔해 있고, 도지휘대장(都指揮大將) 이수일(李邃一 : 李守一의 오기)은 장화송(長華松)에 주둔해 있다. 왜적은 상주

(尙州)의 반암(盤巖), 함창(咸昌)의 당교(唐橋) 등에 진을 치고서 날마다 용궁현의 사개리(沙ㅿ里)를 분탕질하였고, 현의 아전이 철환(鐵丸)에 맞아 중상을 입었다."고 하였다.

二十四日庚戌。雨。掌書金堝至。○郡吏金景安, 自郡守李彦誠[11])陣所, 來傳言 : "本郡鄕兵大將李種茂, 領兵駐花藏, 都指揮大將李遂一[12])駐長華松。倭賊列陣尙州盤巖[13])·咸昌[14])唐橋[15])上, 日焚蕩龍宮沙ㅿ里, 縣吏中鐵丸重傷。"云。

---

11) 李彦誠(이언함, 1538~1593) : 본관은 陽城, 자는 景信. 1572년 무과에 급제하고 1589년 비변사에서 무인을 채용할 때 鄭彦信의 추천을 받아 벼슬에 나아가기 시작하여 예천군수를 1592년 5월 3일부터 1593년 7월 16일까지 재임하였다. 이후 거제, 結城, 울산 군수를 지냈는데, 울산 군수 때 왜적과 싸우다 순국하였다.

12) 李遂一(이수일) : 趙慶男의 ≪亂中雜錄≫<임진년 상>에는 李守一(1554~1632)로 되어 있음. 본관은 慶州, 자는 季純, 호는 隱庵. 1583년 무과에 급제, 훈련원의 벼슬을 거쳐 1586년 小農堡權管이 되었다가 남병사 申恪의 막하로 들어갔다. 1590년 선전관이 되고, 다음 해 장기현감으로 발탁되었다. 1592년 임진왜란이 일어나자 의병을 일으켜 분전했으나 예천·용궁에서 패전하였다. 1593년 밀양부사로 승진, 이어 경상좌도수군절도사에 발탁되고 왜적을 격퇴한 공으로 가선대부에 올랐다. 그 뒤 회령부사에 이어 1597년 나주목사에 임명되었으나 부임하지 않았다. 정유재란이 일어나자 지역의 중요성을 감안한 도체찰사 李元翼의 요청으로 성주목사가 되었으나 명령을 어겨 杖刑을 받고 종군하였다. 1599년 북도방어사가 되었다가 곧 북도병마절도사로 자리를 옮겼다. 1602년 남도병마절도사가 되어 변방을 침범하는 야인들의 소굴을 소탕했으며, 1603년 경상우도병마절도사가 되어 창원에 있는 병영을 진주로 옮기도록 하였다. 1606년 길주목사로 방어사를 겸하고, 다음 해 수원부사에 이어 다시 북도병마절도사가 되고, 1611년 지중추부사로 지훈련포도대장·園囿提調를 겸하였다. 1612년 평안도병마절도사가 되었다가 1614년 임기를 마치고 다시 지중추부사가 되었으며, 1616년 숭정대부에 올랐다. 1624년 李适이 반란을 일으키자 평안도병마절도사로 부원수를 겸해 길마재[鞍峴]에서 반란군을 무찔러 서울을 수복한 공으로 振武功臣 2등에 책록되고, 鷄林府院君에 봉해졌다. 1628년 형조판서가 되고, 1631년 南漢守禦使에 임명되었으나 사양하고 나아가지 않았다.

13) 盤巖(반암) : 구한말 이전에는 상주 반암이었으나, 현재로는 경북 문경군 산양면 반곡리 소재

14) 咸昌(함창) : 경북 상주시 함창읍 일대. 조선시대에는 경상도 북부의 교통요지로 문경과 상주를 잇는 남북의 도로와 보은과 龍宮을 잇는 동서의 도로가 발달하였고, 부근에 德通驛이 있었다.

15) 唐橋(당교) : 경북 상주에서 문경으로 가는 경계 지점인 함창 윤직2리의 일대. 상주, 문경, 용궁방면으로 가는 갈림길 목으로, 당시 경상좌·우도가 분기하는 지점으로 교통의 요지이고 아울러 천혜의 전략 요새지인 鳥嶺이 가까운 지점으로 매우 중요한 지역이었다.

25일 맑음.

진지를 노포(蘆浦)로 옮겼다. 아침에 출발하였는데, 군관 이적(李適)·최두(崔峁), 우부장(右副將) 이정백을 파견하여 복병(伏兵)을 순찰하고, 도지휘대장(都指揮大將 : 이수일)과 회동하여 약속을 합의하고 정하니, 장서(掌書) 신경립이 뒤따랐다. 저녁나절에 도착하였는데, 용궁현의 북산(北山)에 복병으로 진을 치게 하고 이윽고 현의 동리(東里) 석현(石峴)에 유숙하였다.

　　二十五日辛亥。晴。移陣蘆浦[16]。朝發，遣軍官李適·崔峁[17]及右副將李庭栢, 巡審伏兵, 會都指揮大將, 議定約束, 掌書辛敬立從。夕到, 龍宮縣北山伏兵陣, 仍宿縣東里石。

26일 맑음.

노포에 군사들이 머물러 있었는데, 우부장(右副將 : 이정백)이 일찍 용궁현감(龍宮縣監 : 우복룡)을 만나고 이어 도지휘대장의 진소(陣所 : 진영)로 향하던 중에 길에서 왜구가 현의 서쪽 지역에 돌진해 쳐들어오고 있음을 듣고 곧장 본진으로 되돌아왔으나, 왜구의 선봉이 이미 교동(校洞)에 들이닥쳤다. 이에 복병장(伏兵將) 이선충이 말을 치달려 추격하여 용궁현의 사람들이 뜻밖의 재난을 면할 수 있었고, 후원장(後援將) 우선경(禹善慶)이 정예병 50명을 이끌고 석현의 진지로 재빨리 달려갔다.

　　二十六日壬子。晴。留陣蘆浦, 右副將, 早會龍宮縣監[18]，仍向都指

---

16) 蘆浦(노포) : 경북 예천군 蘆浦里面 일대.

17) 崔峁(최두, 1541~?) : 본관은 忠州, 자는 景仰. 아버지는 崔鴻遠이다. 1576년 식년시에 급제하였다. 掌樂院僉正을 지냈다.

18) 龍宮縣監(용궁현감) : 禹伏龍(1547~1613)을 가리키는 듯. 본관은 丹陽, 자는 見吉, 호는 懼庵·東溪. 1592년 임진왜란 때 龍宮縣監으로 용궁을 끝까지 방어, 그 공으로 안동부사에 올랐다. 그 뒤 江都留守로 있을 때 일을 공정하게 처리하여 권세가의 횡포를 금단하니 권세가들의 미움을 받아 1599년 洪州牧使로 전임되었다. 그러나 선정을 베풀었으므로 임금의 아낌을 받았고 나주·충주의 牧使를 거쳐, 1612년 성천부사에 이르렀다.

揮大將陣所, 路聞倭寇突入縣西, 直還本陣, 倭寇先鋒已入校洞。伏兵將李選忠, 躍馬追之, 龍宮人得免禍害, 繼援將禹善慶[19], 率精兵五十人, 馳赴石陣。

27일 맑음.

노포에 군사들이 머물러 있었다.

○ 복병장(伏兵將) 이선충과 조전장(助戰將) 박호인이 목숨을 아끼지 않는 군사들을 이끌고 곧장 반암(盤巖)으로 나아가서는, 땔나무 하던 왜구들이 물가로 나오기를 몰래 엿보다가 힘센 군사 김근경(金謹京) 등이 쫓아가서 활을 쏘아 말 2필을 빼앗았다.

> 二十七日癸丑。晴。留陣蘆浦。○伏兵將李選忠·助戰將朴好仁, 率敢死士, 直進盤巖, 候覘樵採倭來水邊, 壯士金謹京等, 追射奪二馬。

28일 맑음.

대장, 좌부장, 우부장이 각기 군관을 이끌고 척후장(斥候將) 권극인을 뒤따라 복병으로 배치한 진지에 갔다가 곧 정예병을 뽑기 위해 나누어 보냈다. 이에 좌부장(左副將 : 배용길)은 장서(掌書) 김윤안을 이끌고 본진에 되돌아와서 군사를 뽑았고, 우부장(右副將 : 이정백)은 장서 금몽일을 이끌고 계원진(繼援陣 : 지원부대)에 달려가서 정예병을 뽑아 징발하였다. 그리고 대장은 장서 신경립을 이끌고 도지휘대장의 진소(陣所)에서 회동하여 군사를 논의하였다.

> 二十八日甲寅。晴。大將·左右副將, 各率軍官, 及斥候將權克仁, 抵伏兵陣, 更抄精兵分遣。左副將率掌書金允安, 還本陣抄軍, 右副將率掌

---

19) 禹善慶(우선경, 1551~1604) : 본관은 丹陽, 자는 季賀. 副護軍을 지냈다. 부인은 文化柳氏 柳百齡의 딸이다.

書琴夢駟，馳至繼援陣，抄發精兵。大將率掌書辛敬立，會都指揮大將所，
議兵。

29일 맑음.

대장이 용궁현에서 돌아왔다.

　　二十九日乙卯。晴。大將，還自龍宮。

30일 맑음.

우부장이 군사를 이끌고 단밀천(丹密川)을 향하다가 유숙하였다. 이때
왜적이 밤을 틈타 접경지역을 침범하자, 백성들이 편히 쉬지 못하였다.

　　三十日丙辰。晴。右副將領軍，向丹密川[20]留宿。是時，倭賊乘夜犯
　　境，民不安息。

---

20) 丹密川(단밀천) : 경북 상주에 있는 하천 이름.

○ 11월

1일 눈이 조금 내림.

좌부장(左副將 : 배용길)이 본진에 머물고 있는데, 장서 신경립이 대장의 명령을 전하자, 우부장(右副將 : 이정백)이 군사를 거느리고 반암(盤巖)에 나아갔다가 저물 무렵에 돌아왔다.

> 十一月 一日丁巳。小雪。左副將留本陣, 掌書辛敬立, 傳大將令, 右副
> 將領軍, 進盤巖, 暮還。

2일 맑았으나 바람이 세차게 붊.

우부장이 군사를 거느리고 반암에 나아가려다, 왜구가 강을 건너와 분탕질을 하며 쳐들어올 기세가 있었기 때문에 진지에 머무르며 변란(變亂)에 대비하였다.

> 二日戊午。晴大風。右副將領軍進盤巖, 倭寇渡江焚蕩, 有衝突之勢,
> 故留陣待變。

3일 맑음.

좌부장(左副將 : 배용길)이 진지에 머물렀다.

○ 군위(軍威) 별장(別將) 장사진의 승리 소식이 이르자, 순찰사에게 보고하였다.(협주 : 첩문은 별록을 보라.)

○ 우부장(右副將 : 이정백)이 군사를 거느리고 단밀천으로 향하다가 갑자기 왜적의 선봉과 마주쳤다. 이날 왜적이 모조리 쓸어 없애고자 아군과 관군을 침범해오자 진을 치고 대적하였으나, 관군이 먼저 패하고 아군도 또한 물러났다.

三日己未。晴。左副將留陣。○軍威別將張士珍捷音至, 報巡察使。(捷文見別錄.) ○右副將領軍向丹密川, 猝遇賊鋒。是日, 賊掃衆[1], 來寇我軍與官軍, 布陣相對, 官軍先敗, 我軍亦退。

4일 맑음.

좌부장(左副將 : 배용길)이 진에 머물며 명령을 전하여 군사를 불러 모으니, 우부장(右副將 : 이정백)이 용궁에서 이르렀고, 김모의(金謀議 : 모의사 김윤명)가 와서 모였으며, 대장이 홀로 말을 타고 달려와서 순찰사와 회동하였다.

○ 부사(府使 : 김륵)가 용궁에서 돌아왔다.

四日庚申。晴。左副將留陣, 傳令聚軍, 右副將自龍宮至, 金謀議[2]來會, 大將單騎馳到, 會巡察使[3]。○府使[4]自龍宮還。

5일 맑음.

대장은 군량도총(軍粮都摠) 이영도, 중위장(中衛將) 김윤사, 장서(掌書) 신경립을 거느리고 순찰사(巡察使)와 모여서 의논하였다.

○ 김윤사와 류복기를 도군관(道軍官)으로 삼고, 우인경과 권복원을 간

---

1) 掃衆(소중) : 모조리 쓸어 없애버림.
2) 金謀議(김모의) : 謀議士 金允明. 9월 4일 일기의 내용에 나온다.
3) 巡察使(순찰사) : 안동부에 있던 경상좌도 순찰사 韓孝純을 가리키는 듯. 한효순이 8월 영해에서 왜군을 격파한 전공으로 9월 7일 경상좌도관찰사에 승진, 순찰사를 겸임하였음은 趙慶男의 ≪亂中雜錄≫<임진년 하> 9월 7일 기사에 보이는 선조의 교지에서 확인할 수 있다. 같은 교지에서 金誠一이 경상우도 순찰사로 임명되었다. 이는 ≪고대일록≫ 9월 4일의 내용에도 나온다. 그런데 ≪향병일기≫ 10월 20일 일기의 내용에는 순찰사로서 金睟가 나오므로, 확인할 필요가 있다. 김수는 임진왜란이 일어났을 때 경상우감사로 있었고, 8월에 한성부판윤에 임명되었다. 아마도 전임 순찰사를 순찰사로 지칭한 것이 아닐까 한다.
4) 府使(부사) : 金玏(1540~1616)을 가리킴. 그는 1592년 임진왜란이 일어나자 4월에 경상도 안집사가 되었고, 9월에 안동부사가 되었다가 이듬해 5월에 경상도관찰사가 되었기 때문이다.

병장(揀兵將)으로 삼아, 정예병을 가려 뽑도록 하였다.

　　　五日辛酉。晴。大將率軍粮都摠李詠道·中衛將金允思·掌書辛敬立,
　　會議巡察使。○以金允思·柳復起爲道軍官, 禹仁慶·權復元爲揀兵將, 揀
　　擇精兵。

6일 맑음.

대장, 좌부장이 진지에 머무르면서 순찰사·도사(都事)와 회동하였다.

○ 예안의 군대가 저녁에 이르렀다.

　　　六日壬戌。晴。大將·左副將留陣, 會巡察使·都事。○禮安軍夕至。

7일 맑음.

대장, 좌부장(左副將 : 배용길)이 진지에 머물렀다.

○ 순찰사가 예안을 향하여 떠났다.

○ 저녁 무렵 대장이 진지에 나아가며, 다음날이면 좌부장이 군대를
단속하러 의성으로 가기 때문에 몸소 군관과 장서를 거느리고 약속과 인
사를 받았다.

○ 대장이 북정(北亭)에 주둔하였다.

　　　七日癸亥。晴。大將·左副將留陣。○巡察使發向禮安。○夕大將臨
　　陣, 明日左副將, 監軍于義城, 躬率軍官·掌書, 受約束庭辭。○大將駐兵
　　北亭。

8일 비.

대장이 북정에 주둔하였다.

○ 부사(府使 : 김륵)가 병사를 거느리고 풍산(豊山)으로 출진했다.

八日甲子。雨。大將駐兵北亭。○府使領兵, 出陣豊山。

9일 맑음.

대장이 풍산으로 출진했다.

　九日乙丑。晴。大將出陣豊山。

10일 맑음.

부사가 거듭 대장과 회동했다.

○ 순찰사가 안동부사를 도대장(都大將)으로 삼았다.

　十日丙寅。晴。府使, 歷會大將。○巡察使, 以安東府使爲都大將。

11일 맑음.

진지에 머물고 있던 부사가 거듭 대장과 회동했다.

○ 병마사(兵馬使 : 박진)가 출발하여 예천(醴泉)으로 향하다가 풍산에 주
둔하였다.

○ 좌부장이 의성에서 돌아왔다.

　十一日丁卯。晴。留陣府使, 歷會大將。○兵馬使5), 出向醴泉, 駐豊

---

5) 兵馬使(병마사) : 兵馬節度使 또는 兵使라 하는데, 경상좌병사 朴晋(?~1597)을 가리킴. 본
　관은 密陽, 자는 明甫, 시호는 毅烈. 밀양 부사였을 때 임진왜란이 일어나자 李珏과 함께
　蘇山을 지키다가 패하여 성안으로 돌아왔다가, 적병이 밀려오자 성에 불을 지르고 후퇴했
　다. 이후 경상좌도 병마절도사로 임명되어 나머지 병사를 수습하고, 군사를 나누어 소규
　모의 전투를 수행하여 적세를 저지하였다. 1592년 8월 영천의 민중이 의병을 결성하고
　永川城을 근거지로 하여 안동과 상응하고 있었던 왜적을 격파하려 하자, 별장 權應銖를
　파견, 그들을 지휘하게 하여 영천성을 탈환하였다. 이어서 안강에서 여러 장수들과 회동
　하고 16개 邑의 병력을 모아 경주성을 공격하였으나 복병의 기습으로 실패하였다. 그러
　나 한 달 뒤에 군사를 재정비하고 飛擊震天雷를 사용하여 경주성을 다시 공략하여 많은
　수의 왜적을 베고 성을 탈환하였다. 이 결과 왜적은 상주나 서생포로 물러나지 않을 수
　없었고, 영남지역 수십 개의 읍이 적의 초략을 면할 수 있었다. 1593년 督捕使로 밀양·
　울산 등지에서 전과를 올렸고, 1594년 2월 경상우도 병마절도사, 같은해 10월 순천부사,

山。○左副將，還自義城。

12일 눈이 조금 내림.

진지에 머물고 있던 대장이 홀로 말을 타고 예안(禮安)으로 향하면서 장서(掌書) 신경립과 군관(軍官) 김태에게 군사들을 단속하게 하였다.

○ 병마사(兵馬使 : 박진)가 예천에서 돌아왔다.

○ 군위(軍威)의 별장(別將) 장사진(張士珍)이 전사하였다. 장사진은 군위현의 선비였는데, 날래고 건장한데다 대담하고 지략이 있어서, 왜구가 주제넘게도 남쪽의 고을을 엿보는 것을 요해처에 웅거하여 잘 막아서 (결락) 남쪽 지방이 보호되었다. 어느 날 왜구 천여 명이 갑자기 군위현의 경계를 침범하였는데, 장사진이 정예병 수십 명을 이끌고 앞장서서 세찬 기세로 나아가 먼저 비단옷에 은 투구 쓴 놈을 쏘고 머리를 베어 창끝에 걸자, 온 왜군들이 크게 놀라 울부짖으며 도망치니, 승세를 타 뒤쫓고 활쏘며 베어죽인 자가 백 명을 헤아렸다. 10여 일 지난 뒤에 왜적이 모조리 쓸어 없애고자 다시 쳐들어왔는데, 장사진이 힘써 싸우다가 죽었고 왜적도 물러갔다. 이 사실을 순찰사에게 상신(上申)하였다.

十二日戊辰。小雪。留陣大將, 以單騎向禮安, 以掌書辛敬立・軍官金兌, 監軍。○兵馬使, 自醴泉還。○軍威別將張士珍戰死。士珍縣士也, 驍健有膽略, 倭寇覦覬[6]南邑者, 據要害善遏絶, (缺) 南方堡障。一日, 倭寇千餘, 猝犯縣境, 士珍率精兵數十, 挺身突入, 先射錦衣銀冑者, 斬首揭槊, 一軍大亂, 啼哭遁走, 乘勝追射, 斬殺以百數。後十餘日, 賊掃衆復來, 士珍力戰死之, 賊亦退去。論報巡察使。

이어서 전라도 병마절도사, 1596년 11월 황해도 병마절도사 겸 황주 목사를 지내고 뒤에 참판에 올랐다.
6) 覦覬(기유) : 분수에 넘치는 야심으로 기회를 노리고 엿봄.

13일 맑음.

진지에 머물고 있는 삼위(三衛)를 3번(番)으로 나누고 고단한 몸을 쉬게
했다.

　○ 병마사(兵馬使 : 박진)가 화살대 300개를 지급하였다.

　　　十三日己巳。晴。留陣, 分三衛爲三番, 休苦也。○兵馬使, 給箭竹三
　　　百。

14일 맑음.

대장이 진지로 돌아왔고, 병마사가 포수를 보내어 화포를 시험 발포하
였다.

　　　十四日庚午。晴。大將還陣, 兵馬使遣炮手, 試放火炮。

15일 맑음.

진지에 머물었던 병마사가 안동부로 들어왔고, 순찰사가 영천(榮川 : 영
주)에서 돌아왔다.

　　　十五日辛未。晴。留陣兵馬使入府, 巡察使自榮川還。

16일 맑음.

진지에 머물렀다.

　　　十六日壬申。晴。留陣。

17일 맑음.

진지에 머물고 있던 좌부장(左副將 : 배용길)이 본진으로 들어왔다.

　○ 우위장(右衛將 : 申仡)이 군사를 거느리고 저녁에 왔지만, 우부장(右副

將 : 이정백)은 기한에 맞추지 못했다.

> 　十七日癸酉。晴。留陣左副將入本陣。○右衛將7)，領軍夕至，右副將，
> 不及期。

18일 맑음.

대장이 본진으로 돌아오자, 우부장과 좌부장이 모의사 김윤명과 함께 철군하려고 하였는데, 대장이 불가하다 하여 곧 그만두었다.

이보다 먼저, 여러 장수들이 패배하고 서쪽의 왜적이 더욱 횡행하자, 순찰사(巡察使 : 한효순)가 영을 내려 여러 장수들은 예천(醴泉)에 그대로 머무르게 하였고, 또 풍기(豊基), 영천(榮川 : 영주), 예안(禮安), 봉화(奉化) 등의 정예병들을 안동으로 와서 모이게 하였으며, 군마(軍馬)를 풍산(豊山)으로 출진하게 하고 병마사(兵馬使 : 박진)도 달려가게 했다. 안집사(安集使 : 김륵)는 별도로 군마를 보내 감천(甘泉)에 진을 치게 하고 영천(榮川)의 향병들도 따르게 하였다. 그리하여 대장은 각 고을의 군인을 이끌고 안동의 관군(官軍)과 서로 마주보며 진을 쳐서 위급한 상황에 대비하였다. 며칠이 지나자 서쪽의 왜적이 조금 잠잠해지니 안집사도 되돌아오고 병마사도 안동부로 들어왔다. 향병들이 일찍이 군량(軍糧)을 마련하기가 어려워 3번(番)으로 나누었던 터라, 이때에 이르러 적진이 흩어졌음을 들은 나이 많은 선비들이 식량만 허비하는 것은 옳지 못하다고 하여 이 철군 논의가 있었지만, 대장이 말하기를, "적도들의 드나듦이 순식간인데다 출몰도 일정하지 않고 간첩도 의당 살펴야 하니 (결락) 먼저 튼튼하게 해야 한다는 소리에 대비하지 않을 수 없다."고 하여, 마침내 따르지 않기로 했던 것이다.

---

7) 右衛將(우위장) : 이 일기의 9월 3일자 내용에 의하면, 申忔을 가리킴.

十八日甲戌。晴。大將還本陣，右副將·左副將，與金謀議，欲罷兵，大將以爲不可，乃止。先是，諸將敗績[8]，西賊益橫，巡察使令，諸將仍留醴泉，且以豊基·榮川·禮安·奉化精兵，來會安東，軍馬出陣豊山，兵馬使馳會。安集使別出軍馬，陣于甘泉[9]，榮川鄕兵亦隨。於是，大將率各邑軍人，與安東官軍，相望結陣，以備緩急。居數日，西賊稍緩，安集使退還，兵馬使入府。鄕兵曾以粮餉爲難，分爲三番，至是聞賊陣散去，老師費食爲不可，有此罷議，大將謂：“賊徒去來飄忽，出沒無常，間牒當審 （缺） 先實之聲，不可不備.” 遂不從。

19일 맑음.

十九日乙亥。晴。

20일 맑음.

二十日丙子。晴。

21일 맑음.

二十一日丁丑。晴。

22일 흐림.

좌부장(左副將 : 배용길)이 풍산으로 나갔다.

二十二日戊寅。陰。左副將出豊山。

---

8) 敗績(패적) : 자기 나라의 패전을 이르는 말.
9) 甘泉(감천) : 경북 예천군 감천면을 가리킴.

23일 맑음.

좌위장(左衛將 : 金翌)이 진지에 들어왔고, 좌부장(左副將)이 장서(掌書) 권득가와 김윤안을 거느리고 부사(府使)와 회동하였다.

> 二十三日己卯。晴。左衛將入陣, 左副將率掌書權得可・金允安, 會府使。

24일 흐림.

좌부장(左副將 : 배용길)이 진에 머물면서 군사들에게 활쏘기 연습을 시켰고, 복병장(伏兵將) 김사권(金嗣權)이 정예병들을 이끌고 함창(咸昌)으로 달려갔다.

> 二十四日庚辰。陰。左副將留陣, 軍人試射, 伏兵將金嗣權, 率精兵赴咸昌。

25일 맑음.

좌부장이 진지에 머물렀다.

> 二十五日辛巳。晴。左副將留陣。

26일 맑음.

> 二十六日壬午。晴。(缺)

14일

우부장(右副將 : 이정백)이 진지로 돌아왔는데, 저녁 무렵 순찰사(巡察使 : 한효순)와 병사(兵使 : 박진)를 뵈러 들어갔다.

　　十二月 十四日庚子。右副將還陣, 夕入見巡察使及兵使。

15일 맑음.

대장과 좌부장이 진지로 돌아왔고, 이송원(二松院)에 있던 모의사 김윤명도 왔고, 삼위장(三衛將)은 각자 자기 군졸들을 이끌고 합진(合陣)하였다.

　　十五日辛丑。晴。大將及左副將還陣, 二松院金謀議亦來, 三衛將[1]各率其卒合陣。

16일 아침엔 눈 내리다가 저녁엔 맑음.

삼위장(三衛將)이 들어와 감사와 병마사 두 분 상공을 뵙고 거사할 일을 상의하다가 두 왕자가 재를 넘었다는 것을 듣고는 분한 마음이 더욱 깊어졌다. 부백(府伯 : 府使)이 향교(鄕校)에 내린 공문을 보니, 정예하고 용맹한 군사를 널리 모집하여서 왕자를 탈출시키려는 일이었다.

○ 제독(提督) 고응척(高應陟), 그의 아들 고충운(高冲雲), 의흥의 정제장(義興整齊將) 강충립, 군관(軍官) 정서(鄭恕)와 이적(李適)이 진중(陣中)으로 왔다. 대장과 제독이 함께 울분을 토로한 시를 지었는데, 그 시가 별록(別錄)에 보였으나 지금은 없어졌다.

　　十六日壬寅。朝雪晚晴。三將入見監兵兩相, 相議擧事事, 聞二王子[2]

---

1) 三衛將(삼위장) : 좌위장 金堲, 중위장 金允思, 우위장 申忱을 가리킴.
2) 二王子(이왕자) : 臨海君과 順和君. 임해군(1574~1609)은 宣祖의 맏아들 珒이다. 임진왜란

踰嶺3），駭憤益深。見府伯下鄕校帖，以廣募精勇之士，圖出王子事也。○
高提督應陟4）・高冲雲5），義興整齊將康忠立，軍官鄭恕6）・李適，來于陣
中。大將與提督，共作遣憤詩，詩見別錄，今亡之。

17일 바람.

고충운과 강충립 등이 인사하고 돌아갔다. 대장과 우부장이 모의사 김
윤명과 함께 활쏘기를 하였다.

○ 부사(府使)의 유시(諭示)를 보니, 충주(忠州)에서 내려온 왜적 5,6백 명
이 함께 당교(唐橋)에 도착하여 합진(合陣)했다고 하였다. 밤에 의장(義將)
김용이 김철(金澈)과 구성윤(具成胤) 등을 이끌고 와서 왜적을 토벌하는 일
을 의논하였다.

十七日癸卯。風。高冲雲・康忠立等辭歸。大將及右副將，與金謀議，

때 왜군의 포로가 되었다가 석방되었고, 광해군 즉위 후 유배되었다가 죽었다. 순화군
(?~1607)은 宣祖의 여섯째아들 李玤이다. 부인은 승지 黃赫의 딸이다. 이들은 임진왜란이
일어나자 왕의 명을 받아 黃廷彧・황혁 등을 인솔하고 勤王兵을 모병하기 위해서 강원도
에 파견되었다. 같은 해 5월 왜군이 북상하자 이를 피하여 함경도 會寧에 피해 있었는데,
왕자임을 내세워 행패를 부리다가 함경도민의 반감을 샀다. 그 해 9월 왜군이 함경도에
침입하자, 회령에 위배되어 향리로 있던 鞠景仁과 그 친족 鞠世弼 등 일당에 의해 여러
호종관리들과 함께 체포되어 왜군에게 넘겨져 포로가 되었다. 이후 안변을 거쳐 이듬해
밀양으로 옮겨지고 부산 多大浦 앞바다의 배 안에 구금되어 일본으로 보내지려 할 때, 명
나라의 사신 沈惟敬과 왜장 小西行長과의 사이에 화의가 성립되어 1593년 8월 풀려났다.
3) 嶺(영) : 鳥嶺인 듯. 충청북도 괴산군의 연풍면과 문경시 문경읍의 경계에 위치하는 고개
이다.
4) 應陟(응척) : 高應陟(1531~1606). 본관은 安東, 자는 叔明, 호는 杜谷・翠屛. 1549년 사마시
에 합격하였고, 1561년 식년문과에 급제하고 이듬해 함흥교수가 되었다. 1563년 사직한
뒤 고향에 돌아와 학문에 전념 ≪대학≫의 내용을 여러 편의 시조로 옮겼다. 1570년 회
덕현감, 1575년 江原都事, 1582년 예안현감, 1585년 尙州提督을 거쳐, 1590년 안동제독으
로서 임진왜란을 맞이하였으며, 1595년 成均館司成, 1605년 경주제독에 임명되었다가 그
해 죽었다.
5) 高冲雲(고충운, 생몰년 미상) : 아버지는 高應陟이고, 어머니는 南克文의 딸인데, 그 3남2녀
가운데 장남.
6) 鄭恕(정서, 생몰년 미상) : 본관은 東萊, 자는 推卿. 아버지는 鄭胤詔이다. 부인은 李希仁의
딸 禮安李氏이다.

射帿[7]。○見府使所諭，自忠州下來之賊五六百，同到唐橋，合陣云。夜義將金涌，率金澈[8]·具成胤[9]等，來議討賊事。

18일 맑음.

제독(提督) 고응척이 찾아왔고, 군관(軍官) 김평(金坪)과 오감(吳淦) 등이 인사하고 돌아갔으며, 장서(掌書) 금몽일이 찾아와서 만났고 장서 신경립의 부친상을 듣게 되었다.

○ 예천 향병에게 답하는 편지에 이르기를, 「유병(儒兵 : 선비 의병)이 고단하고 약한데, 반드시 있어야 할 관군이 정말로 말씀하신 바와 같다면, 다만 장상(將相)들의 계책은 언제쯤이나 정해질지 모르겠습니다. 저의 생각으로는, 군사의 일이란 멀리서 헤아리기가 어려우나 여러 고을의 진영들이 비록 20일에 모일지라도 서로 상의하여 계책을 결정하는 데에 또 수삼일이 지날 것인바, 여러 진영의 복병과 정예병을 가려 뽑은 자가 만약 5,6백 명이라면 관군과 합세하여서 한쪽 방면이라도 감당할 수 있을 것이고, 만일 왜적의 기세가 거침없어 관군이 군사를 일으키지 않거나 하더라도 5,6백 명의 정예군이 한곳에 모인다면 번(番)을 나누어 보내 낮에는 추격하여 베거나 사로잡을 것이고 밤에는 적진을 박살내어 분탕질할 수 있을 것이니, 귀 진영의 군사가 반드시 관군을 기다린 뒤에야 움직이면 혹여 기회가 따르지 않아 일을 이루지 못할까 두렵습니다.」고 운운하였다.

---

7) 射帿(사후) : 활을 쏘아 과녁에 맞히는 일.
8) 金澈(김철, 1569~1616) : 본관은 義城, 자는 心源, 호는 大朴. 아버지는 金守一이고 양부는 金克一이다. 형은 金涌이다. 1603년 식년시에 급제하였다. 정유재란 때 火旺山城에서 창의하였다.
9) 具成胤(구성윤, 1558~1616) : 능성구씨 족보에는 具誠胤으로 되어 있음. 본관은 綾城, 자는 一甫, 호는 牛岩. 아버지는 具鳳齡이다. 부인은 裵興立의 딸이다.

十八日甲辰。晴。高提督來訪，軍官金坪・吳淦[10]等辭歸，掌書琴夢駬來見，聞掌書辛敬立遭外艱[11]。○答醴泉鄉兵書曰：「儒兵孤弱，必須官軍，果如所教，第未知將相之謀，何時可定也？鄙意則兵難遙度，列邑諸陣，雖會於二十日，而相議謀定之際，且經數三日，抄選諸陣伏兵精銳者，若得五六百，則可與官軍合勢，以當一面，若或賊勢鴟張，官軍雖未擧事，而五六百精銳之軍，會于一處，則分番發遣，晝可以追逐斬獲，夜可以斫營焚蕩，貴陣之軍，必待官軍而後動，則恐或機不可及，而事未得也.」云云。

19일 눈.

대장이 아침에 안집사를 만나고, 이어 순찰사에게 네 조목의 의견을 바쳤으니, 첫째 기율을 세울 것, 둘째 관할하는 수령의 출척을 엄히 할 것, 셋째 호오(好惡 : 좋아함과 싫어함)를 분명히 할 것, 넷째 인재 발탁을 신중히 할 것인데, 이 의견은 별록에 실려 있다. (결락)

○ 소문에 의하면, 명나라 장수 심유경(沈惟敬)과 조승훈(祖承訓) 두 사람이 군사 4만 명을 이끌고 순안(順安)에 도착했으며, 이성량(李成樑)의 아들 이여송(李如松)과 병부시랑(兵部侍郎) 아무개(송응창을 가리킴)가 정병(精兵) 7만 명을 이끌고 압록강을 건넜다고 한다.

○ 좌부장이 진중으로 왔다.

十九日乙巳。雪。大將朝見安集使，因獻議[12]四條于巡察使，一曰立紀律，二曰嚴黜陟[13]，三曰明好惡，四曰謹延攬[14]，議在別錄 (缺) ○聞唐將

---

10) 吳淦(오감, 1564~1603) : 본관은 高敞, 자는 景深, 호는 淸壽亭・花山. 아버지는 春塘 吳守盈이다. 1601년 생원과 진사가 되었다.
11) 外艱(외간) : 아버지의 喪事.
12) 獻議(헌의) : 윗사람에게 의견을 아룀.
13) 黜陟(출척) : 공적에 따라 지위를 올리고 내림.
14) 延攬(연람) : 남을 끌어들여 자기편으로 만듦.

沈祖15)二人, 率兵四萬, 來到順安16), 李成樑17)子18) · 兵部侍郎某19), 率精兵七萬, 渡江云云。○左副將來到陣中。

20일 맑음.

대장 및 모의사 금응훈과 좌부장. (결락)

二十日丙午。晴。 大將及琴謀議 · 左副將。(缺)

21일 맑음.

병마사는 의성을 향해 출발하였고, 우후(虞侯 : 권응수)는 예천으로 갔다.

二十一日丁未。晴。兵馬使發向義城, 虞侯20)行醴泉。

---

15) 沈祖(심조) : 沈惟敬과 祖承訓을 가리킴. 심유경은 1592년 임진왜란 때 祖承訓이 이끄는 명나라 군대를 따라 조선에 들어왔는데, 평양성 전투에서 명나라 군이 일본군에게 대패하자 일본과의 화평을 꾀하는데 역할을 하였고, 1596년 일본에 건너가 도요토미 히데요시를 만나 협상을 진행하였으나 매국노로 몰려 처형되었다. 조승훈은 임진왜란 때 명에서 파견된 장군인데, 파병 당시 직위는 摠兵으로 1592년 7월에 기마병 3천을 거느리고 평양을 공격하게 하였으나 이기지 못한 채 퇴각하여 요동으로 되돌아갔다가 12월에 다시 부총병 직위로 이여송 군대와 함께 와서 평양성을 수복하였다.

16) 順安(순안) : 평안남도 평원 지역의 옛 지명.

17) 李成樑(이성량) : 명나라로 귀화한 조선인. 李如松의 아버지이다.

18) 子(자) : 李如松(1549~1598)을 가리킴. 임진왜란 때 防海禦倭總兵官으로서 임진왜란 당시 명나라 구원군 4만 3천 명을 이끌고 동생 이여백과 왔다.

19) 兵部侍郎某(병부시랑모) : 宋應昌(1536~1606)을 가리킴. 임진왜란 당시 1592년 7월 祖承訓이 지휘했던 명나라 군대가 평양전투에서 참패하자, 명나라 조정은 충격에 휩싸여 8월 병부우시랑 宋應昌을 經略防海備倭軍務에 임명하여 북경 주변과 요동의 방어태세를 점검하도록 했다. 그리고 12월 명군의 지휘부, 經略軍門 兵部侍郎 직으로 李如松과 함께 4만 3000명의 명나라 2차 원군의 총사령관으로 참전하였다. 그리고 조선의 金景瑞와 함께 제4차 평양 전투에서 평양성을 탈환한다. 그러나 이여송이 1593년 1월 27일 벽제관 전투에서 대패하자 명나라 요동으로 가 형식상으로 지휘를 하였다. 4월 19일에 왜적이 서울을 버리고 도망하자 이여송과 함께 입성하기도 하였다. 이후 육군과 수군에게 전쟁 물자를 지원해 주었다.

20) 虞侯(우후) : 權應銖를 가리킴.

22일 맑음.

진보(眞寶)에서 온 전언 통신문(傳言通信文)에 의하면, 「평의지(平義智 : 왜
장 히라요시)가 이미 죽었다.」고 하였다.

○ 대장 및 우부장과 모의사 김윤명이 진중으로 왔고, 장서(掌書) 권득
가도 이어 왔다.

　　二十二日戊申。晴。眞寶傳通云,「平義智[21]已死.」○大將及右副將・
金謀議來陣, 掌書權得可繼至。

23일 맑음.

오전에 합진(合陣)하였다.

○ 대장과 권응수의 치보(馳報)에 이르기, "당교(唐橋)의 왜적들이 대거
용궁현(龍宮縣)에 쳐들어와 현의 뒷산에 있는 객사 및 원당・신당・고월
곡・지동・원동・석현・무이곡 등의 마을에 진을 쳤다."고 하였다.

○ 저녁이 되어서야 철군하여 당교로 돌아갔다.

○ 모의사 노경필(盧景佖) 및 선산의 향병정제장(鄕兵整齊將) 길운득(吉云

---

21) 平義智(평의지, 1568~1615) : 왜적 장수 히라요시, 임진왜란 때 고니시 유키나가의 부장
으로서 5,000명의 군세를 이끌고 부산에 상륙하여 4월 14일에 동래, 15일에 기장, 좌수
영, 16일에 양산, 17일에 밀양, 그 후에 대구, 인동, 선산을 차례차례로 공략하고, 26일
에 경상도 순변사 李鎰을 상주에서 격파하였으며, 27일에 경상도를 넘어 충청도로 진군,
탄금대에서 요격 나온 申砬의 조선군을 괴멸시켜 충주를 공략하였다. 또, 경기도로 나아
가 5월 1일에 여주 공략 후, 2일에 용진을 거쳐 한성 동대문 앞에 도착한 후, 3일에는
수도 한성에 입성하였다. 5월 18일에 임진강에서 金命元등의 조선군을 격파하였고, 27일
에 개성 공략, 황해도의 서흥, 평산, 황주, 중화를 차례차례로 공략하여 평안도로 나아갔
다. 또, 6월 8일에 대동강의 근처까지 도달하였으며, 16일에는 평양을 공략하였다. 7월
16일 명의 요동 부총병 祖承訓이 평양을 공격해 왔지만 격퇴했다. 29일 李元翼의 조선군
이 평양을 공략하지만, 이도 격퇴하였다. 1593년 1월 7일 명나라 장수 李如松의 약 4만
의 명군과 김명원의 1만 명의 조선군을 가세해 평양을 공격하였다. 명군이 평양성의 성
문을 돌파하자 일본군은 북부 구릉지역의 진지로 퇴각하였다. 벽제관 전투를 전후로 하
여 명군에서는 이 패전으로 위축되었고, 일본군도 병량이 부족했기 때문에, 강화교섭을
한 후로 부산 주변까지 철퇴했다. 1597년 정유재란이 일어나자, 좌군에 속해 참진하였
다가 부산을 거쳐 귀국하였다.

得)이 진지로 왔다.

○ 장서(掌書) 김윤안이 진지로 왔다.

　　二十三日己酉。晴。午前合陣。○大將・權應銖馳報云："唐橋之賊,
大入龍宮，　結陣于縣後山官客舍及元堂・神堂・古月谷・紙洞・院洞・石
峴・武夷谷等里."云。○及暮, 捲兵還唐橋。○謀議盧景佖及善山鄕兵整齊
將吉云得來陣。○掌書金允安來陣。

24일 맑음.

모의사 김윤명 및 길운득이 돌아갔다.

○ 군량도총(軍粮都摠) 이영도가 진지로 왔다.

○ 대장이 장서와 군관을 이끌고 사단(射壇)에서 활쏘기를 연습하였다.

○ 군관(軍官) 김광도(金光道)가 진지로 왔다.

　　二十四日庚戌。晴。金謀議及吉云得歸。○軍粮都摠李詠道來陣。○
大將率掌書・軍官, 試射于射壇。○軍官金光道[22]來陣。

25일 맑음.

순찰사가 의성으로 출발하였다.

○ 대장과 부장이 활쏘기를 연습하였다.

○ 제독(提督 : 고응척)이 선천도(先天圖)를 그려 진지로 보내왔다.

　　二十五日辛亥。晴。巡察使出義城。○大將・副將試射。○高提督, 畫
先天圖, 送陣。

---

22) 金光道(김광도, 1563~1622) : 본관은 光山, 자는 士修, 호는 東籬. 아버지는 金壕, 할아버
지는 金富仁이다. 金垓의 당질이다. 柳成龍의 문인이다.

26일 맑음.

복병장(伏兵將) 이선충으로 하여금 정예병 30명을 이끌고 용궁으로 출진케 하고, 대장은 장서(掌書) 김강, 군관(軍官) 김태·김평·오식·이적을 이끌고 풍산으로 출진하여서 복병을 통솔하였다.

○ 제독 고응척이 진지로 와서 선천도(先天圖) 및 자설(字說)을 강론하였다.

○ 이영도가 돌아갔다.

○ 선산(善山) 사람 박수일(朴遂一)이 진지로 왔다.

○ 김태(金兌)가 와서 전하기를, "홍종록(洪宗祿)의 꿈에 백발의 할아버지가 나타나서 시를 지어 주었다고 하니, 이렇다.

가랑비 뿌려진 서쪽 변경엔 버들이 푸르고	雨灑西邊柳色靑
샛바람 불어와 말발굽 소리가 가벼워라.	東風吹送馬蹄輕
조정에 가득한 이름난 관리가 환도하는 날	滿朝名窀還都日
승전가 기쁨의 환호성 조정에 가득하여라.	奏凱懽聲已滿廷

회복될 징조가 이미 이 시에 보인다."고 하였다.

　　二十六日壬子。晴。遣伏兵將李選忠, 率精兵三十名, 出龍宮, 大將率掌書金堈·軍官金兌·金坪·吳湜23)·李適, 出于豊山, 以節制24)伏兵也。○高提督來陣, 講論先天圖及字說。○李詠道歸。○善山朴遂一25)來

---

23) 吳湜(오식, 1560~1631) : 고창오씨 족보에는 吳㴌으로 되어 있음. 본관은 高敞, 자는 景沈, 호는 明溪. 아버지는 春塘 吳守盈, 동생은 吳淦이다.

24) 節制(절제) : 지휘 통솔함.

25) 朴遂一(박수일, 1553~1597) : 본관은 密陽, 자는 純伯, 호는 健齋·明鏡. 1576년 覆試에 낙방한 뒤 과거에 뜻을 두지 않고 爲己之學에 몰두하였다. 1592년 임진왜란이 일어나자 盧景任과 함께 의병을 일으켜 항전하였으며, 그 공으로 군자감참봉이 되었으나 정유재란 때 전사하였다.

陣。○金兌來傳：“洪宗祿[26]夢有白頭翁，作詩贈之曰[27]：‘雨灑西邊柳色靑，東風吹送馬蹄輕，滿朝名宦還都日，奏凱懽聲已滿廷.’ 恢復之兆，已見於此。”云。

27일 바람.

대장이 가다가 풍산(豊山)에 도착하여 진천뢰(震天雷)를 가지고 갔다.(협주 : 대장이 복병을 살피는 일로 용궁을 향해 갈 때였다.) (결락)

○ 영리(營吏 : 진영에 딸린 吏屬)이 보내온 전언 통신문(傳言通信文)에, 「이달 23일 우후(虞侯) 권응수가 정예병 40명을 이끌고 비안(比安)으로부터 인동(仁同)으로 가서 왜적을 엿보다가 중과 양인 중에 왜적과 교류한 놈 8명을 쏴 죽이고, 사내놈 3명과 계집 1명을 사로잡아 그 자리서 베어 죽였는데, 지세가 불리하여 대대적으로 군사를 일으킬 수가 없었다.」고 하였다.

○ 돌격장의 치보(馳報) 안에, “이달 20일에는 대구의 왜적 500여 명이 인동에 도착하였고, 21일에는 천여 명이 또 대구에서 인동으로 향했다가 그대로 계속하여 주둔해 있다.”고 하였다.

○ 군위(軍威)의 향병교생(鄕兵校生) 기대립(奇大立)과 강경서(姜慶瑞) 등이

---

26) 洪宗祿(홍종록, 1546~1593) : 본관은 南陽, 자는 延吉, 호는 柳村. 1561년 생원시에 합격하고 1572년 별시문과에서 급제하였다. 검열을 거쳐 사헌부・사간원・홍문관 등 三司의 벼슬을 두루 역임하고 1583년에 병조정랑이 되었다. 1589년 정여립의 모반사건이 일어나자 그 일파로 몰려 龜城에 유배되었다. 1592년 임진왜란 때 류성룡의 종사관이 되어 왜적과의 전투에서 공을 세웠다. 이후 황해도 암행어사, 調度使 등을 거쳐 직제학에 올랐다.

27) 이 시구는 의주 행재소에 참요서로서 떠돌았던 것 같은데, 홍종록의 유배와 관련된 고사가 전한다. 朴東亮(1569~1635)의 ≪寄齋史草≫ 下권 <壬辰雜事>에는 “細雨天含柳色靑, 東風吹送馬蹄輕。太平名官還朝日, 奏凱歡聲滿洛城.”으로 되어 있고, 趙慶男(1570~1641)의 ≪亂中雜錄≫ 권2 <임진년 하>에는 “細雨天街柳色靑, 東風吹入馬蹄輕。舊時名宦還朝日, 奏凱歡聲滿洛城.”으로 되어 있으며, 李肯翊(1736~1806)의 ≪練藜室記述≫ 권17 <宣祖朝故事本末>에는 “細雨天街柳色靑, 東風吹入馬蹄輕。舊時名宦還朝日, 奏凱歡聲滿洛城.”으로 되어 있다.

인동에서 매복해 있다가 각기 왜적의 무리를 쏴 죽였는데, 기대립은 벤 왜적의 머리를 가져와 바쳤다. 그 즉시 이를 순찰사에게 보고하였다.

二十七日癸丑。風。大將行到豊山, 取震天雷去。(大將, 以按伏事, 發向龍宮時也.) (缺) ○營吏傳通大縣, 「今月二十三日, 虞侯權應銖, 率精兵四十人, 自比安往仁同觇賊, 射殺僧俗交賊者八人, 擒男三口‧女一口, 卽斬之, 以地勢不利, 不能大擧.」云。○突擊將馳報內大縣, "今月二十日, 大邱賊五百餘名, 到仁同, 二十一日, 千餘名, 又自大邱向仁同, 仍留屯."云。○軍威鄕兵校生, 奇大立‧姜慶瑞等, 埋伏仁同, 各射殺賊徒, 奇大立斬馘來獻。卽報巡察使。

28일 맑음.

의성 정제장(義城整齊將 : 신홍도)의 비밀문서가 도착했는데, 봉한 상태에서 개봉하지 않은 채 즉시 대장이 머무는 곳으로 보냈다.

○ 대장의 <서행일기(西行日記)>에 덧붙여 적혔기를, 오늘은 바람이 불었고, 새벽에 사람을 보내어 복병장(伏兵將) 이선충으로 하여금 신중하도록 주의를 주려 했으나 밤중에 습격하는 일이 있어서 만나지 못하고 돌아왔다. 대장은 선몽대(仙夢臺)로 출진하여 멀리 적진을 가리키며 스스로 탄식하기를, '병졸이 고단하고 약한지라, 진격하여 토벌할 수가 없구나.' 하고는 저녁이 되어서야 돌아왔다.

○ 전수(全繡), 안복로(安福老), 안경손(安敬孫) 등이 찾아와서 만났다.

○ <서행일기>에 덧붙여 적혔기를, 복병장 이선충이 있는 곳에서 왜적의 기습을 직접 듣고는 대장이 새벽에 떠났는데, 도중에 우부장의 치보(馳報)를 보니, "군위의 기대립 등이 벤 왜적의 머리, 빼앗은 왜적의 물건을 올려 보낸다."고 하였다. 용궁을 거쳐 왕태동(王泰洞)의 서산(西山)에 올라 왜적의 형세를 살피다가 저녁이 되어서야 돌아오는데, 사람이 살던 곳

이 죄다 타버렸고 백골이 재가 되었으니 장수와 병졸이 서로 돌아보며 저도 모르게 눈물짓고 울분을 품어 <섣달 그믐날(除夕)>이란 시를 지었다.(협주 : 시는 문집에 보인다.) (결락) 돌아와서 송구(松邱)에서 묵었다.

二十八日甲寅。晴。義城整齊將秘牒來到, 封不開, 卽送大將行住處。○大將<西行日記>附, 是日風, 曉送人, 戒伏兵將李選忠愼, 有夜擊事, 不遇而還。大將出仙夢臺[28), 指望賊陣, 自歎'兵孤卒弱, 未能進討.' 當夕而還。○全繡·安福老·安敬孫等來見。○<西行日記>附, 伏兵將李選忠處, 親聞賊奇[29), 大將趂曉發行, 路次見右副將馳報, "軍威奇大立等, 斬倭頭, 奪倭物, 上送."云。歷龍宮, 登王泰洞[30)西山, 候覘賊勢, 乘夕而歸, 人居燒盡, 白骨成灰, 將卒相顧, 不覺揮涕, 懷憤作除夕詩(詩見集中), (缺), 還宿于松邱。

---

28) 仙夢臺(선몽대) : 경북 예천군 호명면 백송리에 있는 조선시대의 정자. 퇴계 이황의 증손이며 문하생인 李闃道가 1563년에 창건한 정자이다.
29) 賊奇(적기) : 왜적의 기습.
30) 王泰洞(왕태동) : 용궁현의 서면에 있던 마을 이름. 지금은 경북 문경군 영순면 왕태리이다.

계사년(1593)

○ 1월

1일 맑음.

대장이 (결락) 나갔다.(협주 : 이때 대장은 복병을 배치한 곳에 있었다.) (결락)

○ 기대립(奇大立)의 공신 녹권(功臣錄券)이 순찰사의 진소(陣所)로부터 왔다.

○ <서행일기>에 덧붙여 적혔기를, 오늘은 구름이 끼었는데, 한밤중에 복병장 이선충 등으로 하여금 정예병을 이끌고 적진으로 돌진해 들어가게 하여 수없이 사살하고 왜적의 창과 칼을 빼앗았으며, 진천뢰(震天雷)를 연달아 쏘게 하여 온 적진을 놀라게 하고 죽인 자가 매우 많았으니, 순찰사에게 서면으로 보고하였다.

> 正月 一日丙辰。晴。大將 (缺) 行(時大將在設伏處)。 (缺) ○奇大立勳券[1]，自巡察使所來。○<西行日記>附，是日雲，夜半令伏兵將李選忠等，率精兵，突入賊陣，射殺無數，奪倭槍釖，連放震天雷，一陣驚動，死者甚衆，牒報[2]巡察使。

---

1) 勳券(훈권) : 功臣錄券.
2) 牒報(첩보) : 서면으로 상관에게 보고함.

2일 종일 바람.

대장이 복병을 배치해 둔 곳에서 다시 이선충 등으로 하여금 정예병을 이끌고 당교(唐橋)의 왜적 목책을 쳐부수도록 하여 15여 명을 사살하고 긴 창을 탈취하였다. 또 진천뢰를 쏘게 하였는데, 밤이 깜깜하여 그 사상자가 얼마나 되는지는 알지 못하였지만, 진천뢰의 소리가 우당탕 요란하니 왜적들의 소굴에서 나자빠지고 짓밟히는 소리만 들렸다. 또 순찰사 및 병마사에게 승전을 보고하고, 이어서 진천뢰를 더 보내도록 청하였다.

○ 도사(都事 : 金弘微)가 청송에서 안동부(安東府)로 들어왔다.

○ 대장이 진지로 돌아와서 감사(監司 : 한효순), 병사(兵使 : 박진) 두 분 및 아사(亞使 : 김홍미)와 함께 이달 6일에 삼로(三路)로 나누어 왜적을 토벌하기로 의논하였다.(협주 : 삼로는 안동, 대구, 당교이다.)

二日丁巳。終風。大將, 自設伏處, 更遣李選忠等, 率精兵, 斫唐橋賊柵, 射殺十五餘人, 奪取長槍。又放震天雷, 夜黑不知其死傷多少, 惟聞雷聲轟發[3], 賊藪[4]糜爛之聲。又報巡察使及兵馬使, 因請震天雷。○都事[5], 自靑松入府。○大將還陣, 與監兵兩相及亞使[6], 議以今月六日, 分三路討

---

3) 轟發(굉발) : 몹시 요란한 소리를 내면서 폭발함.

4) 賊藪(적수) : 적의 소굴.

5) 都事(도사) : 임진왜란 당시 경상좌도도사 金弘微(1557~1605)와 경상우도도사 金穎男(1555~1617)이 있었는데, 여기서는 김홍미를 가리키는 듯. 본관은 尙州, 자는 昌遠, 호는 省克堂. 曺植과 柳成龍의 문인이다. 장인이 柳雲龍이다. 1579년 진사가 되고, 1585년 식년 문과에 급제하여 승문원부정자에 발탁되고, 홍문관정자·著作, 예문관검열 등을 거쳐 부수찬을 역임하였으며, 당시 형인 金弘敏과 함께 사림으로 영예를 누렸다. 1589년 이조좌랑으로 있을 때 남인으로 鄭汝立의 모반사건에 연루되어 파면되었다. 그 뒤 복관되어 1592년 임진왜란이 시작될 무렵에는 경상좌도도사가 되고, 이어 이듬해 교리 겸 시강원 문학을 거쳐 경연관·응교·사간·사성 등을 역임하였다. 1597년 승정원동부승지로 있을 때, 삼도수군통제사인 李舜臣을 탄핵하여 파면하게 하고 元均을 통제사로 삼게 하는 데 가담하였다. 그 뒤 좌부승지·훈련도감제조를 거쳐, 형조참의·대사간·이조참의·승문원부제조 등을 역임하다가 1598년 관직을 사퇴하였다. 그 이듬해 다시 靑松府使를 거쳐 1604년 강릉부사로 부임하였다.

6) 亞使(아사) : 조선시대 각 도의 관찰사를 보좌하면서 행정 업무를 총괄한 經歷(종4품)과 都事(종5품)를 가리키는 말.

賊(三路, 仁同·大邱·唐橋)。

3일 맑음.

아침에 좌부장(左副將 : 배용길)이 안동부에 들어와 도사를 만났는데, 아침을 먹은 후에 도사가 예천을 향해 출발하였다.

○ 대장의 행차가 진지에 도착하였다.

> 三日戊午。晴。朝左副將入府，見都事，朝後都事，發向醴泉。○大將
> 行次到陣。

4일 맑음.

부사(府使 : 김륵)의 배리(陪吏)가 올린 고목(告目 : 간단한 보고서)을 보니, 당교의 왜적이 예천군(醴泉郡) 서당동리(書堂洞里)에서 분탕질한다고 되어 있었다.

○ 판관(判官 : 윤안성)이 예천을 향해 출발하였다.

○ 대장은 장서(掌書) 김윤안, 군관(軍官) 정서·김태·김평·오감·이적·이경선 등을 이끌고 군위(軍威)를 향해 출발하면서 의성(義城) 이하 4개 고을의 군사를 점검하고 장차 인동(仁同)의 왜적을 토벌하려 하였고, 좌부장과 우부장은 본진 및 예안의 정예병을 거느리고 당교(唐橋)의 왜적을 방어하였다.

○ 저녁에 대장은 구미(龜尾)의 마을에서 멈추고 묵었다.

○ 좌부장이 풍산(豊山)으로 출진하였다.

四日己未。晴。見府使陪吏[7]告目[8]，唐橋之賊，焚蕩于醴泉郡書堂洞里

---

7) 陪吏(배리) : 윗사람을 모시어 따라다니는 관리.
8) 告目(고목) : 각 관청의 胥吏나 지방 관아의 鄕吏 같은 하급 관리가 상급 관리에게 공적인 일을 보고하거나 문안할 때 사용하는 간단한 양식의 문서.

云。○判官發向醴泉。○大將, 率掌書金允安・軍官鄭恕・金兌・金坪・吳
淰・李適・李景善等, 發向軍威, 點檢義城以下四邑之軍, 將討仁同之賊, 左
右副將, 領本陣及禮安精兵, 以禦唐橋之賊。○夕大將, 止宿于龜尾村。○左
副將, 出陣豊山。

5일 맑음.

대장이 새벽에 구미(龜尾)를 떠나 오전에 의성의 향교에 도착하였는데,
정제장(整齊將) 김사원・신홍도, 우위장(右衛將) 신심이 찾아와서 뵈었다.

○ 도사(都事 : 金弘微)와 부사(府使 : 김륵)가 풍산으로 되돌아왔다.

○ 미시(未時 : 오후 1~3시)에 우부장(右副將 : 이정백)이 군사를 거느리고
진지로 왔다.

○ 산양(山陽 : 문경)의 의장(義將)에게 답하는 편지에 이르기를, 「합세하
여 적을 토벌함은 전쟁에 임하는 장수의 이기는 계책인데, 만일 그 계책
을 가지고 있는 자라면 누군들 앞장서서 적진에 들어가려고 하지 않겠습
니까. 가만히 생각건대, 향병장(鄕兵將)은 군사들이 정예롭지 못한 것이 아
닌데도 도중에 왜적의 수급(首級)을 바치는 것이 끊긴다면, 향병장이란 이
름을 돌아봄에 부끄럽게 여길 것입니다. 군문(軍門)의 소나 말처럼 달리는
종과 같은 저도 반드시 같은 반열이 되는 것을 부끄러워 할 것입니다. 아
사(牙史 : 고을의 수령)들이 요충지를 차지하고서 여러 번 왜적의 머리를 바
쳐 세운 공으로 동쪽을 도탑게 도와준 것에 힘입어 온전할 수 있어서, 노
소 모두가 손을 모아 서쪽을 향하지 않음이 없음을 익히 들었습니다. 금
번에 편지를 받들어 보니 과연 제 마음을 먼저 알아주신 것으로, 간절히
선봉이 되려고 하지만 다만 순찰사는 달옥(達玉 : 미상) 두 성에 뜻을 두고
있어서 대장이 소속된 여러 고을의 향병을 통제하려는 일 때문에 군위로
향하는 것을 듣고서 쉽게 허락하지 않을 것이나, 부장(副將) 등이 또 본진

의 병사들을 거느리고 바야흐로 관군의 대장과 더불어 의논하고 있으니, 지금이야말로 바로 합세하여 왜적을 토벌해야 할 때이거늘 시기를 초 9일로 할 필요가 있겠으며 회동을 감천(甘泉)에서 할 필요가 있겠습니까?」고 운운하였다.

　　五日庚申。晴。大將曉發龜尾, 午前到義城鄕校, 整齊將金士元·申弘道, 右衛將申伈來謁。○都事·府使, 還豊山。○未時[9], 右副將, 領軍來陣。○答山陽[10]義將書：「合勢討賊, 兵家勝策, 倘有以之者, 孰不欲先登[11]? 窃念鄕兵將, 非人卒[12]不精, 路斷獻馘[13], 顧名[14]慚怍。轅門[15]之牛馬走[16], 必耻之爲列。熟聞牙史[17], 截居要衝, 屢獻首功, 笠襄以東, 賴以得全, 黎白[18]攢手, 莫不向西。今奉書狀, 果是先獲, 切欲前驅, 第以巡察, 有意於達玉兩城, 大將以所屬列邑鄕兵節制事, 向軍威, 不聽輕許, 而副將等, 又將本陣兵, 方與官軍大將同議, 此政合勢擧事之秋, 期何必初九, 會何必甘泉。」云云。

---

9) 未時(미시) : 오후 1~3시.
10) 山陽(산양) : 경북 문경 지역의 옛 지명.
11) 先登(선등) : 다른 사람보다 앞장서서 城위에 올라가 적을 공격함을 말함.
12) 人卒(인졸) : '사람들'이라는 의미로서 卒은 '衆'으로 새겨야 하나, 여기서는 軍士의 의미로 파악함.
13) 獻馘(헌괵) : 적이나 도적의 무리들을 죽이고 그들의 머리나 왼쪽 귀를 베어 임금에게 바치는 의식.
14) 顧名(고명) : 顧名思義. 이름을 돌아보며 그 뜻을 생각함. 향병장이란 이름에 담긴 의미를 늘 생각하며 그에 어긋나지 않아야 한다는 것을 일컫는다.
15) 轅門(원문) : 軍營이나 營門을 이르던 말. 옛날 중국에서 田獵할 때나 전쟁하는 데 진을 칠 때에 수레로써 우리처럼 만들고, 그 드나드는 곳에는 수레를 뒤집어놓아 수레의 끌채가 서로 향하도록 만들었던 것에서 온 말이다.
16) 牛馬走(우마주) : 소나 말처럼 달리는 종이라는 뜻으로 자기의 겸칭.
17) 牙史(아사) : 衙史. 지방 수령으로 있는 사람에게 편지를 할 때, 그 관아에서 모시고 있는 사람이 받아서 전해 달라는 뜻으로 편지 겉봉의 지방 명 아래에 붙여 쓰는 말.
18) 黎白(여백) : 젊은이와 늙은이를 가리키는 말.

6일 맑음.

대장이 의성에 있었다. 아침에 군사들을 모아놓고 군량유사(軍粮有司) 우경충(禹景忠)이 올린 술과 밥을 먹인 뒤에 향교를 떠나 소문(召文)의 정대남(丁大男)의 집에 도착하니, 의흥의 정제장 박문윤・이호인, 군위의 정제장 이영남 등이 진을 치고 기다리다가 대장이 진중(陣中)으로 들어오자 여러 장수들이 예를 차려 뵈었다. 얼마 되지 않아 비안의 정제장 조단이 20명의 군사를 이끌고 와서 모의사 이보와 회동하였고, 군위의 전향유사(典餉有司) 홍위도 왔다. 장차 초 9일에 인동으로 나아가 왜적을 치기 위하여 안동과 예안의 향병들이 이미 당교로 달려갔지만, 의성 이하 네 고을의 군사들이 추위와 굶주림에 뿔뿔이 흩어져 수백 명도 채우지 못하였기 때문에 즉시 당교로 전령(傳令)을 보내어 부장으로 하여금 정예병을 거느리고 돌아와 모이도록 하였다. 정예병들이 밤중에 당교의 왜적을 습격하고 돌아왔다.

○ <서행일기>에 덧붙여 적혔기를, 좌부장과 우부장이 예천에 있으면서 이른 아침에 정예병을 뽑아 복병장(伏兵將) 김사권과 조성중으로 하여금 거느려 먼저 가도록 하였다. 얼마 되지 않아 두 부장(副將)들도 갔는데, 용궁현의 석현(石峴)에 있던 관군대장의 진소(陣所)에 도착하여 안동의 판관(判官), 예천과 용궁의 가수(假守), 서평(西平)의 권관(權管) 등을 보고 얼굴을 마주보며 의논하여 약속하였다.

○ 예천의 아병(牙兵) 이신(李信)이 왜적의 머리를 베어 와서 바쳤다.

○ 관군대장으로 장수를 정하고, 용궁의 가수와 서평의 권관이 90여 명의 군사를 이끌고 또한 계속 지원하도록 하였다.

○ 밤중에 복병장(伏兵將)의 군사들이 관군과 함께 적진에 돌진해 쳐들어가서 왜적의 무리를 사살하고 돌아왔는데, 밤중에 습격한 절차를 낱낱이 들어 대장의 진소에 치보(馳報)하였다.

六日辛酉。晴。大將在義城。朝會軍餉之, 軍粮有司禹景忠進酒飯後, 發鄕校, 到召文[19]丁大男家, 義興整齊將朴文潤・李仁好, 軍威整齊將李榮男等, 結陣以待, 大將入陣中, 諸將禮見。俄而, 比安整齊將趙端, 率軍二十名, 來會謀議李輔, 軍威典餉有司珙瑋亦至。將以九日, 進攻仁同之賊, 安東・禮安鄕兵, 已赴唐橋, 義城以下四邑軍, 凍餒零散, 不滿數百, 故卽送傳令于唐橋, 使副將率精兵來會。精兵等, 夜擊唐橋之賊而還。○西行日記附, 左右副將在醴泉, 早朝抄精兵, 令伏兵將金嗣權・趙誠中, 領率先去。俄而, 兩副將亦往, 行到龍宮石峴官軍大將陣所, 見安東判官[20], 醴泉・龍宮假守[21], 西平權管[22], 面議約束。○醴泉牙兵[23]李信, 斬倭頭來獻。○官軍大將定將, 龍宮假守・西平權管, 率軍九十餘名, 亦爲繼援。○夜伏兵將士, 與官軍, 突入賊陣, 射殺賊徒而歸, 枚擧夜擊節次, 馳報大將所。

7일 갠 날씨에 참.

대장이 의성에 머물러 있자, 아침에 군량도총(軍粮都摠 : 이영도)이 금경(琴憬)을 이끌고서 달려왔고, 의흥의 정제장 강충립이 군사를 이끌고 와서 모였는데, 군사 일으키는 일을 논의하였다.

七日壬戌。晴寒。大將在義城, 朝軍粮都摠, 率琴憬馳到, 義興整齊將康忠立, 率軍來會, 論議擧事。

---

19) 召文(소문) : 경북 의성군 금성면 일대.
20) 判官(판관) : 조선시대 여러 관서의 종5품 관직. 소속관아의 행정실무를 지휘, 담당하거나, 지방관을 도와 행정・군정에 참여하였다.
21) 假守(가수) : 임시 현감.
22) 權管(권관) : 조선시대 함경도・평안도・경상도의 변경 鎭堡에 두었던 守將.
23) 牙兵(아병) : 조선 후기 수어청이나 총융청・감사가 소재한 감영에 소속된 군사. 牙下親兵의 약칭으로서 대장의 휘하에서 군무를 수행하는 군사를 칭하는 말로도 쓰였다.

8일 맑음.

대장이 의성에 있으면서 강충립을 보내어 조방장(助防將)을 만나 군사 일으키는 것을 상의하도록 하였다.

○ 소를 잡아서 군사들에게 먹이고는 활쏘기 연습을 시켰는데, 모든 군중에 있는 자들에게 화살을 지급하고 권장하였다.

○ 병마사의 회송문(回送文)에 이르기를, 「임사걸(林士傑) 등의 상주(上奏)에 의하면, 진천뢰가 마침 다른 곳에 있으나 화약을 쟁여서 실어 보낼 생각이다.」고 운운하였다.

> 八日癸亥。晴。大將在義城, 遣康忠立, 見助防將, 商議擧事。○椎牛 餉軍試射, 諸軍中者, 給矢以奬。○兵馬使回送文[24]曰:「林士傑等啓聞[25], 計料震天雷, 時在他處, 藏藥輸送.」云云。

9일 맑음.

대장이 의성에 있다가 순찰사가 의흥(義興)에 도착하였음을 듣고는 도총·장서·군관을 거느리고 가서 뵙고 일을 의논하였는데, 인동(仁同)이 지세가 불리하기 때문에 크게 군사를 일으킬 수 없으니 권응수와 함께 정예병 수천 명을 거느리고 가서 왜적의 형편을 엿보다가 돌격하기로 하였다. 대장이 의성으로 돌아와 명을 전하였는데, 신심(申伈)이 군사로써 미처 진격하기도 전에 왜적이 먼저 나와 복병으로 맞받아쳐서 모든 군사들이 패하여 돌아오니, 신심은 진격할 겨를도 없이 물러났다.

○ 본진일기(本陣日記)에 덧붙여 적혔기를, 좌부장이 군사를 거느리고 밤을 틈타 내달려서 운산역(雲山驛)에 도착했는데, 다음날 군위로 향할 것이다.

---

24) 回送文(회송문) : 여러 사람이 차례로 돌려 보도록 한 공문.
25) 啓聞(계문) : 조선시대 지방장관이 중앙에 上奏하던 일.

九日甲子。晴。大將在義城，聞巡察使到義興，率都摠・掌書・軍官，
往見議事，仁同以地勢不利，不得大擧，與權應銖，率精兵數千，往戰形便，
欲突擊之。大將還義城傳令，申�..未及兵以進，賊先出，伏兵邀之，諸軍潰
還，申..未及而退。○附本陣日記，左副將領軍，乘夜馳到雲山驛，翌日將
向軍威。

10일 맑음.

대장이 장서(掌書) 김윤안, 군관(軍官) 김태・이적을 이끌고 안덕(安德 : 청
송)에서 어버이를 뵈었다.

○ 도총(都摠) 이영도, 군관 오식・오감・이경선・정서, 도총의 장서 금
경이 의성에서 돌아왔는데, 인동에서 군사를 크게 일으킬 수 없었기 때문
이었다. 오후에 대장이 안덕에 도착하고 순찰사도 의흥에서 안덕으로 돌
아오자, 저녁에 대장이 순찰사를 뵈었다.

○ 본진일기(本陣日記)에 덧붙여 적혔기를, 축시(丑時 : 오전 1시~3시)에 대
장의 전령(傳令)이 군위에서 도착하였는데, 인동에서 왜적을 토벌하는 일
은 지세가 불리하여 중지하였으니, 안동과 예안의 향병들은 거느리고 오
지 말라고 하였다.

○ 우부장이 구미(龜尾)에서 운산(雲山)으로 달려와 좌부장과 함께 본진
으로 돌아왔다.

十日乙丑。晴。大將率掌書金允安・軍官金兌・李適，覲親26)于安·
德27)。○都摠李詠道，軍官吳湜・吳淦・李景善・鄭恕，都摠掌書琴憬，自
義城還，以仁同不得大擧故也。午後，大將到安德，巡察使亦自義興還安德，
夕大將見巡察使。○附本陣日記，丑時28)大將傳令，自軍威來到，仁同討賊

---

26) 覲親(근친) : 어버이를 뵘.
27) 安德(안덕) : 경북 청송 지역의 옛 지명.

事, 以地勢不利停止, 安東·禮安鄕兵, 勿爲領來云。○右副將, 自龜尾馳
來雲山, 與左副將, 同還本陣。

11일 맑음.

대장이 안덕에 머물면서 장서와 군관을 이끌고 활쏘기 연습을 하였다.

○ 저녁에 대장이 순찰사를 뵙고 이어서 각 고을의 산성을 손보아 고
쳐서, 피란하고 있는 인민들로 하여금 굳게 지키게 하여 왜적들의 소굴이
되지 않도록 할 것을 권하였다.

○ 구충윤(具忠胤)이 술을 가지고 찾아왔다.

○ 본진일기(本陣日記)에 덧붙여 적혔기를, 군량도총(軍粮都摠) 이영도가
대장이 머무는 곳에서 진지로 와 대장의 뜻을 전하며 보고하기를, '요사
이 군졸들이 경황없는데다 지치고 쇠약해진 것이 매우 심하니, 이번 13일
에 합세하여 진을 치는 일은 잠시 중지하라.'고 하였다.

十一日丙寅。晴。大將留安德, 率掌書·軍官, 鍊射。○夕大將見巡察
使, 因勸各邑山城修繕[29], 使避亂人民堅守, 無爲賊徒巢窟。○具忠胤[30]持
酒來訪。○附本陣日記, 軍粮都摠李詠道, 自大將行駐處來陣, 以大將意,
傳報曰: '近日, 軍卒奔遑, 疲羸尤甚, 今十三日, 合陣事姑停.'云。

12일 눈.

대장이 안덕에 머물었는데, 권계창(權繼昌), 민기효(閔杞孝), 신경남(申慶
男), 고빙운(高聘雲)이 찾아와서 뵈었다.

十二日丁卯。雪。大將留安德, 　權繼昌[31]·閔杞孝[32]·申慶男·高聘

---

28) 丑時(축시) : 오전 1시~3시.
29) 修繕(수선) : 낡거나 허름한 것을 손보아 고침.
30) 具忠胤(구충윤, 1554~?) : 본관은 綾城, 자는 尤甫. 具鳳齡의 장남이다. 金彦璣의 문인이다.
　　宣務郎司圃署別坐를 지냈다.

雲來謁。

13일 아침엔 눈 오다가 낮엔 맑음.

대장이 안덕에 머물렀는데, 구충윤이 대장을 맞이해서 활 과녁을 설치하였다.

> 十三日戊辰。朝雪午晴。大將留安德, 具忠胤邀大將, 張帳。

14일 맑음.

대장이 김윤안, 김태, 이적을 이끌고 안덕을 떠나 저녁에 거물역(巨勿驛)에서 묵었다.

> 十四日己巳。晴。大將, 率金允安・金兌・李適, 發安德, 夕宿巨勿
> 驛33)。

15일 맑음.

오후에 대장이 안동의 진소(陣所)에 도착하였다.

> 十五日庚午。晴。午後, 大將到安東陣所。

16일 맑음.

아침에 안동부의 사람인 정옥(鄭沃)이 행재소(行在所)에서 내려와 말하기를, "명나라 군사들이 크게 이르러 직접 군대의 강성한 위용을 보았다."고 하였다.

○ 순찰사에게 진천뢰(震天雷)를 청하였는데, 안동에 있으면서 회송(回送)

---

31) 權繼昌(권계창, 1536~1612) : 본관은 安東, 자는 子述, 호는 雙溪釣叟. 아버지는 權恢이다. 첨지중추부사를 지냈다.
32) 閔杞孝(민기효) : 閔世貞의 장남 閔杞(1527~?)인 듯.
33) 巨勿驛(거물역) : 경북 일직현에 있던 역참.

하기를, "진천뢰는 효과가 있어 왜적의 간담을 벌써 서늘케 하니 지극히 기쁘지만, 안동의 진영에는 3개뿐인데다 화약이 바닥나 수송할 수가 없다."고 하였다.

○ 군관(軍官) 김태가 들어가 순찰사를 뵙고 정사초(政事草)를 가지고 오자, 아침을 먹은 후에 대장 및 좌부장이 안동부에 들어가 순찰사, 도사, 부사를 만나니, 순찰사는 명나라 장수가 약속한 4장(四章)을 보여주었다. (협주 : 자세한 것은 별록에 보인다.)

十六日辛未。晴。朝府人鄭沃, 來自行在所, 言 : "唐兵[34]大至, 親見軍容之盛."云。○乞震天雷於巡察使, 在安東回送云 : "震天雷有效, 賊已破膽[35], 極爲可喜, 但營上三箇, 而火藥竭乏, 不得輸送."云。○軍官金兌, 入見巡察使, 持來政事草, 朝後大將及左副將入府, 見巡察使·都事·府使, 巡察使示唐將約束四章(詳見別錄)。

17일 맑음.

관군대장이 치보(馳報)하였는데, 그 내용에 이르기를, "15일 왜적은 선운(先運 : 선발부대)이 홍백기(紅白旗) 7죽(竹)을 세우고 후운(後運 : 후발부대)이 홍기(紅旗) 5죽을 세워 상주(尙州)로부터 들어와 당교(唐橋)에 둔을 쳤는데, 이들은 경성(京城)의 왜적들로 명나라 군사에게 여러 번 패하고 모조리 쓸어 없애며 재를 넘었으니, 급히 병사를 거느리고 와서 모이라."고 하였다.

○ 칠원(柒原)의 전언 통신문(傳言通信文)에 이르기를, 「왜선(倭船) 2척이 (결락) 으로부터 와서 부산(釜山)에 정박하고 있다.」고 한다.

十七日壬申。晴。官軍大將馳報, 內云 : "十五日倭賊, 先運[36]建紅白

---

34) 唐兵(당병) : 명나라 군사를 일컫는 말.
35) 破膽(파담) : 쓸개를 깨뜨리다는 뜻으로, 매우 놀랐다는 의미.
36) 先運(선운) : 선발부대. 군대나 역부를 몇 사람씩 몇 개의 部隊로 나누어 순차적으로 종사 케 하는데, 편성된 각각의 부대를 運이라고 한다.

旗七竹, 後運建紅旗五竹, 自尙州, 入屯唐橋, 此是京城之賊, 屢敗於天兵, 掃衆踰嶺, 急領兵來會." ○柒原傳通內, 「倭舡二隻, 自本 (缺), 來泊釜山.」 云.

18일 맑음.

오후에 좌부장(左副將 : 배용길)이 집으로 돌아갔다.

　　十八日癸酉。晴。午後, 左副將還家。

19일 맑음.

좌부장이 진지로 되돌아왔고, 명나라 장수의 약속이 도착하였다.

　　十九日甲戌。晴。左副將還陣, 唐將約束來到。

20일 맑음.

대장은 예안(禮安)에 머물고 있으면서 전령(傳令)이 진지로 오자(협주 : 대개 군사를 모으는 일이었다.), 모의사 이보(李輔)는 사사로이 4개 고을의 정제장(整齊將)이 있는 곳에 통지하여 군사를 모아 급히 정예병을 가려 뽑도록 하였다.

○ 예천(醴泉)의 치보(馳報)에 의하면, "당교의 왜적들이 무수하게 갈평(葛坪)을 분탕질하였다."고 한다.

　　二十日乙亥。晴。大將在禮安, 傳令來陣(盖聚軍事也.), 李謀議私通四邑整齊將處, 聚軍急抄精兵。○醴泉馳報內, "唐橋賊, 無數焚蕩葛坪37)." 云。

---

37) 葛坪(갈평) : 경북 문경군에 있는 지명.

21일 맑음.

대장의 전령이 진지로 왔다.

　　二十一日丙子。晴。大將傳令來陣。

22일 맑음.

모의사 김윤명이 먼저 도착하였고, 대장과 모의사 금응훈(琴應壎)이 진지에 왔으며, 오후에는 우부장(右副將 : 이정백)이 와서 모였고, 저녁에는 순찰사와 도사가 안동부에 들어왔다.

　　二十二日丁丑。晴。金謀議先到, 大將與琴謀議來陣, 午後右副將來會,
　　夕巡察使・都事入府。

23일 맑음.

들건대, '명나라 군사들이 크게 이르러 서경(西京 : 평양)의 왜적들을 죄다 섬멸하고, 이미 봉산(鳳山)에 이르렀다.'고 한다.

○ 아침 먹기 전에는 모의사 김윤명이 들어와서 순찰사와 도사를 만났고, 아침 먹은 후에는 삼위장(三衛將)이 진소(陣所)에 모여 앉아서 군졸을 점고하여 정예병을 뽑아 복병소(伏兵所)로 더 보냈다.

○ 저녁에 영천(榮川 : 영주)의 전언 통신문(傳言通信文)이 도착하였는데, 「서경(西京)과 황해(黃海)의 왜적들이 죄다 섬멸되었고 나아가 송경(松京)의 왜적들도 도륙되었다.」고 하였다.

○ 순찰사의 회보(回報)에 이르기를, "화살을 쏘아 맞힌 것과 화살로 죽인 사람의 숫자는 다시 사실대로 조사하면 나중의 결과가 더하지도 덜하지도 않아야 한다. 그러므로 전부를 통틀어 계산한 뒤에 기록하라."고 운운하였다.(협주 : 순찰사는 문서에 지나치게 많이 기록하여 다시 사실을 더 조사해야 했기 때문이었다.)

二十三日戊寅。晴。聞'天兵大至，盡殲西京之賊，已到鳳山[38].'云。○朝前金謀議，入見巡察使・都事，朝後三將，合坐陣所，點考軍卒，擇精兵，加送于伏兵所。○夕榮川傳通來到，「盡殲西京・黃海之賊，進屠松京之賊.」云。○巡察使回報云："射中射殺人，更爲覈實[39]，則前後無加減。故通計後錄."云云(巡察使，以書錄過多，更加覈實故云.)。

24일 맑음.

도사(都事) 김창원(金昌遠 : 김홍미)이 진지에 왔다.

○ 모의사 김윤명이 돌아갔고, 장서(掌書) 금몽일과 배득인 등도 교체되어 돌아갔다.

○ 대장이 장서(掌書) 신경립, 별장(別將) 김사권 등을 불러서 경상우도로 가는 일을 의논하여 정하였다.

二十四日己卯。晴。都事金昌遠[40]來陣。○金謀議歸，掌書琴夢馹・裴得仁等遞歸。○大將招掌書辛敬立・別將金嗣權等，議定右道行。

25일 비.

모의사 금응훈이 돌아왔고, 우부장은 돌아갔으며, 대장은 안기(安奇)로 나가 묵고 이어 복병소(伏兵所)로 향하였는데, 군관(軍官) 김평・오감 등이 모시고 따라갔다.

二十五日庚辰。雨。琴謀議還，右副將歸，大將出宿安奇，因向伏兵所，軍官金坪・吳淦等陪行。

---

38) 鳳山(봉산) : 황해도 봉산군 사리원에서 동쪽으로 있는 옛 읍.
39) 覈實(핵실) : 사실을 조사하여 밝힘.
40) 昌遠(창원) : 경상좌도도사 金弘微(1557~1605)의 字. 본 일기의 1593년 1월 2일자에 있는 주석을 참고하기 바란다.

26일 맑음.

병사(兵使)의 군관이 행재소로부터 와서 말하기를, "명나라 군사들이 평양 등의 왜적을 소멸하는 것을 직접 보았다."고 하면서 기이한 말로 장담하는 것을 들은 사람들은 저도 모르게 손을 흔들고 발을 구르며 덩실덩실 춤을 추었다.

○ 비변사(備邊司)의 관문(關文 : 하달된 공문서)에 의거하여 순찰사의 방문(榜文)이 도착하였다.(협주 : 방문은 별록에 보인다.)

> 二十六日辛巳。晴。兵使軍官, 自行在所來言 : "親見天兵, 勦滅平壤等賊." 奇辭壯談, 聞者不覺, 手舞足蹈也。○備邊司關[41]據, 巡察使榜文[42]來到(文見別錄)。

27일 맑음.

소속 여러 고을의 유사들 성명 및 군인·군량·군기의 수효를 기록하여 책으로 만들었는데, 장서(掌書) 신경립과 별장(別將) 김사권이 우도(右道)의 의병도대장(義兵都大將, 협주 : 대장은 知事 김면으로 어명을 받들고 합도(闔道)의 의병대장이 되었는데, 여러 고을들의 의병들을 통솔하라는 공문이 도착하였기 때문에 이와 같이 낱낱이 적어서 보고하였다.)에게 공문에 따라 보고하기 위하여 오늘 길을 떠났다.

○ 제독(提督) 고응척이 찾아와서 이야기를 나누었다.

> 二十七日壬午。晴。所屬列邑諸有司姓名, 及軍人軍粮軍器數爻, 開錄[43]成冊, 掌書辛敬立·別將金嗣權, 准報右道義兵都大將(大將知事金沔[44]

---

41) 關(관) : 關文. 상급관부에서 하급관부로 보내던 공문서.
42) 榜文(방문) : 어떤 일을 널리 알리기 위하여 사람들이 다니는 길거리나 많이 모이는 곳에 써 붙이는 글.
43) 開錄(개록) : 기록함.
44) 金沔(김면, 1541~1593) : 본관은 高靈, 자는 志海, 호는 松菴. 1592년 임진왜란이 일어나자 5월에 趙宗道·곽준·文緯 등과 함께 거창과 고령에서 의병을 일으켰다. 금산과 개령

也，承命爲闔道義大將，統列邑義旅，行關⁴⁵⁾來到故，如是枚報⁴⁶⁾.)，是日發程⁴⁷⁾。○高提督來話。

28일 맑음.

二十八日。晴。

29일 새벽엔 눈 오다가 저녁엔 맑음.

군량유사(軍粮有司) 김백원(金伯元)이 진지로 찾아와서 명령을 들었다.

二十九日甲申。曉雪晚晴。軍粮有司金伯元，來陣聽令。

30일 맑음.

좌부장이 군관 등을 이끌고 과녁에 활을 쏘았다. 모의사(謀議士) 김윤명, 중위장(中衛將) 김윤사, 장서(掌書) 김윤안이 진지로 찾아왔다.

三十日乙酉。晴。左副將，率軍官等，射帿。謀議金允明・中衛將金允思・掌書金允安來陣。

사이에 주둔한 적병 10만과 牛峴에서 대치하다가 진주목사 金時敏과 함께 知禮에서 적의 선봉을 역습하여 크게 승리를 거두었으며, 이 공으로 합천군수에 제수되었다. 그 뒤 茂溪에서도 승리를 거두어 9월에는 僉知事에 임명되고, 11월에는 義兵都大將의 교서를 받았다. 당시 호남관찰사에게 군사와 군량을 요청했으나 회답이 없자 스스로 무기를 수선하고 병사를 격려하여 전투에 임했으며, 호남과 영남의 의병장들과 함께 4도로 진병하고자 했으나 그 약속이 이행되지 못하자 혼자 군사를 이끌고 고령・지례・금산・의령 등을 수복하였다. 왕이 그 공적을 장하게 여겨 이 군사들에게 勤王(왕의 곁에서 호위하는 일)할 것을 명했으나, 백성들이 통곡하며 보호를 청하고 관찰사 金誠一이 장계를 올리니 본도에 머물러 수호하라는 교서가 내려졌다. 1593년 1월 慶尙右道兵馬節度使가 되어 충청도 의병과 함께 금산에 주둔하며 善山의 적을 격퇴시킬 준비를 갖추던 도중, 갑자기 병에 걸리자 자신의 죽음을 알리지 말라는 유언을 남기고 죽었다.
45) 行關(행관) : 동등한 관아 사이에 공문을 보내는 일을 이르던 말.
46) 枚報(매보) : 낱낱이 적어서 보고함.
47) 發程(발정) : 길을 떠남.

◎2월

1일 비.

대장이 복병소(伏兵所)에 있으면서 복병장(伏兵將)으로 하여금 정예병을 골라 뽑아서 왜적의 진중으로 돌진해 쳐들어가게 하자, 임사걸(林士傑)이 왜적 2놈을 사살하고 머리 1급(級)을 베었으며, 윤문(胤文)이 활을 쏘아 머리 1급을 베고 그 놈의 장검을 빼앗았다. 그러나 왜적에게 포위된 급박한 상황에서 임사걸과 윤문은 벤 왜적의 머리들과 장검을 버려둔 채로 겨우 몸만 빠져나와 충돌했을 때 왜적의 피가 옷소매에 흥건했다. 다른 정예병들은 왜적의 포위망 밖에 있으면서 크게 고함을 지르며 활을 난사하여 윤문의 오른쪽 팔뚝을 잘못 맞히기도 했지만 왜적이 놀라 달아나서 군사들이 온전히 돌아올 수 있었다.

○ 복병장의 치보(馳報)에 의하면, "정월 28일 한밤중에 남쪽으로 내려오던 왜적들이 포를 쏘아대며 당교(唐橋)에 도착하여 새벽이 되자 상주 방향으로 나아갔는데, 29일에는 왜적들이 횃불을 들고서 내려가더니 30일에는 왜적들이 무수히 당교에 도착하여 목책(木柵) 밖에 진을 쳤다."고 운운하였다.

二月 一日丙戌。雨。大將在伏兵所, 令伏兵將抄精兵, 突入賊陣中, 林士傑射殺二賊, 斬首一級, 胤文射斬一級, 奪其長釰。賊圍之急, 士傑·胤文, 棄其所斬頭及長釰, 僅以身出, 衝突之際, 賊血淋漓於衣袖。他精兵在賊圍外, 大號亂射, 誤中胤文右臂, 然賊驚潰, 諸軍得全而歸。○伏兵將馳報, "正月二十八日, 夜半下來之賊, 放炮到唐橋, 黎明下向尙州, 二十九日賊擧火下去, 三十日賊無數到唐橋, 結陣木柵外。"云云。

2일 흐림.

좌부장이 진지로 왔고, 군관 최두(崔屻)가 용궁으로 나갔으며, 별감(別監) 안몽열(安夢說)이 찾아와서 만났다.

○ 의흥 정제장(義興整齊將) 강충립은 홍몽뇌(洪夢賚)가 벤 왜적의 머리 1급을 바치자 즉시 대장이 있는 곳으로 보냈다.

○ 대장이 정예병 사룡(士龍)과 한금(閑金) 등으로 하여금 상주(尙州)의 노곡(魯谷)에 복병을 배치하게 하였는데, 왜적의 머리 2급을 베어 와서 바쳤다.

○ 좌부장의 군관 남우(南祐)와 우부장의 군관 우선경(禹善慶)이 진지로 왔다.

> 二日丁亥。陰。左副將來陣，軍官崔屻出龍宮，別監安夢說[1]來謁。○ 義興整齊將康忠立，獻洪夢賚所斬倭頭一級，卽送于大將所。○大將，令精兵士龍·閑金等，設伏尙州路谷[2]，斬二級來獻。○左副將軍官南祐·右副將軍官禹善慶來陣。

3일 맑음.

정제장(整齊將) 김약이 진지에 이르렀다.

> 三日戊子。晴。整齊將金瀹至陣。

4일 흐림.

중위장(中衛將) 김윤사가 진지에 이르렀다.

> 四日己丑。陰。中衛將金允思至陣。

---

1) 安夢說(안몽열, 1539~?) : 본관은 順興, 자는 應賚, 호는 文和. 金彦璣의 문인이다. 白衣 書狀官으로 燕行하였다. 선조조 대홍수 피해복구 사업에 李庭檜와 함께 감독하였다. 안동부가 현으로 격하되자 復號上疏에 참여하였다. 첨지를 역임하였다.
2) 路谷(노곡) : 魯谷으로 표기되기도 함.

5일 아침엔 비 오후엔 갬.

저녁 때 대장의 전령이 진지에 도착했고, 해질 무렵 순찰사가 안동부에 들어왔다.

五日庚寅。朝雨午晴。夕大將傳令到陣, 昏巡察使入府。

6일 맑음.

모의사 김윤명이 진지에 도착하였다. 대장이 풍산(豊山)으로부터 진지로 돌아왔고, 저녁에는 예안으로 가서 현감을 만나고 곧장 되돌아와 '명나라 군사가 평양에서 왜적과 싸운 절차(협주 : 자세한 것은 별록에 보인다.)'를 말하며 사람을 시켜 가져오게 하여 그것을 보여주었다.

○ 순찰사가 봉하여 보낸 것에는 두 장의 교지(敎旨)가 있었는데, 하나는 공훈(功勳)에 관한 것이었고 다른 하나는 명나라 군사의 바라지에 관한 것이었다.(협주 : 자세한 것은 별록에 보인다.)

○ 당교를 밤에 습격했을 때 사살한 자가 매우 많은 것과 함창(咸昌)에 복병을 두어 왜적의 머리를 벤 것 등을 순찰사에게 보고하였는데, 당일 안동에 있으면서 회송(回送)하기를, "대장이 기회를 보아 왜적에 대응한 힘이었으니, 상격(賞格 : 포상)하는 공문을 만들어 보내겠다."고 운운하였다.

○ 의흥(義興)의 교생(校生) 홍몽녀가 벤 왜적의 머리를 순찰사에게 보고하였는데, 그날로 회송하기를, "포상하는 공문을 만들어 보내겠다."고 운운하였다.

○ 충주의 진장(陣將)이 치보(馳報)한 가운데에, "명나라 군사들이 정월 28일에 경성에 도착하여 포위하였는데, 첫날은 전투에서 이겼으나 둘째 날은 패배하여 진(陣)을 뒤로 물려 사평원(沙平院)에서 군사를 쉬게 하였다."고 한다.

六日辛卯。晴。金謀議到陣。大將自豊山還陣, 夕往見禮安倅, 卽還,

言'天兵平壤接戰節次(詳見別錄)', 使人持來, 見之。 ○巡察使封送, 有旨二
張, 一則功勳事, 一則天兵支待[3]事也(詳見別錄)。 ○唐橋夜擊時, 射殺甚多,
及咸昌設伏所斬馘, 報巡察使, 卽日在安東回送曰："大將, 隨機應會之力,
賞格[4]公文, 成送。"云云。 ○義興校生洪夢賚, 所斬倭頭, 報巡察使, 卽日回
送曰："賞格公文, 成送。"云云。 ○忠州陣將, 馳報內："天兵, 正月二十八
日, 到圍京城, 一日戰勝, 二日退陣, 沙平院休軍。"云。

7일 맑음.

七日壬辰。晴。

8일 맑음.

우부장과 군량도총(軍糧都摠 : 이영도)이 진지에 왔다.

○ 순찰사가 영천(榮川 : 영주)으로 향하였다.

八日癸巳。晴。右副將·軍粮都摠來陣。○巡察使向榮川。

9일 비.

호소사(號召使)의 답서에 이르기를, 「명나라군의 선봉 3만과 지원군 10
만이 파주(坡州)에서 진을 치고는 평양성을 지키는 군사들을 기다리고 있
기 때문에 현재 아직 도성에 들어가지 못하였다. 그리고 명나라군의 교전
하는 무기로는 선봉 3만이 각각 대완구(大碗口) 3개씩이 실린 수레인 화차
(火車)를 지니고 있는데다 그 화차를 가지고 진용을 이루었으니, 왜적은
손을 쓰지도 못하고 소문만 듣고도 산산이 무너졌다. 그러나 왜적을 토벌

---

3) 支待(지대) : 공적인 일로 지방에 나간 고관의 먹을 것과 쓸 물품을 그 지방 관아에서 바
라지하던 일.
4) 賞格(상격) : 공로의 크고 작음에 따라서 상을 주는 규정.

하는 계책으로 진천뢰(震天雷)보다 더 나은 것이 없었다. 일찍이 듣건대 의진(義陣)이 요해처에 웅거하여 여러 차례 왜적의 머리를 바치는 공을 세웠다고 하는데, 이 무기는 갑자기 만들기가 어려워 감사(監司)와 병사(兵使) 및 진관(鎭官)들에게 청해 놓았으니, 재를 넘는 왜적들을 모조리 부숴버려서 큰 공을 세우라.」고 하였다.

○ 예안의 이일도(李逸道)는 솔노(率奴)가 왜적의 머리 1급(級)을 베어 가지고 와서 바치자, 이를 순찰사에게 보고하였다.

　　九日甲午。雨。號召使[5]報書[6]曰：「天兵先鋒三萬, 繼援十萬, 結陣坡州, 以待平壤守城之兵故, 時未入都。而天兵交戰器械, 則先鋒三萬, 各持火車[7], 大碗口[8]三箇載車, 以火車成陣, 賊不下手, 望風靡潰。討賊之策, 莫過震天雷。曾聞義陣據要害, 屢獻首功, 而此器猝難鑄得, 請于監兵使及諸鎭官, 糜滅踰嶺賊, 以樹大功。」云云。○禮安李逸道, 率奴斬賊一級來獻, 報巡察使。

10일 맑음.

대구 부사(大邱府使 : 윤현)의 치보(馳報) 속에, "정월 22일 명나라군의 선

---

5) 號召使(호소사) : 黃廷彧(1532~1607)을 가리키는 듯. 본관은 長水, 자는 景文, 호는 芝川. 1592년 임진왜란이 일어나자 號召使가 되어 왕자 順和君을 陪從, 강원도에서 의병을 모으는 격문을 8도에 돌렸고, 왜군의 진격으로 會寧에 들어갔다가 모반자 鞠景仁에 의해 임해군·순화군 두 왕자와 함께 安邊 토굴에 감금되었다. 이때 왜장 加藤淸正으로부터 선조에게 항복 권유의 상소문을 쓰라고 강요받고 이를 거부하였으나, 왕자를 죽인다는 위협에 아들 赩이 대필하였다. 이에 그는 항복을 권유하는 내용이 거짓임을 밝히는 또 한 장의 글을 썼으나, 體察使의 농간으로 아들의 글만이 보내져 뜻을 이루지 못하고 이듬해 부산에서 풀려나온 뒤 앞서의 항복 권유문 때문에 東人들의 탄핵을 받고 吉州에 유배되고, 1597년 석방되었으나 復官되지 못한 채 죽었다.
6) 報書(보서) : 회답하는 편지.
7) 火車(화차) : 전쟁 때, 火攻하는 데 쓰던 兵車. 수십 개의 화살을 연이어 쏠 수 있는 장치가 되어 있다.
8) 大碗口(대완구) : 조선시대 城을 공격하기 위한 용도로 만든 청동제 화포.

봉이 파주(坡州)에 도착하였는데, 도검찰사(都檢察使) 이상(貳相 : 찬성) 최황(崔滉), 추량도체찰사(蒭粮都體察使) 류성룡(柳成龍), 접대관(接待官) 판서 한응인(韓應寅), 판윤 이덕형(李德馨)이다."고 하였다.

十日乙未。晴。大邱府使[9]馳報內, "正月二十二日, 天兵先鋒, 到坡州, 都檢察使崔貳相[10], 蒭粮都體察使柳政丞[11], 接待官判書韓應寅[12], 判

---

9) 大邱府使(대구부사) : 尹睍(1536~1597)을 가리킴. 본관은 海平, 자는 伯昇, 호는 松巒. 尹斗壽의 조카이다. 金誠一의 장계에 따르면, 윤현이 1592년 8월 20일에 경솔하게 왜적을 공격하였다가 죽은 자가 700여 명이나 되었다고 한다.

10) 崔貳相(최이상) : 右贊成 崔滉(1529~1603)을 가리킴. 貳相은 左右贊成을 일컫는 말이다. 1566년 별시문과에 급제하여, 1572년 학유를 거쳐 검열이 되었고, 史局에 뽑혀 직필로써 金誠一로부터 칭찬을 받았다. 그 뒤 집의·사간·예조참판·대사간·이조참판·한성판윤·대사헌 등을 거쳐 1590년 이조판서가 되었다. 平難·光國 공신에 각각 3등으로 녹훈되고 海城君에 봉하여졌다. 1592년 임진왜란 때에는 평양까지 선조를 호종하였으며, 왕비와 세자빈을 陪從, 희천에 피난하였고, 이듬해 檢察使가 되어 왕과 함께 환도하여 좌찬성·世子貳師로 지경연사를 겸하였다.

11) 蒭粮都體察使柳政丞(추량도체찰사류정승) : 柳成龍(1529~1603)을 가리킴. 蒭粮이 붙은 이유는 軍務를 관장했다는 뜻이 아닌가 한다. 본관은 豊山, 자는 而見, 호는 西厓. 李滉의 제자이다. 1566년 별시문과에 병과로 급제하였다. 1569년 聖節使 서장관으로 명나라에 다녀왔다. 1583년 부제학이 되어 <備邊五策>을 지어 올렸으며, 1589년에는 왕명으로 <孝經大義跋>을 지어 올리기도 하였다. 왜란이 있을 것을 대비해 형조정랑 權憟과 정읍현감 李舜臣을 각각 의주목사와 전라도좌수사에 천거하고 1592년 4월 판윤 申砬과 軍事에 대하여 논의하여 일본침입에 대한 대비책을 강구하였다. 4월 13일 왜적의 내침이 있자 도체찰사로 군무를 총괄하고, 영의정이 되어 왕을 扈從하였다. 1593년 명나라 장수 이여송과 힘을 합해 평양성을 수복하고 4도의 도체찰사가 되어 군사를 총지휘하여, 이여송이 碧蹄館에서 대패하여 西路로 퇴각하자 권율 등으로 하여금 파주산성을 방어케 하였다. 1604년 扈聖功臣 2등에 책록되고 다시 豊山府院君에 봉해졌다. 영남유생의 추앙을 받았다.

12) 判書韓應寅(판서한응인) : 공조판서 韓應寅(1554~1614). 본관은 淸州, 자는 春卿, 호는 百拙齋·柳村. 1576년 사마시에 합격하고, 다음해 謁聖文科에 급제, 注書·예조좌랑·병조좌랑·持平을 지내고, 1584년 宗系辨誣奏請使의 서장관으로 명나라에 다녀왔다. 1588년 신천군수로 부임하여, 이듬해 鄭汝立의 모반사건을 적발하여 告變, 그 공으로 호조참의에 오르고 승지를 역임하였다. 1591년 예조판서가 되어 진주사로 재차 명나라에 가서 이듬해 돌아왔다. 임진왜란이 일어나자 八道都巡察使가 되어 요동에 가서 명나라 援軍의 출병을 요청하고, 請牌官으로 李如松을 맞았다. 이듬해 請平君에 봉해지고, 서울이 수복되자 호조판서가 되었다. 1595년 주청사로 명나라에 다녀오고, 1598년 우찬성에 승진, 1605년 府院君에 진봉되고, 1607년 우의정에 올랐다. 1608년 선조로부터 遺敎七臣의 한 사람으로 永昌大君의 보호를 부탁받았으며, 1613년 癸丑獄事에 연루되어 관작이 삭탈당하였다가 후에 신원되었다.

尹李德馨13)."

11일 맑음.

여러 고을 향병(鄕兵)의 수효를 다시 책으로 만들었고, 이어 안동 부사
가 순찰사에게 보고하였는데, 같은 날 안동에 있으면서 회송하기를, "명
나라 군사가 한 번 내려오면 관군과 의병은 (결락) 오늘날의 계책으로 삼
고, 정예병을 죄다 뽑아 그들로 하여금 왜적에게 달려가도록 하라."고 하
였다.

> 十一日丙申。晴。列邑鄕兵數改成冊, 因本府使報巡察使, 同日在安東,
> 回送曰 : "天兵一下, 官軍・義兵 (缺) 爲今日計, 極取精兵, 使之赴賊。"云
> 云。

12일 맑음.

순찰사 (결락) 교지(敎旨)가 있어서 선전관(宣傳官)이 가져왔는데, 그 대략
은 「명나라군은 승승장구하는데 우리군은 목을 움츠리고 보고만 있어 몹
시 통분하니, 경들은 이를 모든 진(陣)의 장사(將士)들에게 효유하여 명나
라군과 합세해서 왜적을 소멸하고 한 명의 기병도 돌아가지 못하게 하라.」

---

13) 判尹李德馨(판윤이덕형) : 한성부 판윤 李德馨(1561~1613). 본관은 廣州, 자는 明甫, 호는
漢陰・雙松・抱雍散人. 임진왜란이 일어나자 왜장 小西行長과 충주에서 담판하려 했으나
성사되지 못하였고, 대동강에서 玄蘇와 회담하여 그들의 침략을 논박하였다. 그 뒤 定州
까지 선조를 호종하였다가 請援使로서 명나라에 원병을 청하였다. 귀국하여서는 대사헌
이 되어 명군을 영접하고 군량의 수집을 독려하였다. 그해 12월 한성부 판윤이 되어 명
장 이여송의 접반관으로 활동하였다. 이듬해 1월 판윤 직에서 물러났으나 4월에 다시
복귀하였으며, 형조・병조 판서를 거쳐 1594년 이조판서가 되었다. 1595년 경기도・황
해도・평안도・함경도의 四道體察府使에 임명되었으며, 1597년 정유재란 때에는 명장
楊鎬와 함께 서울 방어에 힘썼다. 이 공으로 같은 해 38세의 나이로 우의정에 올랐고 곧
이어 좌의정이 되었다. 전란이 끝난 후에는 判中樞府事가 되어 군대를 재정비하고 민심
을 수습하는데 노력하였으며, 대마도 정벌을 주장하였으나 실행되지는 못하였고, 1598
년 영의정이 되었다.

고 하였다.

○ 명나라 장수의 자문(咨文)에 대략 이르기를, 「천자께서 살피건대 그대의 나라가 대대로 충성과 정절이 두터워 신하의 직분을 삼가 지켜왔는지라 장수에게 구원토록 명하였다. 지금 천시(天時 : 하늘이 주는 좋은 기회)를 꾀할 수가 있고, 인사(人事)는 순조로우며, 국왕의 얼굴이 준수하고 장한데다 사신이 구원병을 청하는 것이 간곡하니 임금과 신하가 이와 같은데 기필코 중흥을 이룰 것이요, 마땅히 때맞춰 군사들을 불러 모아서 함께 큰 공을 세우면 어찌 유쾌하지 않겠는가?」하였다.(협주 : 자세한 것은 별록에 보인다.)

○ 명나라 장수의 자문을 전하여 보이라는 교서에 대략 이르기를, 「명나라 장수가 친히 천자의 명령을 받들어 하늘을 대신하여 토벌을 수행하매 우리나라에 자문을 보내와서 격려하고 권유하니, 무릇 사람의 마음을 가졌다면 누군들 감동하지 않겠는가. 너희 각 도의 대소 관원과 초야에 있는 충의의 선비들은 각기 충성을 떨치고 마음을 다하라.」고 하였다.(협주 : 자세한 것은 별록에 보인다.)

○ 선전관(宣傳官)이 와서 말하기를, "내려올 때에 보니, 대가(大駕)가 정주(定州)로 옮기고 내선(內禪)할 염려가 있어 옥당(玉堂 : 홍문관)과 양사(兩司 : 사헌부와 사간원) 및 대신(大臣) 이하 백관들이 임금의 잘못을 따져 아뢰었다."고 하였다.

○ 대장이 명령하기를, "명나라 장수의 자문에 권하거나 격려함이 매우 간절하고, 우리 임금님의 교서에 깨달아 알아듣게 타이르심이 매우 간곡하거늘, 장수가 되어 본진에 편안히 앉아 있으려니 마음이 자못 편안치가 않다. 속히 의성 등지로 향할 것이니, 복병을 배치하고 전투를 독려할 계획을 세우라."고 하자, 장서(掌書) 김윤안과 정제장(整齊將) 김약 등이 말하기를, "하도(下道)에 복병을 배치하는 일은 별장(別將)을 정하여 이미 배

치한 것도 사리에 맞고 대장이 본진에 있으면서 통솔하는 것도 잘못된 계책이 아니거늘, 구태여 몸소 항오(行伍) 사이에 도달한 연후에야 좋다고 여길 필요가 있습니까? 또 여러 날 동안 대장의 순행(巡行)이 자못 빈번하였는데 갔다가 돌아오는 사이에는 군량이 함부로 처분되었으니, 이번 한 번만은 멈추는 것이 어떠하겠습니까?" 하니, 대장이 말하기를, "그렇다면 당교에 복병을 배치하는 일은 우부장이 이미 주관하였으니, 하도에 복병을 배치하는 일은 좌부장이 순찰하며 살피는 것이 옳다."고 하였다.

十二日丁酉。晴。巡察使 (缺) 了有旨, 宣傳官齎來, 其略曰：「天兵乘勝長驅, 我軍縮首傍觀, 極爲痛憤, 卿其曉諭諸陣將士, 合勢勦滅, 使隻騎不返。」○天將咨文[14], 略曰：「天子, 照得[15]爾國, 世篤忠貞, 恪守臣節, 命將救援。今天時可乘, 人事有順, 國王丰姿俊偉, 使臣乞兵懇惻, 君臣如此, 必致中興, 宜乘時紏衆, 共立大功, 豈不暢哉?」(詳見別錄) ○傳示天將咨文, 敎書略曰：「天將, 親承大命[16], 奉行天討[17], 轉咨本國, 激發勸勵, 凡有人心, 孰不感動? 其爾, 各道大小官, 及草野忠義之士, 其各奮忠効力。」(詳見別錄) ○宣傳官來言："下來時見, 大駕移駐定州, 有內禪[18]之慮, 玉堂‧兩司, 及大臣以下百官, 論啓[19]。"云云。○大將令曰："天將之咨, 勸勵激切, 聖主之敎, 曉諭丁寧, 爲將而安坐本陣, 於心殊有未安。速向義城等地, 按伏督戰爲計。" 掌書金允安‧整齊將金渝等曰："下道設伏事, 定別將已就可當, 大

---

14) 咨文(자문) : 조선시대 중국과의 사이에 외교적인 교섭이나 통보, 조회할 일이 있을 때에 주고받던 공식적인 외교문서.
15) 照得(조득) : 알아본 데 의하면. 조사한 데 따르면. 옛날 공문에 많이 쓰인다.
16) 大命(대명) : 천자의 명령.
17) 天討(천토) : 하늘이 악인을 친다는 뜻으로, 덕이 있는 사람이 하늘을 대신하여 악한 자를 쳐서 없앰을 이르는 말.
18) 內禪(내선) : 임금의 자리를 다른 사람에게 전하지 않고 안으로 부자 형제간에 전하는 것을 內禪이라 하는데, 禪은 반드시 생전에 전하는 것을 말한다. 宣祖가 광해군에게 왕위를 물려주려고 한 것을 일컫는 것으로, 이미 1592년 6월 13일에 언급되고 있다.
19) 論啓(논계) : 신하가 임금의 잘못을 따져 아뢰는 것.

將在本陣節制, 亦非失計, 何必親到行間, 然後爲快? 且近日大將, 巡動[20]
頗頻, 往還之間, 花銷[21]粮粏[22], 今一遭[23]停止, 何如?" 大將曰 : "然則,
唐橋設伏事, 右副將已主之, 下道設伏事, 左副將巡檢, 可也."

13일 큰 비.

장서(掌書) 신경립과 별장(別將) 김사권 등이 우도(右道)로부터 돌아왔다.
의병도대장(義兵都大將)이 거창(居昌)에 있으면서 회송(回送)하기를, "대장이
충성심을 떨쳐 의병을 일으키니 인근의 사류(士類)들이 구름처럼 모여들고
메아리처럼 호응하였으며, 병기를 만들고 군량을 모아서 왜적 토벌에 마
음을 다하였으니 옛 사람에게 찾아도 쉬 많지가 않을 정도로 매우 아름
답다고 할 것이다. 책자에 있는 각 항목에다 여러 유사(有司)들이 모은 군
인과 군량의 수효를 갖추 기록하여 아뢰면 공로를 포상할 요량이니, 적개
심을 더욱 격려하여 줄곧 의리를 떨치고 체포하는 데 마음을 다하여서
큰 공을 세우라."고 운운하였다.(협주 : 전일에 향병거안(鄕兵擧案 : 향병 명단)을
가지고 약속한 것에 근거하여서 도대장(道大將) 김면(金沔)이 있는 곳으로 갔던 것이
다.)

　　○ 신경립과 김사권 등이 말하기를, "의병대장을 거창에서 만나 뵈니
대장은 멀리 온 뜻을 위로하였고, 또 향병이 유사(儒士)로서 편성되었음을
듣고는 '이야말로 진정한 의병이로다.' 하면서 감격하여 찬탄을 금하지
못하였다."고 한다.

　　○ 듣자니, 명나라 군사들이 송경(松京)에 도착하였는데, 이번 15일에
한양으로 나아가 진을 치고 있는 왜적을 도륙한다고 한다.

---

20) 巡動(순동) : 巡行. 감독하거나 단속하기 위해 돌아다님.
21) 花銷(화초) : 함부로 처분함.
22) 粮粏(양사) : 粮料의 오기인 듯. 군량과 마초.
23) 一遭(일조) : 한 번. 1회.

十三日戊戌。大雨。掌書辛敬立・別將金嗣權等，自右道還。義兵都大將在居昌，回送曰：“大將奮忠擧義，隣近士類，雲合響應，鑄兵聚粮，盡心討賊，求諸古人，未易多得，極爲可佳。成冊付各項，諸有司所聚軍人・兵粮成數[24]，具錄啓聞[25]，以賞功勞計料[26]，益勵敵愾之志，終始奮義，盡心措捕，以樹大功.”云云(前日，持鄕兵擧案，以依准[27]約束事，往道大將金沔處.)。○辛敬立・金嗣權等曰：“見義兵大將於居昌，大將勞慰遠來之意，又聞鄕兵，以儒士編伍，乃曰：‘此眞義兵也.’不勝嘉歎.”云。○聞天兵到松京，以今十五日，進屠漢城屯賊云。

14일 맑음.

十四日己亥。晴。

15일 흐림.

순찰사가 안동부를 떠나서 의성으로 향하였다.

十五日庚子。陰。巡察使，離本府，向義城。

16일 아침엔 흐리다가 잠시 바람.

박수겸(朴守謙)이 여러 곳을 거쳐서 안동부에 들어왔다.

十六日辛丑。朝陰而暫風。朴守謙[28]歷入。

---

24) 成數(성수)：일정한 수효.
25) 啓聞(계문)：啓稟. 글로 아룀.
26) 計料(계료)：料量. 앞일을 잘 헤아려 생각함.
27) 依準(의준)：일정한 기준에 근거함.
28) 朴守謙(박수겸, 1576～1622)：본관은 咸陽, 자는 伯益, 호는 蘇潭. 아버지는 朴忱祖, 장인은 義城 金守一・順天 金德男이다. 趙穆의 문인이다. 정유재란 때인 1597년 7월 21일에 火旺山城의 郭再祐의 義陣에 입성하였다. 1613년 사마시에 합격하였다. 英陵・孝敬殿・泰陵의 參奉, 司饔院奉事, 內贍寺直長을 지냈다.

17일 흐리다가 식후에 보슬비.

十七日壬寅。陰, 食後微雨。

18일 맑음.

복병 정군(伏兵精軍) 권태정(權太丁)과 권산(權山) 등이 앞장서서 왜적의 진영으로 돌진해 쳐들어가서 각각 왜적의 머리 1급을 베었으나 왜적 떼거리에 의해 포위당하자, 권태정은 벤 왜적의 머리와 단검(短劍)을 들고 겨우 나왔다. 권산은 벤 왜적의 머리를 버리고 다만 왜적의 옷만을 끌고 와 겨우 목숨만 건져 달아났다. 그러나 적진에 돌진하여 왜적을 베고 또 추격하는 왜적을 사살한 것은 그 공이 권태정보다 못하지 않았다.

○ 우부장이 출발하여 풍산에서 묵었는데, 군사를 점고하여 군량을 나누어 주었다.

十八日癸卯。晴。伏兵精軍權太丁·權山等, 挺身突入賊陣, 各斬一級, 而爲群賊所圍, 太丁僅持斬頭·短釖而出。權山棄其所斬頭, 但曳賊衣, 僅以身免。然突陣斬賊, 又射殺追倭者, 其功不下於太丁矣。○右副將, 發行宿豊山, 點軍分粮。

19일 맑음.

<서행일기>에 덧붙여 적혔기를, 부장(副將)이 복병장(伏兵將) 이선충 등을 이끌고 용궁의 석현에서 묵었다.

十九日甲辰。晴。附西行日記, 副將率伏兵將李選忠等, 宿龍宮石硯29)。

---

29) 石硯(석연) : 石峴의 오기인 듯.

20일 흐리면서 바람.

정예병 한금(韓金) 등을 보내어 도담(道潭)에 복병을 배치하고, 군관(軍官) 문천우(文天佑)와 최헌(崔巘) 등을 보내어 왜적의 형편을 가서 엿보고, 신선 (信仙) 등을 보내어 반암(盤巖)에 복병을 배치하고, 이선충 등을 보내어 덕 통역(德通驛)의 북산(北山)에 복병을 배치하고, 나머지 군사는 강변의 소나 무 숲속에 매복하여서 지원하게 하였다.

○ 저녁 무렵 복병장(伏兵將) 이선충이 반암(盤巖) 머리에 왔을 때, 매복 병 한금(韓金) 등은 풀을 베고 있던 왜적 100여 명과 접전하였고, 왜장이 진중으로부터 백마를 타고 정예병을 인솔하였으니 그 수를 알 길이 없어 서 계속하여 망을 보았는데, 왜병 50여 명이 각기 철환(鐵丸)을 지니고 있 었다. 일찍이 도담의 앞 기슭에서 사냥하던 자들이 회군하는 왜적을 포위 하였는데, 정예병들이 껑충껑충 뛰며 나갔다 물러났다 하다가 정신을 가 다듬고는 풀을 베고 있던 왜적들을 흩어버리거나, 달아나는 왜적들을 추 적하다가 거의 함정에 빠질 뻔했으나 간신히 목숨만 건졌다. 왜적들이 도 담(道潭)까지 추격하여 왔다가 물러났다. 정예병 한금(韓金) 등이 왜적을 베 지 못한 것을 분하게 여겨 각기 서산(西山)의 적진 근처에 복병으로 배치 되기를 원하였는데, 이어 위로하고 달래어서 보냈다.

二十日乙巳。陰而風。遣精兵韓金等, 設伏于道潭[30), 遣軍官文天佑・ 崔巘等, 往覘賊勢, 遣信仙等, 設伏于盤巖, 遣李選忠等, 設伏于德通驛[31) 北山, 餘軍伏于江邊松林中, 以爲聲援。○夕伏兵將李選忠來巖頭, 設伏人 韓金等, 與刈草倭百餘名接戰, 倭將自陣中乘白馬率精兵, 不知其數, 繼援 網雀[32), 倭五十餘名, 各持鐵丸。曾佃於道潭前岸者, 回兵[33)圍之, 精兵等

---

30) 道潭(도담) : 용궁현에 있는 지명.
31) 德通驛(덕통역) : 경북 상주의 咸昌에 있던 역참.
32) 網雀(망작) : 雀網. 罘罳. 옛날에, 문밖이나 殿閣의 처마 밑에 그물망을 설치하여서 망보거
    나 방어하는데 쓰임.

踊躍進退, 抖擻³⁴⁾精神, 或散其刈草, 或追其走倭, 幾爲所陷, 僅以身免。
倭人追至道潭而退。精兵韓金等, 憤其未斬, 各願設伏於西山賊陣近處, 因
慰諭而遣之。

22일 맑으면서 바람.

신선(信仙)과 축담(竺潭) 등을 보내어 왜동(倭洞)에 복병을 배치하였는데,
베지 못해 분하게 여긴 왜적을 만나 돌진해 쳐들어가 맞아 싸우던 도중
에 적진이 놀라서 무너졌으며, 왜적 5명을 베었고, 칼 2개를 빼앗아 왔는
지라, 순찰사에게 보고하였다.

　　　　二十二日戊申。晴而風。遺信仚 · 竺潭等, 設伏於倭洞, 遇會稽³⁵⁾賊,
突入邀擊, 中路賊陣驚潰, 斬五賊, 奪二釖, 來報巡察使。

24일 맑으면서 바람.

식사를 마친 뒤, 부장(副將)이 복병장(伏兵將) 등과 함께 석현(石峴)에 올
라가 활쏘기 연습을 하였다. 왜적들이 강을 건너와 분탕질을 자행했는데,
진시(辰時 : 오전 7시~9시)부터 사시(巳時 : 오전 9시~11시)에까지 대포 쏘기를
그치지 않았고, 대포소리가 커졌다 작아졌다 하였으니, 어제 접전했던 분
함을 씻으려는 것이었다. 대장이 이선충을 보내어 반암(盤巖)에 복병을 배
치하였고, 군관 박호례(朴好禮) · 우천필(禹天弼) · 최두(崔峅) 및 군인 김이지

---

33) 回兵(회병) : 군사를 돌이켜 돌아옴.
34) 抖擻(두수) : 번뇌의 때를 흔들어 떨어뜨린다는 뜻으로, 정신을 차리다 또는 정신을 가다
　　듬는다는 의미.
35) 會稽(회계) : 會稽之恥. 회계산에서 받은 치욕이라는 뜻으로, 전쟁에서 진 치욕, 또는 마음
　　에 새겨져 잊지 못하는 치욕을 비유해 이르는 말. 중국 춘추시대 越王 勾踐은 浙江省의
　　會稽山에서 吳王 夫差에게 패하여 사로잡힌 몸으로 갖은 수모를 당하고, 겨우 본국으로
　　돌아가 20년간 嘗膽의 고생 끝에 오나라를 멸망시켜 회계산의 수치를 씻었다는 고사가
　　있다.

(金伊智)·승군(僧軍) 축담(竺潭)·의준(義俊)·신선(信仙) 등을 대기시켰다가, 왜적이 회군하려는 찰나에 급히 군대를 이끌고서 공격했는데, 먼저 진천뢰(震天雷)를 쏘자 적진이 우왕좌왕 제놈들끼리 짓밟혔으며, 왜장[賊酋] 한 놈을 추격하여 베었고, 죽이거나 빼앗은 것은 무수하였다. 그 벤 수급과 왜장의 비단옷을 모두 순찰사에게 바쳤고, 병마사에게 보고하였다.

二十四日己酉。晴而風。食後副將, 與伏兵將等, 登石峴習射。倭賊越江焚蕩, 自辰至巳, 放炮不已, 炮聲或大或微, 盖泄昨日接戰之憤也。大將遣李選忠, 設伏於盤巖, 軍官朴好禮[36)]·禹天弼·崔㞜, 及軍人金伊智·僧軍竺潭·義俊·信仙等以待之, 賊回軍之際, 急出兵擊之, 先放震天雷, 賊迷亂自相踐蹂, 追斬一賊酋, 殺掠無數。所斬馘及賊酋錦衫, 並獻于巡察使, 報兵馬使。

25일 구질구질한 비.

부장(副將)이 식사를 마친 후에 선몽대(仙夢臺)로 거처를 옮겼다.

二十五日庚辰。陰雨。副將, 食後移寓仙夢臺。

26일 아침엔 흐리고 저녁엔 비.

부장(副將)이 금몽일과 함께 활쏘기를 연습하였다.

○ 복병 권을생(權乙生)과 김한경(金漢景) 등이 별패군(別牌軍) 10여 명과 힘을 합쳐 반암에서 왜적과 싸워 왜적 한 놈을 베어 와서 바치며 말하기를, "다른 왜놈들이 구원하여 겨우 전멸은 면했는데, 별패군 1명이 왜적에게 죽임을 당했다."고 하였다.

二十六日辛亥。朝陰夕雨。副將, 與琴夢馹, 習射。○伏兵權乙生·

---

36) 朴好禮(박호례, 생몰년 미상) : 본관은 泰仁, 자는 仲立. 아버지는 朴峻이다.

金漢景等, 與別牌軍[37]十餘名合力, 與賊戰於盤巖, 斬一賊來獻言 : "爲他倭所救, 僅免全沒, 而別牌軍一名, 爲賊所殺."

27일 맑으면서 바람.

류흥록(柳興祿) 등을 보내어 서산(西山)에 복병을 배치하였다.

○ 대장이 말하기를, "당교의 왜적이 분탕질한 폐해가 작년보다 심하지 않은 것은 필시 정예병이 (결락) 경성으로 명나라 군사들을 막으러 갔기 때문일 것이다. 이 기회에 주둔하고 있는 왜적을 무찔러 없애고 드나드는 길을 방어하면 재 너머 서쪽 왜적은 한 놈도 남기지 않고 죄다 사로잡을 수 있을 것이다." 하니, 여러 장수들이 "좋다."고 하자, 마침내 조방장(助防將) 권응수에게 편지를 보내어, 서로 마주보이는 곳에서 진을 치고 합세하여 왜적을 토벌할 계획을 세웠다.

○ 권응수가 대장의 편지에 답하기를, 「왜적은 동래(東萊)와 경주(慶州)에서부터 위로 안동(安東)·예안(禮安)·영천(榮川 : 영주)·예천(醴泉) 등의 고을과 접해 있어서 드나드는 길로 여겼지만 좌도(左道)의 사람들이 편히 머물 수 없게 한데다, 또 향병들이 국난을 당하여 일어난 이후로 영하(嶺下 : 조령 아래)에 있는 10여 개 고을의 왜적들은 선두와 후미가 단절되어 발붙일 곳이 없으니, 이는 존군(尊君)께서 의병을 일으킨 힘입니다. 오직 당교, 상주, 선산, 대구, 인동에 머물고 있는 왜적만이 위로는 문경(聞慶)과 접하고 아래로는 경주(慶州)에 닿은 채 계속 몰아쳐 덤벼드는데도, 방백(方伯)은 다만 순찰사의 호령만 내세우고, 연수(連帥 : 방백)로서 일찍이 나아가 싸울 계책도 없이 앉아서 군의 위세만 꺾고 있으니 참으로 탄식할 노릇입니다. 대개 병사를 (결락) 적진에 조금이라도 가까운 곳에 둔쳐서 합세

---

37) 別牌軍(별패군) : 절제사 휘하의 지방군. 조선 초기 임금과 대신들의 행차의 경호 경비를 담당하던 특수 부대 성격을 지닌 군사였지만, 절제사의 사병적 성격을 띠고 있다.

하고 틈만 생기기라도 하면 (결락)」 운운하였다.

○ 명나라 군사들을 정찰한 영리(營吏)의 고목(告目, 협주 : 자세한 것은 별록에 보인다.)에 의하면, 「명나라군의 대장이 의주(義州)에 있는 진지로 돌아갔고, 다음 달에나 와서 경성의 왜적을 칠 것이다.」고 운운하였으나, 이것은 헛소문으로 믿을 만한 것이 못되었다.

二十七日壬子。晴而風。遣柳興祿等, 設伏于西山。○大將曰 : "唐橋之賊, 焚蕩之禍, 不甚於昨歲, 必是精兵採 (缺) 京城, 以禦天兵故也。及此機會, 勦滅留屯之賊, 防禦來往之路, 則嶺西之賊, 不遺一騎而盡獲." 諸將曰 : "諾." 遂移書助防將權應銖, 結陣相望, 以爲合勢討賊計。○權應銖, 答大將書曰 : 「倭自東萊·慶州, 上接於安東·禮安·榮川·醴泉等邑, 以爲往來之路, 左道人不得奠居, 自鄉兵倡義後, 嶺下十餘邑之賊, 首尾斷絶, 無所着脚處, 此尊君[38]擧義之力也。惟是唐橋·尙州·善山·大邱·仁同留倭, 上接聞慶, 下屬慶州, 長驅豕突[39], 而方伯, 徒擁巡察之號, 連帥[40]曾無進戰之計, 坐挫軍威, 可勝嘆哉! 大欒兵 (缺) 屯于賊陣稍近處, 合勢抵隙 (缺).」 云云。○見探候唐兵, 營吏告目(詳見別錄) : 「天兵大將, 還陣義州, 開月[41]來擊京都之賊.」云云, 此乃虛傳, 不足信也。

28일 맑음.

예안(禮安)과 풍기(豊基) 등지에서 온 전언 통신문(傳言通信文)을 보면, 「명나라 군사들이 개성(開城)에 머물러 있다.」고 하니, 앞서의 말은 아닌 게 아니라 헛소문이다.

---

38) 尊君(존군) : 상대를 높여 부르는 말.
39) 豕突(시돌) : 산돼지처럼 앞뒤를 헤아림 없이 함부로 달려들음.
40) 連帥(연수) : 方伯과 아울러 제후의 우두머리를 뜻하는 것으로, 지방장관 특히 관찰사를 가리키는 말.
41) 開月(개월) : 다음달.

二十八日癸丑。晴。見禮安・豊基等處傳通,「天兵留陣開城.」云, 則前說, 果爲虛傳也。

29일 먹구름.

二十九日甲寅。陰雲。

30일 비.

복병(伏兵) 최수영(崔守榮, 협주 : 승려 笠潭이다.)이 벤 왜적의 머리 1급(級)을 가지고 바치니, 순찰사에게 보고하였다.

三十日乙卯。雨。伏兵崔守榮(僧笠潭也.), 所斬倭頭一級來獻, 報巡察使。

○3월

1일 아침엔 비 낮엔 맑음.

> 三月 一日丙辰。朝雨午晴。

2일 흐리고 바람.

> 二日丁巳。陰風。

3일 잠시 비오다 곧 갬.

> 三日戊午。午雨旋霽。

4일 맑음.

비안 정제장(比安整齊將 : 趙端)의 첩보 공문서가 왔다.

> 四日己未。晴。比安整齊將, 牒呈來到。

5일 맑음.

체찰사가 통지한 음신(音信)에는 적왜(賊倭)가 왕자군(王子君)을 돌려보내 온다는 기별 및 병사(兵使)의 답장이 도착했다고 하였다.

> 五日庚申。晴。體察使知音[1]內, 賊倭奉還王子君[2]之奇及兵使答狀, 來 到。

---

1) 知音(지음) : 소리를 알아듣는다는 뜻으로, 자기의 속마음을 알아주는 친구를 이르는 말. 여기서는 통지한 音信이라는 의미로 쓰였다.
2) 王子君(왕자군) : 조선시대 君에 봉해진 王子를 가리키던 칭호. 공신에게 주던 君號와 구별 하기 위해 붙여졌다.

6일 맑음.

부사(府使)가 명나라 군사의 바라지에 관한 명령을 받기 위하여 의성으로 갔는데, 순찰사가 그곳에 있었다.

○ 모의사(謀議士) 김윤명이 진지에 도착하여 하루 종일 과녁에 활을 쏘았다.

> 六日辛酉。晴。府使, 以天兵支待聽令事, 向義城, 巡察使在處。○金謀議到陣, 終日射帿。

7일 맑음.

모의사(謀議士) 김윤명이 장서(掌書)와 군관(軍官)을 거느리고 과녁에 활을 쏘았다.

○ 저녁에 대장이 진지로 왔다.

○ 새 병사(兵使) 권응수가 진지로 와서 당교의 왜적을 급히 토벌하는 일을 모의하였다.

○ 예천(醴泉)에서 온 전언 통신문(傳言通信文)에, 「초6일 당교의 왜적이 포위를 뚫고 용궁 마을에서 분탕질하고 사람들을 살해했다.」고 하였다.

> 七日壬戌。晴。金謀議, 率掌書軍官等, 射帿。○夕大將臨陣。○新兵使權應銖入陣, 謀議唐橋賊急討事。○醴泉傳通內,「初六日, 唐橋之賊, 犯圍龍邑, 焚蕩殺害人物。」云。

8일 맑음.

병사(兵使)가 예천을 향해 출발하였다.

○ 함창(咸昌)의 홍덕희(洪德禧)가 진지로 왔고, 부사(府使)가 임소로 돌아왔다.

○ 한밤중에 비가 많이 왔다.

八日癸亥。晴。兵使, 發向醴泉。○咸昌洪德禧[3] 入陣, 府使還官[4]。○夜半大雨。

9일 흐리더니 종일 큰 비.

도사(都事)가 영천(榮川 : 영주)에서 안동부로 왔다.

○ 정제장(整齊將) 김약이 가지고 온 우도(右道) 이로(李魯)의 편지에 이르기를, 「제가 행군하여 갈원(葛院)에 이르렀을 때, 마침 파주(坡州)에서 돌아오는 체찰사의 부장(體察使副將)을 만나 경성에 관한 모든 기별을 상세히 물었습니다. 대답하기를 "호남사(湖南使)는 17일 한밤중에 군대를 임진(臨津)으로 이동시켰고, 호서사(湖西使)는 군사를 거느리고 독성(禿城)으로 내려갔는데, 고양(高陽)과 양천(陽川)의 경계에서 배와 노가 없어도 건널 수가 있음에도 결코 가벼이 나아가지 못하고 있으며, 또 명나라 장수 제독 이여송이 이달 초6일에 관서(關西)로 치달려 가버리자 접반사(接伴使) 이덕형과 한응인이 허둥지둥 조정으로 돌아갔고, 나머지 군사는 송경(松京)에 주둔하고 선봉은 파원(坡原)에 주둔하고 있으나 도체찰사와 도원수는 땅바닥 풀떨기에 앉아서 머리나 긁을 뿐 어찌할 방도가 없었다."고 운운하였습니다. 이뿐만이 아닙니다. 오간(吳侃)이 직산(稷山)에서 고향 마을의 수령에게 부친 편지에 이르기를, 「제독 이여송의 돌아가겠다는 말은 과연 빈말이 아니었습니다. 이 사람의 마음은 의심스럽고 이상하니, 걱정스럽고 걱정스럽습니다.」 하였고, 부사(副使)의 군관(軍官) 박정준(朴廷俊)이 저에게 은밀히 말하기를, "명나라 장수가 회군한 것은 혹자가 이르기를 '명나라 군대가 기성(箕城 : 평양) 전투에서 사상자가 이미 많았고 사현(沙峴 : 모래네) 교전에서도 해를 입은 사람들이 많았던 데다, 차디찬 비가 계속 쏟아져 말

---

3) 洪德禧(홍덕희, 1534~1594) : 본관은 缶林, 자는 綏仲. 생부는 洪景參이고 양부는 洪琬이다.
4) 還官(환관) : 지방관이 자기의 임소로 돌아가거나 돌아옴.

먹이가 때마침 바닥나서 명나라 말 가운데 죽은 것이 거의 2,000여 필에 이르게 되자, 이와 관련하여 국왕을 직접 만나서 의논하고 전마(戰馬)를 정리하고 오려는 것이다.' 하고, 또 혹자가 이르기를, '본국의 사신은 자기의 생활이 자못 넉넉하지만, 명나라 장수는 지급받은 물품이 변변치 않으니, 이것에 불만을 품어 국왕에게 호소하려고 간 것이다.' 하고, 또 혹자가 이르기를 '처음 듣기로는 왜적이 쇠진하다 하여 썩거나 마른 나뭇가지 꺾는 것과 같을 줄로 여기고서 경성에 이르러 명나라 사람을 몰래 보내어 샅샅이 조사하게 하니, 왜적의 무리가 죽산(竹山 : 안성), 용인(龍仁), 광주(廣州) 사이에 넘쳤고, 또 홍제(弘濟)와 사평(沙平)의 경계에도 진을 친 것이 많았는지라, 의심하고 두려워하는 마음이 없지 않아 시랑(侍郞) 송응창과 떠날 것인지 머물 것인지 상의하려고 돌아간 것이다.' 하니, 이 말들을 믿을 수는 없으나 그 뜻이 어디에 있는지를 헤아리지 못하겠다."고 하였습니다. 일찍이 들으니, 대장께서는 10여 개 고을의 의병군을 바로 거느리고 요해지를 차지하여 여러 차례 왜적의 머리를 바치는 공을 세웠다고 하던데, 오늘날 명나라 장수의 기이한 짓이 이와 같으니 국가가 부흥될 날의 기약이 없습니다. 더욱 적과 싸우려는 의기를 격려하고 여러 고을에 소속된 의진(義陣)을 지휘하여 왜적과는 함께 살지 않겠다고 맹세합시다.」고 운운하였다.

○ 진천뢰(震天雷)를 보내달라고 청하는 일로 병사(兵使)에게 보내는 공문을 만들었다.(협주 : 전날 당교를 밤에 공격하였을 때 없어졌다.)

九日甲子。陰終日大霖。都事, 自榮川入府。○整齊將金瀟, 持來右道 李魯[5])書狀曰 :「魯行到葛院[6]), 適逢體察副將回自坡州, 備問京城凡奇[7])。

---

5) 李魯(이로, 1544~1598) : 본관은 固城, 자는 汝唯, 호는 松巖. 1564년 진사시에 합격하였고, 1590년 增廣文科에 급제하였다. 1592년 임진왜란이 일어나자 趙宗道와 함께 의병을 일으킬 것을 약속하고 고향에 돌아와 동생 李旨와 함께 의병을 일으켰고, 慶尙右道招諭使 金誠一의 從事官·召募官·私儲官으로 활약하였다.

答曰："湖南使十七日夜半, 移軍向臨津, 湖西使領軍, 下禿城[8], 高陽·陽川之境, 無舟楫可渡, 決不可輕進, 且天將李提督, 月初六馳向關西, 接伴使李德馨·韓應寅, 顛倒進歸, 餘軍駐松京, 先鋒屯坡原, 都察元帥, 地坐草莽, 搔首罔措."云云。非惟此也。吳侃自稷山[9], 屬主倅[10]書簡云:「李提督還向之言, 果不虛也。以此人情疑怪, 可悶可悶.」副使軍官朴廷俊, 密語於魯曰:"天將之回軍, 或云'天兵於箕城[11]之戰, 死傷旣多, 沙峴[12]之交, 遇害亦衆, 而冷雨連泟, 蒭粮時匱, 唐馬斃者, 殆至二千餘匹, 爲是欲面議國王, 旣整戰馬而來也.' 或云'本國使臣, 則自奉[13]頗豊, 而唐將支供[14]則草薄, 以是爲慍, 欲訴國王而去也.' 或云'初聞賊勢衰歇[15], 意謂如朽枯拉杇, 而及至京城, 潛遣唐人探尋, 則賊徒彌滿[16]於竹山[17]·龍仁·廣州之間, 且多結陣於弘濟·沙平之界, 不無疑畏之念, 欲與宋侍郎相議去留而歸也.' 厥言雖不可信, 莫測其意也." 曾聞大將, 糾率數十餘邑義軍, 據要害, 屢獻首功, 而今日唐將之奇如此, 國家興復之日, 無期矣。益勵愾敵, 指揮列邑所屬義陣, 誓不與賊俱生.」云云。○乞震天雷事, 牒呈于兵使(前日唐橋夜擊時缺.)。

---

6) 葛院(갈원) : 경기도 평택시 갈원동 갈원마을.
7) 凡奇(범기) : 모든 소식.
8) 禿城(독성) : 경기도 수원시 성조면 양산리.
9) 稷山(직산) : 충남 천안시 天原郡의 옛 지명.
10) 主倅(주수) : 자기가 살고 있는 고을의 수령.
11) 箕城(기성) : 평양의 옛 이름.
12) 沙峴(사현) : 지금의 서울특별시 서대문구 홍제동에 있는 모래네.
13) 自奉(자봉) : 자기의 생활.
14) 支供(지공) : 음식 따위를 대접하여 받듦.
15) 衰歇(쇠갈) : 衰盡. 점점 쇠퇴하여 바닥이 남.
16) 彌滿(미만) : 가득함.
17) 竹山(죽산) : 경기도 안성지역의 옛 지명.

10일 맑음.

9일 당교에 복병을 배치하려던 일은 구질구질 내리는 비 때문에 당분간 정지하고 19일까지 미루었음을 여러 고을에 빨리 알렸다.

○ 대장이 안동부로 들어와서 부사(府使)와 도사(都事)를 만났다.

十日乙丑。晴。九日設伏唐橋事, 以陰雨姑停, 退于十九日, 馳報列邑。○大將入府, 見府使‧都事。

11일 맑음.

도체찰사(都體察使)의 계초(啓草)를 보니, 대략 이르기를, 「명나라군이 벽제(碧蹄)에서 군사들을 물린 후로 오랫동안 전진하지 않자, 왜적들이 다시 출몰하여 2월 12일 밤에 전라순찰사(全羅巡察使) 권율(權慄)의 진지를 침범하였으나, 권율이 힘써 싸워 왜적이 크게 패하였다.

○ 명나라 군사들이 권율의 전쟁터에서 왜적의 시체가 산더미처럼 쌓여 있는 것을 보고 감격하여 찬탄을 금하지 못하였다고 한다.

十一日丙寅。晴。見都體察使啓草, 略曰：「天兵, 自碧蹄[18], 退軍後, 久不前進, 倭賊更爲出沒, 二月十二日夜, 犯全羅巡察使權慄[19]陣, 慄力戰,

---

18) 碧蹄(벽제) : 경기도 고양시에 있는 지명.

19) 權慄(권율, 1537~1599) : 본관은 安東, 자는 彦愼, 호는 晩翠堂‧暮嶽. 1582년 식년문과에 병과로 급제했다. 임진왜란이 일어나 수도가 함락된 후 전라도순찰사 李洸과 防禦使 郭嶸이 4만여 명의 군사를 모집할 때, 광주목사로서 곽영의 휘하에 들어가 中衛將이 되어 북진하다가 용인에서 일본군과 싸웠으나 패하였다. 그 뒤 남원에 주둔하여 1,000여 명의 의용군을 모집, 금산군 梨峙싸움에서 왜장 고바야카와 다카카게[小早川隆景]의 정예부대를 대파하고 전라도 순찰사로 승진하였다. 또 북진 중에 수원의 禿旺山城에 주둔하면서 견고한 진지를 구축하여 持久戰과 遊擊戰을 전개하다 우키타 히데이에[宇喜多秀家]가 거느리는 대부대의 공격을 받았으나 이를 격퇴하였다. 1593년에는 병력을 나누어 부사령관 宣居怡에게 시흥 衿州山에 진을 치게 한 후 2800명의 병력을 이끌고 한강을 건너 幸州山城에 주둔하여, 3만 명의 대군으로 공격해온 고바야카와의 일본군을 맞아 2만 4000여 명의 사상자를 내게 하며 격퇴하였다. 그 전공으로 도원수에 올랐다가 도망병을 즉결처분한 죄로 해직되었으나, 한성부판윤으로 재기용되어 備邊司堂上을 겸직하였고, 1596년 충청도 순찰사에 이어 다시 도원수가 되었다. 1597년 정유재란이 일어나자 적군

賊大敗。○唐兵，見權慄戰場，賊屍如山，不勝嘉歎云。

12일 맑음.

군관(軍官) 채간(蔡衎)이 송응(松鷹)에서 진지로 왔고, 정예병 사룡(士龍)이 와서 만났다.

○ 복병장(伏兵將) 김사권이 진지로 왔다.

　十二日丁卯。晴。軍官蔡衎，自松鷹來陣，精兵士龍來見。○伏兵將金嗣權來陣。

13일 우레와 함께 비가 많이 내림.

○ 좌부장이 진지로 돌아왔다.

○ 들건대, 고언백(高彦伯)이 벤 왜적의 머리 만여 급(級)을 명나라 장수에게 바치자, 명나라 장수가 감격하고 찬탄하며 말하기를, "조선에도 장부가 있도다." 하며 인하여 더불어 합세하자고 했다고 하였다.

○ 병마사(兵馬使)의 답신에는, 「안동부의 사람이 행재소에서 돌아와 말하기를, "임금과 동궁은 영유(永柔)에 같이 계시고, 명나라의 선발부대는 기성(箕城 : 평양)의 왜적을 토벌한 후에 자기 나라로 돌아갔고, 두 번째 부대는 송경(松京)을 회복한 후에 또한 돌아갔고, 세 번째 부대는 의주, 평양, 개성의 부(府)에 나누어 주둔하면서 이달 5일에 경성의 왜적을 토벌하려 했으나 비가 와서 이루지 못하고 (결락) 17일로 물렸습니다. 그리고 북도(北道)의 왜적 13진(陣)은 명나라 군사들이 설한령(雪寒嶺)을 넘었다는 말을

의 북상을 막기 위해 명나라 提督 麻貴와 함께 울산에서 대진했으나, 명나라 사령관 楊鎬의 돌연한 퇴각령으로 철수하였다. 이어 順天 曳橋에 주둔한 일본군을 공격하려고 했으나, 전쟁의 확대를 꺼리던 명나라 장수들의 비협조로 실패하였다. 임진왜란 7년 간 군대를 총지휘한 장군으로 바다의 이순신과 더불어 역사에 남을 전공을 세웠다. 1599년 노환으로 관직을 사임하고 고향에 돌아갔다.

듣고서 경성으로 몰려들었고, 상도(上道)의 왜적은 경성의 다섯 고을 외에는 달리 (결락) 소굴이 없습니다."고 하였습니다. 우리 도(道)의 왜적은 아직도 쇠진하지 않았고, 또 경성의 왜적이 명나라 군사들에게 패하면 도망쳐서 재를 넘어와 우리 도의 왜적들과 반드시 합세할 것입니다. 여러 고을의 향병을 지휘하면서 복병을 배치하기도 하고 진을 치기도 하여 왜적의 퇴로를 미리 대비하십시오.」라고 운운하였다.(협주 : 자세한 것은 별록에 보인다.)

○ 상주 목사(尙州牧使) 김해(金澥)는 도망쳐서 화령(化寧)의 산중에 숨어 지내다가 왜적의 야간 습격을 받아 부자(父子)가 모두 죽었다고 한다.

○ 하도(下道)의 여러 고을에서 온 치보(馳報)는 "대개 왜적의 무리들이 도로에 가득히 부산포(釜山浦)로 향했는데, 한밤중에도 배를 띄워 자기의 소굴로 돌아가고 있다." 한다.

十三日戊辰。雷雨大行。○左副將還陣。○聞高彦伯[20]斬賊萬餘級, 獻于天將, 天將嘉歎曰: "朝鮮亦有丈夫矣." 因與合勢云。○兵馬使報書, 「本府人自行在所還言: "大駕・春宮[21], 同住永柔[22], 天兵先運, 則討箕城, 後還其國, 第二運, 則復松京, 後亦還, 第三運, 則分駐義州・平壤・開城等府, 今月五日, 欲討京城之賊, 天雨未果, 退卜 (缺) 十七日。而北道之賊十三陣, 聞天兵踰雪寒嶺[23], 驅入京城, 上道賊勢, 則京城五州外, 他無

---

20) 高彦伯(고언백, ?~1609) : 본관은 濟州, 자는 國弼. 임진왜란이 일어나자 寧遠郡守로서 대동강 등지에서 적을 방어하다가 패하였으나 그 해 9월 왜병을 산간으로 유인하여 62명의 목을 베는 승리를 거두었다. 이어 1593년 양주에서 왜병 42명을 참살한 공으로 楊州牧使가 되었다. 利川에서 적군을 격파하고 京畿道防禦使가 되어 내원한 명나라 군사를 도와 서울 탈환에 공을 세웠고, 이어 경상좌도 병마절도사로 승진하여 양주・울산 등지에서 전공을 세웠다. 1597년 정유재란 때 다시 경기도방어사가 되어 참전하였다. 1609년 광해군이 임해군을 제거할 때 함께 살해되었다.

21) 春宮(춘궁) : 동궁.

22) 永柔(영유) : 평남 평원 지역의 옛 지명.

23) 雪寒嶺(설한령) : 평북 강계군 용림면과 함남 장진군 서한면 사이에 있는 고개.

(缺) 藪."云, 而本道之賊, 尚未衰歇, 且京城之賊, 見敗於天兵, 遁逃踰嶺, 與本道賊, 合勢必矣。指揮列邑鄕兵, 或設伏, 或結陣, 豫備賊路.」云云(詳見別錄)。○尙州牧使金澥[24], 竄寓化寧[25]山中, 賊兵夜襲, 父子俱死云。○下道列邑馳報, "大槩賊徒彌滿道路, 向釜山浦, 冒夜開洋, 歸其巢穴."云。

14일 맑다가 바람.

의성의 정여우(鄭汝愚)와 조철권(曹綴權)이 찾아와서 이야기를 나누었다.

十四日己巳。晴而風。義城鄭汝愚・曹綴權來話。

15일 맑음.

병마사(兵馬使)가 회답하는 글에 이르기를, 「여러 차례 이겨 왜장을 베었고 (결락) 이전 병사(兵使)가 사용하고 남겨둔 군기(軍器)를 자인현(慈仁縣)에 맡겨두었는데, 진천뢰(震天雷) 하나에 화약을 쟁여서 실어 보내겠다.」고 하였다.

十五日庚午。晴。兵馬使回報文曰:「屢捷斬將, (缺) 前兵使餘存[26]軍器, 留置于慈仁縣, 震天雷一塊, 藏藥輸送.」云。

16일 아침엔 비 오후엔 갬.

소문을 전해 듣기로는 당교의 왜적들이 예천(醴泉) 땅인 유천(柳川)을 분

---

24) 金澥(김해, 1534~1593) : 본관은 禮安, 자는 士晦, 호는 雪松. 1560년 진사가 되고, 1564년 식년문과에 급제하였다. 1571년 형조좌랑, 1573년 지평을 거쳐 이듬해 장령이 되었으며, 1576년 사간으로 승진하였다. 1592년 상주목사로 재임 중 임진왜란을 당하여 당황한 나머지 순변사 李鎰을 맞이한다는 핑계로 성을 떠나 피신하였다. 그러나 뒤에 판관 鄭起龍과 함께 鄕兵을 규합하여 開寧에서 왜군을 격파하고 상주성을 일시 탈환하기도 하였다. 이듬해 왜적에게 포위되어 항전하다가 전사하였다.
25) 化寧(화령) : 경북 상주지역의 옛 지명.
26) 餘存(여존) : 쓰고 난 뒤에 남아 있는 돈이나 물건.

탕질했다고 한다.

　　十六日辛未。朝雨午晴。傳聞唐橋之賊, 焚蕩醴泉地柳川[27]。

17일 맑음.

경주 판관의 치보(馳報) 안에, "이달 초10일 올라오던 왜적 2천여 기마
병을 파잠(巴岑)의 고개까지 추격하여 벤 왜적의 머리가 20여 급(級)이고,
사살한 것이 헤아릴 수가 없고, 짐 보따리 20여 태(馱)를 탈취했다."고 하
였다.

　○ 우부장이 진지에 왔다.

　　十七日壬申。晴。慶判馳報內, '今月初十日, 上來之賊二千餘騎, 追逐
　　巴岑[28]峴, 斬馘二十餘級, 射殺無數, 卜物二十餘馱奪取.'云。○右副將來
　　陣。

18일 맑음.

대장이 이적(李適)의 집으로 가서 도사(都事)와 이야기를 나누었다.

　　十八日癸酉。晴。大將, 往話都事于李適家。

19일 종일 비.

내성 의병장(奈城義兵將)의 통문(通文)이 도착하였다.

　　十九日甲戌。雨終日。奈城義兵將[29]通文來到。

---

27) 柳川(유천) : 경북 예천군 유천면 일대.
28) 巴岑(파잠) : 대구광역시 수성구 파동.
29) 奈城義兵將(내성의병장) : 의병장 柳宗介가 1592년에 죽었기 때문에 이 시기에는 任屹이
　　그 직책을 수행한 것으로 보임. 金中淸의 ≪苟全先生文集≫ 권4 <壬辰義兵時擬上疏>에
　　의하면, 임흘이 1592년 겨울부터 1593년 여름까지 대장을 수행한 것으로 기록되어 있
　　기 때문이다.

20일 맑음.

군관(軍官) 김태가 복병(伏兵)을 점고하여 보내는 일 때문에 풍산(豊山)으로 출발하였다.

> 二十日乙亥。晴。軍官金兌, 以伏兵點送事, 出豊山。

21일 맑음.

대장이 당교에 복병을 배치하는 일 때문에 안기(安奇)로 나가 역참에서 묵었다.

○ 병사(兵使)가 대장에게 답하는 편지에 이르기를, 「경성의 왜적들이 아무런 염려 없이 웅거하고 있자, 명나라 군사들이 그 해를 입게 될까봐 걱정하여 복병 배치하는 곳을 점점 줄인 후에 거사한다면, 문경에서 왜적을 토벌하는 일은 과연 언제로 미루어 정한단 말인가? 향병이 번번이 관군의 퇴각과 위축 때문에 미처 군사를 크게 일으킬 수 없어 (결락)」운운하였다.

> 二十一日丙子。晴。大將, 以設伏唐橋事, 出宿安奇郵舍[30]。○兵使答大將簡曰:「京城之賊, 無慮雄據, 天兵恐被其害, 設伏稍殘, 然後擧事, 而聞慶討賊之事, 果以何日退定? 鄕兵, 每緣官軍退縮, 未得大擧, (缺) 設伏陰屯 (缺) 京城賊 (缺).」云云。

22일 맑음.

대장에 대해서 <서행일기>에 덧붙여 적혔기를, 대장이 풍산현(豊山縣)으로 나가 안동과 예안의 정예병을 뽑고 2개의 부대로 나누어 하나는 조령(鳥嶺)으로 향하게 하고, 다른 하나는 상주의 송원(松院)으로 향하게 했다.

---

30) 郵舍(우사) : 驛站.

二十二日丁丑。晴。大將, 西行日記附, 大將出豊山縣, 抄安東‧禮安
精兵, 分爲二運, 一向鳥嶺, 一向尙州松院。

23일 맑음.

정제장(整齊將) 류복기가 왔다.

○ <서행일기>에 덧붙였기를, 대장이 그대로 풍산(豊山)에 머물면서 군
인을 점고하였고, 거두지 못한 군량을 내도록 독촉하였으며, 전향유사(典
餉有司) 권행가(權行可)도 왔고, 양양(襄陽 : 예천)의 김윤안(金胤安)도 여러 곳
을 거쳐 찾아왔다.

　　二十三日戊寅。晴。整齊將柳復起來。○附西行日記, 大將仍留豊山,
點考軍人及督納軍粮未收, 典餉有司權行可亦倈, 襄陽[31]金胤安歷見。

24일 흐리고 큰 바람.

모의사(謀議士) 김윤명이 들어와서 유숙하였다.

○ <서행일기>에 덧붙였기를, 대장이 권행가를 거느리고 가서 좌랑(佐
郎) 이공(李珙)을 만나고는 즉시 복병장(伏兵將) 김사권의 집으로 돌아왔다.

○ 대장이 과녁에 활쏘기를 몇 번하고 그쳤다.

　　二十四日己卯。陰而大風。金謀議入來留宿。○附西行日記, 大將率權
行可, 往見李佐郎[32], 卽還于伏兵將金嗣權家。○大將射帳, 數巡而止。

25일 맑음.

안동부 사람 신말석(申㐃石)이 명나라 군사들을 정찰하는 일 때문에 행

---

31) 襄陽(양양) : 경북 예천의 옛 別號. 김윤안이 영주에서 예천 蘆浦面의 京津里로 옮겨온 이
　　래 그의 후손들이 집성촌을 이루었다고 한다.
32) 李佐郎(이좌랑) : 李珙을 가리킴.

재소로 갔다가 되돌아와서 말하기를, "임금님은 영유현(永柔縣)에 계시고, 명나라 장수인 제독 이여송과 시랑 송응창이 이달 15일 개성에 도착하였는데 25일이면 경성을 수복할 것이다." 하였고, 바로 그날인 오늘이 맑게 개어서 왜적을 치고 섬멸하기에 알맞았으니, 하늘은 반드시 순리를 돕는 것이라서 인민들이 기뻐 춤출 좋은 소식을 고대하였다.

○ <서행일기>에 덧붙였기를, 대장이 송구(松邱)를 향하여 출발하였는데, 오무동(五畝洞)의 앞길에서 궁인(弓人) 송담(宋潭)을 불러 보고 오후가 되어서야 송구에 도착하였다.

> 二十五日庚辰。晴。府人申荄石, 以天兵探候事, 往行在所, 回還言 : "鑾輿在永柔, 唐將李提督宋侍郎, 今月十五日到開城, 二十五日收復京城." 云, 而今日晴明, 討殲便當[33], 天必助順, 人民欣舞, 苦待好音。○附西行日記, 大將發向松邱, 五畝[34]前路中, 邀見弓人宋潭, 午後到松邱。

26일 맑음.

복병군(伏兵軍) 사룡(士龍)과 권산(權山) 등이 벤 왜적 머리 2급(級)을 대장에게 바치자, 대장은 진소(陣所)에 보냈고 즉시 순찰사에게 보고하였다.

○ <서행일기>에 덧붙였기를, 송원(松院)에 배치한 복병군 김한원(金漢原) 등 9명이 각각 왜적의 무리를 활 쏘아서 맞혔는데, 사룡과 권산은 각기 왜적의 머리를 베었으니 장하고 장하였다. 오후에 대장이 풍산에서 돌아왔다.

> 二十六日辛巳。晴。伏兵軍士龍・權山等, 斬賊二級, 獻大將, 大將送于陣所, 卽報巡察使。○附西行日記, 松院設伏軍金漢原等九名, 各射中倭

---

33) 便當(편당) : 형편이 좋음. 알맞음.
34) 五畝(오무) : 五畝洞. 조선시대에는 豊山縣에 속했으나, 현재는 경북 안동군 풍산읍 오미리이다.

徒, 士龍‧權山, 各斬倭頭, 壯哉快哉! 午後大將, 還豊山。

27일 맑음.

<서행일기>에 덧붙였기를, 대장이 양양군(襄陽郡: 예천군)에 갔는데, 원수(元帥)를 만나 뵙고 군사에 관한 일을 의논하기 위함이었다. 병사(兵使: 권응수)는 산양(山陽: 문경)에서 분탕질한 왜적을 차단하는 일 때문에 저녁이 되어서야 돌아왔는데, 대장이 병사에게 처음 3번의 거사에 대해 묻자, 병사가 대답하기를, "여러 고을의 군사들을 불러 모이도록 명령했지만 본래는 크게 일으키려 하지 않았고, 산마다 골짜기마다 병사 수백 명만 숨겨 분탕질하는 왜적을 엄습하여 그들의 공격을 차단하고자 하였다."고 운운하니, 대장이 말하기를, "병사가 믿을만한 자를 믿지 않아서야 또 창궐하는 왜적을 장차 어느 때에 쳐서 평정하리오?" 하며 담론하느라 때를 넘기고 밤을 틈타서야 돌아와 조천(槽川)에서 묵었다.

> 二十七日壬午。晴。西行日記附, 大將往襄陽郡, 以其見元帥[35]議兵事故也。兵使, 以遮截山陽焚蕩倭事, 乘夕還, 大將問初三擧事[36], 答云: "令聚列邑之軍, 本不欲大擧, 而山山谷谷, 隱兵數百, 欲掩截[37]焚蕩之賊." 云云, 大將曰: "兵不可信信, 且猖獗之賊, 將何時討平乎?" 談論踰時, 乘夜還, 宿槽川[38]。

---

35) 元帥(원수): 都元帥. 임진왜란이 발발한 뒤 1592년 4월 22일부터 1593년 3월 20일까지는 金命元(1534~1602)이, 1593년 3월 20일부터 1599년 7월 7일까지는 權慄(1537~1599)이 도원수를 수행했는데, 누구를 지칭하는지 확인할 필요가 있음.
36) 1593년 3월 27일 이전까지 권응수의 대표적 勝戰은 1592년 7월 27일 영천성의 전투, 1593년 2월 순찰사 한효순과 합세한 문경의 당교 전투, 3월 25일 산양탑전의 전투인바, 이 전투들 가운데 산양탑전 전투를 가리키는 듯.
37) 掩截(엄절): 엄습하여 공격을 차단함.
38) 槽川(조천): 경북 영주시에 있던 지명.

28일 비.

왜적의 머리를 전하려고 순찰사를 찾아갔다.

○ 대장이 풍산현에 도착하여 명령을 전하여서 4월 1일 (결락) 낱낱이 검열하고 나아가 병사(兵使)를 도와서 분탕질하는 왜적을 엄습하도록 하였다.

> 二十八日癸未。雨。傳賊首, 詣巡察使。○大將到豊山縣, 傳令以四月
> 一日, (缺) 簡閱, 進助兵使, 掩擊焚蕩之賊。

29일 큰비.

강물이 갑자기 불어났다.

> 二十九日甲申。大雨。江水暴溢39)。

---

39) 暴溢(폭일) : 갑자기 넘침.

○ 4월

1일 맑음.

군인들이 물이 불어나 건널 수가 없어서 대부분 건너오지 못했다.

四月 一日乙酉。晴。軍人, 以水漲不得渡, 太半未至。

2일

二日丙戌。

3일

三日丁亥。

4일 맑음.

대장이 진지로 돌아왔는데, 정예병 사룡(士龍) 등을 뽑아 산양(山陽)으로 가서 병마사(兵馬使)와 합세하게 하였다.

○ 순찰사가 영천(永川)에 있으면서 회송(回送)한 공문에 이르기를, 「송구에서의 승리는 매우 가상하니, 전투에서 세운 공적을 상격(賞格 : 포상)하는 공문을 보냈다.」고 운운하였다.(협주 : 전날 사룡 등이 왜적을 벤 사실을 아린 공문에 회송한 것이다.)

四日戊子。晴。大將還陣, 抄精兵士龍等, 向山陽, 與兵馬使合勢。○ 巡察使在永川, 回送曰 : 「松丘[1]之捷, 極爲可嘉, 軍功賞格, 公文輸送.」云云(前日士龍等, 斬倭事牒報回送也.)。

---

1) 松丘(송구) : 앞에서는 '松邱'로 표기되어 있음.

5일 맑음.

좌부장이 진지로 왔는데, 제독 고응척이 와서 이야기를 나누었다.

○ 저녁에 대장이 부백(府伯 : 府使)과 병사(兵使)를 만나 병사에 관한 업무를 이야기하다가 밤이 깊어서야 진지로 돌아왔다.

　　　五日己丑。晴。左副將來陣，高提督來話。○夕大將，見府伯與兵使，談論兵務，夜深還陣。

6일 맑음.

병마사(兵馬使)가 대장에게 답한 공문에 이르기를, 「절강비왜총병관(浙江備倭摠兵官) 왕도(王道)는 사병(沙兵 : 水軍) 3만 및 전함 1만여 척을 거느리고는 군량(軍糧)과 군기(軍器)들을 아울러 싣고 대마도(對馬島)로 가서 왜적 1만여 명을 베었다. 그리고 이제 바다를 건너서 부산포(釜山浦)에 닻을 내리고는 곧바로 왕경(王京)을 향하여 나아가 명나라 군사와 연합하여 왜적을 협공하기로 하였다. 때문에 먼저 왕 총병(王摠兵)의 가정(家丁) 왕충(王忠)을 보냈는데, 그가 탄 작은 배가 곧바로 대해(大海)를 건너 황해도(黃海道) 황주(黃州)의 연해변에 막 정박한 것을 날랜 말을 타고 급히 경략아문(經略衙門)에 알려왔다. 이때야말로 장수와 병졸들이 승세를 타고 왜적을 토벌할 기회이니, 여러 고을의 의진(義陣)에 알아듣게 타일러서 도망가는 왜적을 추격하고, 패하여 달아나는 왜적을 쫓도록 적개심을 고무하면 종묘사직도 회복할 수 있고 큰 공도 세울 수 있을 것이다.」고 운운하였다.

　　　六日庚寅。晴。兵馬使答大將牒曰：「浙江備倭摠兵官王道[2]，領沙兵三

---

2) 1593년 시기에는 宋應昌이 備倭經略, 李如松이 防海禦倭總官官提督이었는데, 현재로선 '王道'란 인물에 대해 전혀 알 수가 없음. 趙㻩(1556~1613)의 ≪可畦先生文集≫ 권7 <辰巳日記> 1593년 3월 19일조를 보면, "충의진의 군관이 와서 말하기를 이제독의 패문에 '왕총병이 수군 6만으로 섬라 등 나라의 군병과 더불어 30만 대군이 대마도를 습격하였고, 본부에서 계속 병마를 조달하여 가까운 날에 왕경으로 진격한다.' 하니, 비록 적실할 정보

萬及戰船萬餘隻, 並載軍粮器械, 往對馬島, 斬倭一萬餘級。今將渡海, 泊釜山浦, 直向王京, 與唐兵, 合擊倭賊。故先送王摠兵家丁[3]王忠, 乘小船, 直渡大海, 黃海道黃州沿海等地, 方到泊, 乘快馬, 急報經略衙門。此是將士乘勝討賊之秋, 曉諭列邑義陣, 追亡逐北, 激勵敵愾, 則宗社可復, 大功可樹。」云云。

7일 맑음.

병사(兵使)가 돌아와서는 예천의 군진으로 향하였다.

七日辛卯。 晴。兵使還, 向醴泉陣。

8일 맑음.

八日壬辰。 晴。

9일 맑음.

순찰사의 아전이 도체찰사를 염탐한 말에는, "명나라 군사들이 동파역(東坡驛 : 경기도 문산) 근처에 있으며 (결락) 진을 해산시키고 시랑 송응창의 대군을 기다리고 있는지라, 경성에서 군사를 일으킬 것인지는 현재 확실히 알지 못한다."고 하였다.

九日癸巳。 晴。巡察使營吏, 都體察使, 體探言內, "天兵東坡[4]近處,

인지는 알지 못하나 놀랍고 괴이한 일이다.(忠義陣軍官, 來到言 : "李提督牌文內, '王摠兵, 以水軍六萬, 與暹羅等國兵, 合三十萬, 襲對馬島, 本府續調兵馬, 不日進取王京.' 雖未知其的報, 不勝驚怪.)"고 되어 왕총병이 수군 6만으로 대마도를 습격했다는 소문이 떠돈 것으로 보인다. 조익은 본관은 豐壤, 자는 棐中, 호는 可畦·竹峯. 1582년 생원시에 급제하고 1588년 알성문과에 병과로 급제했다. 병조좌랑·光州牧使 등 벼슬을 지냈던 문인이었다. <향병일기>에서는 '王道'라는 이름이 있어도 구체적인 정보를 알 수 없는 인물이다.
3) 家丁(가정) : 사병과 유사한 친위병.
4) 東坡(동파) : 東坡驛. 지금의 경기도 문산이다.

諸 (缺) 散陣, 以待宋侍郞大軍, 而京城擧事, 時未的知." 云。

10일 비.

十日甲午。雨。

11일 맑음.

요사이 인동의 왜적이 의흥(義興)의 관가를 난입하며 여염집을 모조리
분탕질하였고, 당교의 왜적이 (결락) 모르지만, 주둔하고 있는 왜적의 꾀를
헤아리기가 어려움을 찾아와서 보고하자, 부백(府伯 : 부사)이 군사를 이끌
고 용궁을 향하여 떠났다.

○ 낮에 우부장이 진지에 도착하여 강정(江亭)으로 향하였고, 중위장(中
衛將) 김윤사도 이르렀다.

十一日乙未。晴。近日, 仁同之賊, 亂入義興官家, 閭閭盡數[5]焚蕩, 唐
橋之賊, 不知 (缺) 屯賊謀叵測, 來報事, 府伯率軍, 出向龍宮。○午右副將
到陣, 向江亭, 中衛將金允思亦至。

12일 맑음.

매복하고 있던 사룡(士龍) 등이 병사들을 철수하여 돌아와서 왜적의 머
리 3급(級)을 바쳤는데, 매복한 절차를 물으니 7일부터 9일까지 연일 매복
하며 베어 죽인 것이 매우 많았으나 그 벤 목을 찾지 못하였고, 10일에는
함창에 매복하여 당교에서 마주쳤던 왜적이 금곡리(金谷里)를 불태우며 약
탈하고 진영으로 돌아갈 때를 살펴서 돌연 기습하여 사룡이 왜적 1명을
베었고, 양수(梁守)가 왜적 1명을 베었고, 산해(山海)가 왜적 1명을 베었고,

---

5) 盡數(진수) : 모조리.

의석(義石)과 사동(士同) 등이 각기 왜적의 말 1필씩 빼앗았고, 손억문(孫億文)이 왜적의 머리를 가장 많이 베었지만 총알에 맞아 그 자리서 죽어 매우 애석하다고 하니, 바로 순찰사에게 보고하였다.

○ 사온 술을 군졸들에게 먹여 그들의 기갈을 위로하였다.

○ 병사(兵使)가 예천에서 안동부로 들어왔다.

> 十二日丙申。晴。設伏軍士龍等, 捲兵還, 獻三馘, 問其設伏節次, 則自七日至九日, 連日埋伏, 斬殪甚衆, 未得其馘, 十日按伏咸昌, 遇唐橋賊, 焚掠金谷里還陣時, 不意掩擊, 士龍斬一級, 梁守斬一級, 山海斬一級, 義石・士同等, 各奪倭馬一匹, 孫億文斬馘最多, 而中丸卽死, 甚可惜, 卽報巡察使。○換酒饋卒, 慰其飢渴。○兵使自醴泉入府。

13일 맑음.

고기와 술을 마련하여 왜적의 머리를 바친 정병 등에게 먹이고 위로하였다.

> 十三日丁酉。晴。備牛酒, 勞餉獻馘精兵等。

14일 비.

아사(亞使)가 기록하여 상락부원군(上洛府院君) 김귀영(金貴榮)에게 장계(狀啓, 협주 : 별록에 보인다.)로 보고하였다. 대장이 탄식하며 말하기를, "흉악한 왜적은 우리나라의 신하가 더불어 한 하늘을 이지 못할 원수이다. 이는 신하로서 차마 할 수 없는 것이니, 즉시 계문(啓聞 : 신하가 글로 임금에게 아뢰던 일)하여 화친을 주장하는 자들을 물리쳐야 한다."고 하였다.

○ 찬획병부(贊畫兵部) 원황(袁黃)이 학술을 천명한 자문(咨文)을 우리나라 대신들에게 보였는데, 영의정 최흥원(崔興源)이 편지로 회답하였다.(협주 : 모두 별록에 보인다.) 대장이 말하기를, "양명학(陽明學)을 배운 자이고, 분명

코 선학(禪學)이다." 하였다.

○ 대장이 강정(江亭)으로 향하였다.

○ 안집사(安集使)가 안동부에 들어왔다.

○ 좌부장이 찾아가서 안집사를 뵈었다.

十四日戊戌。雨。亞使錄報上洛府院君金貴榮[6]狀啓(現別錄)。大將嘆曰："匈賊, 我國臣子, 所與不共戴天之讐也, 此非人臣不忍爲者, 卽欲啓聞, 以斥和議人也." ○贊畫兵部袁黃[7], 以闡明學術[8], 咨示本國大臣, 領

---

6) 金貴榮(김귀영, 1520~1593) : 본관은 尙州, 자는 顯卿, 호는 東園. 1540년 진사시에 합격하고, 1547년 알성 문과에 급제하여 벼슬살이를 시작하였다. 1555년 을묘왜변이 일어나자 이조좌랑으로 도순찰사 李浚慶의 종사관이 되어 光州에 파견되었다가 돌아와 이조정랑이 되었다. 1556년 議政府檢詳, 1558년 弘文館典翰 등을 거쳐, 그 뒤 漢城府右尹·춘천부사를 지냈고, 대사간·대사헌·부제학 등을 번갈아 역임하였다. 선조 즉위 후 도승지·예조판서를 역임하고, 병조판서로서 지춘추관사를 겸하였으며, 1581년 우의정에 올랐고, 1583년 좌의정이 되었다가 곧 물러나 知中樞府事가 되었다. 1589년에 平難功臣에 녹훈되고 上洛府院君에 봉해진 뒤 耆老所에 들어갔으나, 趙憲의 탄핵으로 사직했다. 1592년 임진왜란이 일어나 천도 논의가 있자, 이에 반대하면서 서울을 지켜 명나라의 원조를 기다리자고 주장하였다. 결국 천도가 결정되자 尹卓然과 함께 臨海君을 모시고 함경도로 피난했다가, 회령에서 鞠景仁의 반란으로 임해군·順和君과 함께 왜장 加藤淸正의 포로가 되었다. 이에 임해군을 보호하지 못한 책임으로 관직을 삭탈당했다. 이어 다시 加藤淸正의 강요에 의해 강화를 요구하는 글을 받기 위해 풀려나 行所에 갔다가, 사헌부·사간원의 탄핵으로 推鞫당해 회천으로 유배가던 중 중도에서 죽었다.
7) 袁黃(원황) : 명나라 浙江의 嘉善 사람. 자는 坤儀, 호는 了凡. 1586년 進士가 되어 寶坻知縣에 임명되었다. 관직은 兵部職方司主事에 이르렀다. 임진왜란 때 經略 宋應昌의 군대를 도와 참전했다.
8) 이에 대해서 成渾의 ≪牛溪集 續集≫ 권3 <與宋雲長(송익필)>에 참고자료가 있음. 즉, 「袁主事(袁黃)는 定州에 온 지 며칠 됐는데 왜적이 강성하고 관군이 약하다 하여 화친을 청하고자 하고 또 본국에 십만 대군을 더 증파해 줄 것을 요청한 뒤에 나아가서 싸우겠다고 하니, 이것을 가지고 말한다면 우리 국가의 큰 계책이 과연 성공할지 모르겠습니다. 쇠잔한 백성들이 농사철을 놓쳐서 장차 굶어 죽을 지경에 이르게 되었으니, 민망하고 절박함을 어찌 다 말씀드리겠습니까. 원 주사가 한 통의 편지를 보내왔는데, 제목은 '학술을 천명하는 일[爲闡明學術事]'이라고 하였습니다. 그 내용에, '程朱의 학설이 행해진 뒤로부터 孔孟의 도가 다시 천하에 밝혀지지 못하여 천하의 사람들이 모두 무식해져서 귀먹고 눈먼 지가 오래이다. 우리 명나라가 일어나자 성리학이 크게 밝아져서 천고에 전해지지 않은 祕訣을 게시하여 송나라 유자들의 지리한 습관을 모두 쓸어버렸다.' 하였습니다. 인하여 朱子의 四書集註 10여 조항을 제시하고 그 끝에 이르기를, '우리들이 오늘날 해야 할 공부는 오직 '구함도 없고 집착함도 없다'는 것을 배울 뿐이니, 이는 곧 성인의 지극히

議政崔興源9)復書(並見別錄)。大將曰 : "學陽明者也, 分明是禪學." ○大將
向江亭。 ○安集使入府。 ○左副將往見安集使。

15일 맑음.

대장이 강정에서 진지로 돌아왔다.

　　十五日己亥。晴。大將, 自江亭還陣。

16일 맑음.

　　十六日庚子。晴。

17일 맑음.

　　十七日辛丑。晴。

18일 맑음.

언양 현감(彦陽縣監)의 치보(馳報)에는, "관인에게 맡겨서 부산 등지로 가
게 하여 왜적의 형편을 탐문하니, 우리 안동부 사람이 말하기를, '전라도
의 병선(兵船)이 일본에까지 들어와 접전하고 있다는 기별을 왜적의 무리

간략하고 지극히 쉬운 방법이다. 주자의 학설에 비하면 무엇이 옳고 무엇이 그른가."라고
하였습니다. 여러 선비들이 강력히 비판하고자 하였으나 그의 노여움을 격발시켜 왜적을
토벌하는 데 장애가 있을까 두려우므로 다만 겸손한 말로 대답하기를, "小邦의 사람들은
다만 정주가 있음만을 알 뿐이니, 지금 말씀하는 뜻을 깨닫지 못하겠습니다." 하였습니다.
중국의 학문이 이와 같으니, 참으로 한심합니다. 천하가 어찌 오래도록 편안할 수 있겠습
니까.」(1593년 3월)라고 하였다. 번역문은 한국고전번역원 자료를 그대로 옮긴 것이다.

9) 崔興源(최홍원, 1529~1603) : 본관은 朔寧, 자는 復初, 호는 松泉. 1555년 소과를 거쳐
1568년 증광문과에 급제하여, 장령·정언·집의·사간을 역임하였으며, 이어 동래와 부
평의 부사를 지냈다. 1578년 승지로 기용되고, 1588년 평안도관찰사가 되었다. 이후 지
중추부사를 거쳐 1592년 임진왜란이 일어나자 경기도와 황해도 순찰사, 우의정·좌의정
을 거쳐 柳成龍의 파직에 따라 영의정에 기용되었다. 임진왜란 당시 왕을 의주까지 호종
했던 공으로 1604년 扈聖功臣에 追錄되었다.

들이 듣고서 300여 척의 배를 띄우고 대마도를 향하여 돌아갔다.' 하였는데, 사병(沙兵 : 水軍)의 말은 적실하여 의심할 여지가 없다."고 하였다.

○ 왜적이 머리를 바친 것에 대해 순찰사가 회송(回送)한 공문에 이르기를, 「적장의 목을 베어 바치는 것이 목덜미와 등을 서로 바라볼 정도로 빈번한 것은 당연히 우리 도의 의병이 으뜸인데, 사룡(士龍)과 양수(梁守) 등이 더욱 가상하여 찐쌀 3말을 전투에서 세운 공적에 대한 공문과 함께 보내어 특별히 상을 내리는 뜻을 보인다.」고 운운하였다.

十八日壬寅。晴。彦陽縣監[10]馳報內, "官人委送釜山等處, 探問賊勢, 則本府人言內, '全羅道兵船, 入到日本, 接戰之奇, 賊徒聞之, 發船三百餘隻, 還向對馬島.'云, 則沙兵之說, 的實無疑."云。○巡察使獻馘回送文曰:「斬將獻馘, 項背相望[11], 當爲本道義兵之首, 而士龍・梁守等, 尤爲可嘉, 蒸米[12]三斗, 軍功公文並送, 以示別賞之意.」云云。

19일 맑음.

十九日癸卯。晴。

20일 맑음.

순찰사가 안동부에 들어왔다.

二十日甲辰。晴。巡察使入府。

21일 맑음.

도대장(都大將)이 격문을 급히 돌려서 향병을 의성으로 옮겨 진을 치라

---

10) 彦陽縣監(언양현감) : 金沃(金玉)을 가리킴.
11) 項背相望(항배상망) : 목덜미와 등을 서로 바라본다는 뜻으로, 왕래가 빈번함을 이르는 말.
12) 蒸米(증미) : 찐쌀. 이 찐쌀을 말려서 각자 전투식량으로 휴대한다.

고 했는데, 아마도 인동의 왜적을 대비하려 했기 때문이었을 것이다. 대장이 안동부로 들어와 병사(兵使) 및 양도(兩道 : 경상 좌도와 우도)의 도사(都事)를 만나서 진영 옮기는 일을 상의하였는데, 모두가 말하기를, "경성의 왜적들이 명나라 군사들에게 막 패배하여 모조리 휩쓸며 재를 넘어오는 이때를 당해, 향병을 만약 이동시킨다면 쳐들어오는 왜적은 무인지경에 들어오는 것과 같을 것이다."고 하였다. 왜적의 머리를 바치는 것과 출진하는 것은 적당치 못한 일이었으므로, 사룡(士龍)의 전공(戰功)에 대해 평가해 주기를 바라는 뜻은 순찰사에게 보고하였다.

　　二十一日乙巳。晴。都大將移檄[13]，以鄕兵出陣義城，盖備仁同賊故也。大將入府，見兵相[14]及兩道都事，相議移陣事，皆曰："京城之賊，新敗於天兵，掃衆踰嶺，當此之時，鄕兵若移動，則衝突之賊，如入無人矣."以獻馘及出陣非便事，士龍論功之意，論報巡察使。

25일 맑음.

도사(都事)가 와서 대장을 만났다. 대장은 안동부로 들어가 부백(府伯 : 府使)을 만나서 군사에 관한 일을 의논하였다.

　　二十五日己酉。晴。都事來，見大將。大將入見府伯，議兵事。

26일 맑음.

대장이 왜적의 말을 상으로 사룡(士龍)과 양수(梁守) 등에게 지급한 일 때문에 순찰사가 회보(回報)하기를, "포상하는 공문을 만들어서 보내니, 왜적의 말은 보고한 대로 하고, 대도(大刀)는 위에서 시키는 대로 하라."고 운운하였다.

---

13) 移檄(이격) : 격문을 급히 돌림.
14) 兵相(병상) : 兵馬節度使 또는 兵使.

○ 병마사가 회송(回送)하는 공문에 이르기를, 「대개 산양(山陽)의 의병이 반이나 (결락) 되었고, 왜적이 도적질하고 노략질하며 이르지 아니한 곳이 없었다. 사룡은 육지의 왜적들이 사람을 죽이고 재물을 약탈하게 된 것을 인하여 비록 왜구를 체포했을지라도, 해를 입은 사람들이 많아서 징벌하지 않을 수 없다.」고 운운하였다.

> 二十六日。晴。大將, 以倭馬賞給士龍·梁守等事, 巡察使回報曰 : "賞格公文成送, 倭馬則依所報, 大刀則上使."云云。○兵馬使回送文,「大槩山陽義兵, 半爲 (缺) 賊窃發剽掠, 無所不至。士龍因成陸賊殺掠人物, 雖捕倭寇, 人多受害, 不可不懲.」云云。

27일

경성(京城)과 충주(忠州)의 왜적들이 죄다 달아나 재를 넘어 당교(唐橋)와 덕통(德通) 등지에 낮 동안은 진을 치고 밤에는 상주(尙州) 길로 내려오자, 대장이 군중(軍中)에 명하여 정예병을 가려 뽑도록 하였으니 장차 재를 넘어오는 왜적을 토벌하려는 것이다.

> 二十七日辛亥。京城·忠州之賊, 盡遁踰嶺, 於唐橋·德通等地, 連置結陣, 宵下尙州之路, 大將令軍中, 揀抄精兵, 將討踰嶺之賊。

28일 맑음.

대장은 기약이 있어서 (결락) ……

> 二十八日壬子。晴。大將有期 (缺)。

29일 맑음.

영천(榮川 : 영주)에서 온 전언 통지문(傳言通知文)이 오시(午時)에 도착하였는데, 「경성의 왜적들이 죄다 달아났고 충주도 텅 비었는데, 명나라 군의 여러 장수들이 경성에 들어가고 그 선봉이 (결락) 충주.」라고 하였다.

○ 용궁(龍宮)에서 온 전언 통지문에는 「당교의 왜적들이 28일에 죄다 내려갔다고 하였고, 안동부의 자모군(自募軍 : 자원병)이 되돌아와서 한 말에는 명나라 군사들의 선봉이 (결락) 이미 당교에 도착했다.」고 하였다.

○ 부백(府伯 : 府使)이 용궁으로 나아갔다.

○ 의병이 매복하고 쳐서 붙잡은 왜적이 많지 않은 것이 아니었고, 관군은 한 됫박조차도 급료를 받지 못하였지만 (결락) 군대의 형편이 같지 않았다 (결락) ……

　　二十九日癸丑。晴。榮川傳通午時到,「京賊盡遁, 忠州亦空, 天兵與諸將入京, 先鋒 (缺) 忠州.」云。○龍宮傳通內,「唐橋之賊, 二十八日盡下云, 本府自募軍還言內, 天兵先 (缺) 已到唐橋.」云。○府伯出龍宮。○義兵設伏勒捕, 不爲不多, 而官軍無一升受料 (缺), 軍勢不齊 (缺)。

○ 5월

1일 맑음.

이일도(李逸道)가 왜적의 머리 1급(級)을 베어서 순찰사에게 바쳤다.

　　五月　一日甲寅。晴。李逸道斬倭頭一級, 獻巡察使。

2일 맑음.

순찰사가 안동부에 들어왔는데, 대장이 나아가 뵈었다.

○ 대장이 복병장(伏兵將) 김사권을 보내어 상주(尙州)의 송현(松峴)에 복병을 배치하였다. 때마침 당교의 왜적들이 내려가자 수풀 속에서 돌연 뛰쳐나와 협공하니 왜적들이 혼비백산 도망쳐 달아났고, 왜적의 장수 한 놈이 궁지에 몰려 움츠린 채 물러나 엎드려 있는지라, 장수와 병졸들로 하여금 묶어 끌어와서 곧장 순찰사에게 바치게 하고, 군관들로 하여금 마구 활을 쏘아 닥치는 대로 죽이고 왜적의 머리를 거의 다 베어서 보관하게 하니, 순찰사가 회송하는 공문에 이르기를, 「흉악한 왜적을 사로잡아 나로 하여금 마음에 달갑게 하였고, 몹시 분한 마음을 조금이라도 풀어내게 하였으니 더욱 그지없이 가상한지라, 각별히 전공(戰功)에 대해 평가해주기를 아뢰는 공문은 뒤이어 작성하여 보내겠다.」고 운운하였다.

　　二日乙卯。晴。巡察使入府, 大將就見之。○大將遣伏兵將金嗣權, 設伏於尙州松峴。遇唐橋賊下去, 自林莽中, 突出夾擊, 賊迷亂遁走, 有一賊帥, 窮縮退伏, 令將士縛致, 卽獻于巡察使, 使軍官等, 亂射撕殺, 殆盡斬頭以藏之, 巡察使回送文曰:「生擒兇賊, 使我得以甘心, 少攄憤憤之意, 尤極可嘉, 各別論功, 啓聞公文, 隨後成送。」云云。

3일 맑음.

순찰사가 용궁으로 떠났는데, 명나라 군사들을 바라지하기 위함이었다. 대장이 순찰사를 만나 뵈니, 순찰사는 어제 송현(松峴)에서의 승리를 극진하게 칭송하며 말하기를, "왜적들이 재를 넘어오는 길을 차단하고, 명나라 군사들을 기다려 합세하여서 한 놈의 왜적도 돌아가지 못하게 하라." 하였다.

○ 의흥의 정제장(整齊將) 홍경승이 왜적의 머리 2급(級)을 베어 가지고 와서 바쳤다.

> 三日丙辰。晴。巡察使出龍宮, 爲支待天兵也。大將見巡察使, 巡察使
> 極道昨日松峴之捷曰:"斷絶賊兵踰嶺之路, 待天兵合勢, 無使隻騎得返."
> ○義興整齊將洪慶承, 斬賊二級來獻。

4일 맑음.

순찰사가 예천에 있으면서 회송하여 (결락) 나라를 위하여 세운 공로를 아뢰겠다고 하였다.

> 四日丁巳。晴。巡察使在醴泉, 回送 (缺) 爲啓聞賞勳勞云。

5일 맑음.

대장과 여러 장수들이 떠났다. (결락) 선전관(宣傳官)이 와서 말하기를, "경성의 왜적들이 죄다 도망쳐 내려가자 명나라 군사들과 3도의 방어사들이 4월 19일 모두 경성을 향하였는데, 충주의 왜적들이 거의 죄다 재를 넘었다."고 운운하자, 대장이 즉시 안동부에 들어가 순찰사를 만나서 말하기를, "듣건대 명나라 장수 제독 이여송 등이 모두 병을 핑계대고 뒤쫓지 않아서, 도망쳐 돌아오는 왜적들을 우리나라 장수와 병졸들이 모두 함께 파수하며 경비하느라 손을 쓸 수가 없어 종묘사직의 큰 도적으로 하여금 군사를 온전히 데리고 돌아가게 하니, 온 나라 신민(臣民)들의 통분이 이루 말할 수가 없습니다. 저는 이미 의병을 규합하여 이끌고 마땅히 목숨을 바쳐 나라의 은혜에 보답하고자 잔악한 왜적들을 섬멸하기 바랐었습니다. 그러나 현재 군사가 적고 세력이 미약하여 이기고 지는 것, 유리하고 불리한 것을 미리 헤아릴 수가 없습니다. 불행히 버티지 못하고 저의 힘이 다하여 기세가 꺾이면 죽음만이 있을 뿐입니다. 맹세컨대, 목숨을 아껴서 구차히 살지는 않을 것입니다." 하고는 이윽고 눈물이 흘러 옷깃을 적셨다.

　　五日戊午。晴。大將與諸將出。(缺) 宣傳官來言："京城之賊, 盡爲遁下, 天兵與三道防禦使, 四月十九日, 皆向京城, 忠州之賊殆盡踰嶺。"云云, 大將卽入府, 見巡察使曰："聞唐將李提督等, 皆稱疾不追, 遁還之賊, 我國將士, 並皆截把[1], 不得下手, 使廟社大寇, 全師以歸, 一國臣民之憤惋, 極矣。吾旣料率義旅, 所當以死報國, 期滅醜賊。目今兵單勢弱, 成敗利鈍, 非可逆覩。不幸不能支, 吾力盡勢窮, 則有死而已。誓不偸生以苟活也。"因泣下沾襟。

6일 비.

울산(蔚山) 의병의 치보(馳報)에는, "왜적들이 기장(機張)과 동래(東萊)의 두 영(營)에 그득한데, 울산 등지에서 살해하고 노략질하며 분탕질하고 있다. 왜적의 배는 강어귀에 가득한데 지난해 난리가 처음 일어났을 때보다 배가 되는 듯하다. 서생포 만호(西生浦萬戶)가 포위되어 해를 입었다."고 하였다.

　　六日己未。雨。蔚山義兵馳報內, "倭賊充斥[2]於機張[3]·東萊兩營, 蔚

---

1) 截把(절파) : 把截. 지세가 험하여 적을 방어하는 데 편리한 요해처를 파수하며 경비함.
2) 充斥(충척) : 가득 채움.

山等地，殺掠焚蕩。賊船，彌滿江口，倍於年前亂初之時。西生浦[4]萬戶，被圍遇害。"云云。

7일 구름 끼어 흐림.

대장이 출진하면서 (결락) 즉시 격문을 모든 고을에 띄우고 병사를 이끌고 왜적을 추적하였다. (이하 결락)

○ (협주 : 앞까지는 당시의 서기가 기록한 것이다.)

    七日庚申。雲陰。大將出陣，(缺) 卽移檄列邑，治兵追賊，(以下缺) ○ (右當時書記所錄)

---

3) 機張(기장) : 부산광역시 기장 지역의 옛 지명.
4) 西生浦(서생포) : 울산광역시 남쪽에 있었던 포구.

매원(梅園)의 기록[1]

 5월에는 군사들을 거느리고 밀양에 있었다.(협주 : 이는 매원(梅園 : 김광계)
이 기록한 것이다.)

　　　五月領兵, 在密陽(右梅園[2]錄)[3]。

---

1) 원문에는 없으나 역주자가 붙인 제목임.
2) 梅園(매원) : 金光繼(1580~1646)의 호. 본관은 光山, 자는 以志. 부친은 金垓이고, 모친은
  眞城李氏로 퇴계 선생의 조카인 李宰의 딸이다. 처음 朴惺에게 배우다가 안동부사로 부임
  한 鄭逑에게 배웠다. 1627년 정묘호란 때 旅軒 張顯光이 徵文을 보내어 그를 義兵將을 삼
  아 막 군사를 일으켜 출진하였으나 난리가 평정되어 곧 파했으며, 1636년 또 병자호란을
  당하여 공은 다시 의병을 일으켜 서울을 향해 행군하여 막 基川(지금 풍기)을 지나 죽령
  을 넘어서다가 항복했다는 비보를 듣고 북향하여 통곡하고 군사를 해산했다. ≪梅園日
  記≫가 남아 있다.
3) 이 문장은 ≪近始齋集≫ 권4 <부록>에 의하면, 김광계의 <先考通仕郞行藝文館檢閱兼春秋
  館記事官, 贈承議郞弘文館修撰知製敎兼經筵檢討官春秋館記事官府君家狀>에 나오는 문장임.
  곧, "癸巳五月, 端人以疾歿于家. 時公領兵在密陽."이다.

과헌(果軒)의 기록[4]

진양(晉陽 : 진주)이 포위되었음을 듣고서 군사들을 이끌고 진주에 이르렀다. (결락) 대장이 군사들을 거느리고 양산(梁山)을 구하라고 명령하여 이윽고 갔다. (결락)

> 聞晉陽受圍, 治兵至晉州 (缺) 大將令領兵救梁山, 因往 (缺)。

이후부터는 왜적을 추격하여 남쪽으로 내려가다가 경주(慶州)에 이르러 이산휘(李山輝)와 합세하여 계림(鷄林)의 왜적을 대파하였다. 그리고 낙동강 좌안(左岸)의 의병장들 모두가 부군(府君)의 통제를 받을 때에 남하일기(南下日記)가 있었으나 전란 중에 잃었고, 용궁(龍宮)과 함창(咸昌)에 복병을 배치할 때에도 서정록(西征錄) 및 별록(別錄)이 있었으나 모두 함께 잃었다.

> 此後, 則追賊南下, 至於慶州, 與李山輝合勢, 大破鷄林之賊。而江左義將, 皆受府君節制時, 有南下日記, 而失於喪亂中, 設伏龍咸時, 有西征錄及別錄, 而並皆失之。

○6월
19일
대장이 경주의 진중에서 세상을 떠났다.(협주 : 임종할 때에 시를 남겼으니, 다음과 같다.)

---

4) 원문에는 없으나 역주자가 붙인 제목임.

머나먼 앞날까지 사직 보존코자   百年存社計

무더운 유월에도 갑옷 입었거늘,   六月着戎衣

나라를 위해 몸이 먼저 죽으니   爲國身先死

어버이 찾아 넋은 홀로 가누나.   思親魂獨歸[5]

이때 막하(幕下 : 군관) 김태 등이, 병들어 누울 때부터 세상을 떠날 때까지 잠시도 곁을 떠나지 않고 부군(府君)께서 임종할 때 남기신 말씀을 어느 정도 기록한 문적이 있었으나 모두 잃어버렸다. 다만 이 시만 남아 지금까지도 전해져 읊어지고 있다.) 군대가 뿔뿔이 흩어져 돌아왔다.(협주 : 이는 과헌(果軒 : 김순의)이 기록한 것이다.)

> 六月 十九日。大將, 卒于慶州陣中。(臨卒, 有詩曰 : "百年存社計, 六月着戎衣。爲國身先死, 思親魂獨歸." 時幕下[6]金公兌等, 自寢疾[7]至易簀[8], 小不離側, 府君遺命[9], 多少記籍, 而皆失之。祇存此詩, 至今傳誦.) 師散而歸。(右果軒[10]錄)

---

5) 이 시는 ≪近始齋先生文集≫ 권1 '오언절구' 편에 <絶命詩>로 수록되어 있음.
6) 幕下(막하) : 主將이 거느리는 장교와 종사관.
7) 寢疾(침질) : 심한 병이 들어서 누워 꼼짝 못하고 앓음.
8) 易簀(역책) : 대자리 침상을 바꾼다는 말로, 사람이 죽는 것을 뜻함.
9) 遺命(유명) : 임종할 때 남긴 말.
10) 果軒(과헌) : 金純義(1645~1714)의 호. 본관은 光山, 자는 體仁. 생부는 金硡이고, 양부는 金礦이다. 김해의 증손자이다.

후기(後記)[11]

위의 몇 가지 조목들이 모두 가승(家乘)에 실려 있으나 일기에는 누락되었기 때문에 추가로 여기에 덧붙인다.

上數條, 並家乘所載, 而見漏於日記中, 故追附于此。

---

11) 원문에는 없으나 역주자가 붙인 제목임.

전문(傳聞) 기록[12]

병자년 여름, 우계(羽溪) 함재(涵齋) 이희윤(李希胤)이 지은 전습록(傳習錄)을 얻어 보았더니, 근시재(近始齋 : 김해 호) 선조(先祖)의 임진왜란 때 의병 일으킨 전말과 경주(慶州) 진중에서의 운명 등에 관한 기록이 있었다. 막료 김태 등이 찬획관(贊劃官)으로부터 급박하게 위태롭고 어지러운 때에 명을 받아 주검을 확인하고 고향으로 돌아왔으며, 또 <서정록(西征錄)>·<남정일기(南征日記)> 및 <행군수지(行軍須知)> 등의 서적을 수습하였으나 모두 전란 때에 잃었고, 다만 선조(先祖)의 절명시(絶命詩)에 차운한 1수가 전하고 있을 뿐이다. 그 시는 이렇다.

나라에 보답하려는 평소의 충의로서　　　　　　報國平生義

당당할사 홀로 철갑옷 입었다네.　　　　　　　堂堂一鐵衣

응당 다시 싸우려고 남은 충혼만은　　　　　　有魂應復戰

관에 싣고 돌아가는 나를 꾸짖으리.　　　　　　嗔我載棺歸

그 비분강개한 뜻을 좇아서 머릿속으로 그려 생각할 수 있건만 다만 가승(家乘) 및 향병일기에 실려 있지 않았기 때문에 들은 대로 기록하여서 훗날의 채택에 대비한다.

丙子夏, 有凝州之役[13], 得見羽溪李涵齋希胤所撰傳習錄, 則有近始齋先

祖壬亂創義顚末, 而易簀于慶州陣中也。幕僚金公兌等, 以贊劃官[14], 受命
於創卒危亂之際, 檢尸而還鄕, 且收拾西征錄・南征日記及行軍須知等書,
皆迭於兵燹[15], 只有先祖絶命詩次韻一首。其詩曰 : "報國平生義, 堂堂一
鐵衣, 有魂應復戰, 嗔我載棺歸。" 其悲憤慷慨之義, 從可像想[16], 而但不載
於家乘及鄕兵日記, 故隨聞隨錄, 以備他日採擇焉。

---

13) 有凝州之役(유응주지역) : 응주를 파악할 수 없어서 번역하지 못함. 凝州는 凝川의 오기가
   아닌가 한다.
14) 이 시기의 명나라 贊劃使는 劉黃裳과 袁黃임.
15) 兵燹(병선) : 전쟁이나 내란으로 인하여 일어나는 화재로, 전쟁의 상태나 그 뒤의 파괴된
   상황을 비유하기도 함.
16) 像想(상상) : 머릿속으로 그려서 생각함.

≪연려실기술(練藜室記述)≫(이긍익 편찬)의 기록들

예안(禮安) 사람 전 한림(前翰林) 김해가 의병을 일으켰다.

○ 유종개(柳宗介)가 죽자, 사람들은 모두 의병 되는 것을 꺼리니, 초유사(招諭使 : 김성일)가 격문을 띄워 나라의 은혜를 잊었음을 책하며 의병에 나갈 것을 격려하였고, 안집사(安集使) 김륵(金玏) 또한 통문을 돌렸다. 이에, 영천(榮川 : 영주)·풍기(豊基)의 선비들과 전 한림 김해·생원(生員) 금응훈·진사(進士) 임흘 등 여러 사람들이 모두 호응하여 물고기 비늘처럼 잇달아 일어나니 군사가 만여 명이나 되었는데, 모두 김해의 통솔을 받았다. 김해는 본래 남에게 미더움을 받았으므로 사람들이 그를 의지하고 중히 여겼다.(≪일월록≫)

○ 좌도(左道)의 의병이 일직현(一直縣)에서 동맹하여 김해를 대장으로 추대하였다. 그 뒤에 김면(金沔)이 본도(本道 : 경상도)의 대장이 되었음을 듣고 의병 문서를 강을 건너 김면에게 보내었는데, 김면이 열람해 보매 모두 유생들로 편성되어 있으니, "이야말로 진정한 의병이다."고 하였다. 계사년(1593)에 김해가 명나라 군사를 따라 경주에 있다가 병으로 죽은 사실이 알려지자, 수찬(修撰)에 증직되었다.(≪일월록≫)

出燃藜記述(完山 李肯翊[17]所編)[18]

---

17) 李肯翊(이긍익, 1736~1806) : 본관은 全州, 자는 長卿, 호는 完山·燃藜室. 가문은 전통적으로 소론에 속했으며, 경종대의 신임무옥사건과 1728년의 李麟佐의 난으로 크게 화를 당하였다. 그리고 그의 나이 20세 때 아버지 李匡師가 나주괘서사건에 연루, 유배되어 그 곳에서 죽었다. 그리하여 역경과 빈곤 속에서 벼슬을 단념한 채 일생을 야인으로 보

禮安前翰林金垓起義兵。○柳宗介之死，人皆以義兵爲戒，招諭使檄文，責以忘恩，激以赴義，安集使金玏，亦出通文。於是，榮川・豐基士子及前翰林金垓・生員琴應壎・進士任屹等，諸人皆響應[19]，魚鱗以起，兵至萬餘，咸聽垓節制。垓素有人望，人以爲倚重。(日月錄)

左道義兵，會盟于一直縣，推垓爲大將。後聞金沔爲本道大將，送義籍渡江，沔閱視皆以儒生編伍，乃曰："此眞義兵也." 癸巳，垓隨明兵，在慶州，病死事，聞贈修撰。(日月錄)

냈다. 李珥・金長生・宋時烈・宋浚吉・崔岦 등 서인 계열의 사상에 많은 영향을 받았다. 그의 집안이 가학으로서 陽明學을 內修해왔기 때문에 그 역시 특히 양명학 계열에 속하였다.

18) 이긍익의 ≪練藜室記述≫ 권17 '嶺南義兵'에 수록되어 있음.
19) 響應(향응) : 어떤 사람의 주창에 따라 그와 행동을 같이 한다는 말.(呼應)

부전지(附箋紙)

근시재 김 선생의 행략

성명은 김해, 자는 달원, 호는 근시재이다.

생년월일은 단기 3886년(1553), 지금으로부터 361년 전이다.[20]

출생지는 안동군 예안면 오천동이다.

후조당 김부필의 아들이며, 문안공의 후손이다.

후예의 거주지는 안동면 예안면 오천동이다.

주손의 성명은 김공 선생의 13세손이다.

묘소의 소재지는 안동면 와룡면 거인동이다.

서원의 유무 : 없다.

살아있을 때의 관직은 예문관 검열이다.

近始齋金先生行略

姓名金垓, 字達遠, 號近始齋。

生年月日, 檀紀三八八六年, 距今三百六十一年(四百年)。

出生地, 安東郡 禮安面 烏川洞。

後彫堂金富弼 子, 文安[21](章榮[22], 삭제표시)公 後孫。

---

20) 곧 1914년임을 뜻함.

21) 文安(문안) : 金良鑑(생몰년 미상)의 시호. 본관은 광산. 광산김씨 예안파 7세이다. 1070년 尙書右丞左諫議大夫에 이어 서북로병마부사가 되고, 이듬해 尙書左丞知御史臺事가 되었다. 1074년 太僕卿으로 中書舍人 盧旦과 함께 송나라에 사은사로 가서 종전의 登州를 거치는

後裔의 設居住地, 安東郡 禮安面 烏川洞。

主孫의 姓名, 金公先生의 十三世孫[23]。

墓所의 所在地, 安東郡 臥龍面 居仁洞。

書院의 有無, (無)。

生存時官職, 藝文館檢閱。

사적

선생은 어렸을 때부터 영리하고 지혜로움이 보통의 아이들과 달랐고, 점점 자람에 개연히 고인(古人)의 학문에 뜻이 있어 독서하며 이치를 궁구하면서 몸과 마음을 다하여 애쓰고 조금도 게을리 하지 않았으며, 선생의 부친 형제가 퇴도(退陶 : 이황의 호)선생의 문하에서 수학하였기 때문에 젊은 시절 학문하는 방도를 들어 가정과 향당(鄕黨)에서 가르침을 배우셨으며, 학봉(鶴峯)과 서애(西厓) 두 선생과 함께 퇴계선생의 문집을 수정하셨고 또 퇴계연보의 편차(編次)를 지어 문충공(文忠公) 김성일로부터 사문(斯文)이 실추되지 않았다는 평을 들었다.

항로를 요나라의 이목을 피하기 위하여 明州(浙江省)로 변경하는 데 합의하고 귀국하였다. 이듬해 右散騎常侍가 되고, 동지중추원사·호부상서·參知政事判尙書兵部事·權判中樞院事를 거쳐 1082년 左僕射에 올랐다. 선종이 즉위하자 中書侍郎平章事로서 門下侍郎平章事 李靖恭 등과 함께 時政의 득실을 진술하고 이어 判尙書戶部事를 거쳐 守太尉에 올랐다. 1090년에 문하시랑으로서 知貢擧가 되어 우간의 孫冠과 함께 진사 李景泌 등을 뽑았는데, 그 답안이 격식에 맞지 않아 主司에 밝지 못하다는 비난을 받았다. 李資謙과 인척이면서도 정의를 지켜 끝까지 그에게 아부하지 않았다. ≪삼국유사≫에 실려 있는 〈駕洛國記〉의 저자라고 전하기도 한다.

22) 章榮(장영) : 金積(1292~?)의 시호. 본관은 光山, 자는 迪齋. 광산김씨 예안파 16세이다. 政堂文學과 藝文館大提學. 1307년 문과 秋場製述科에 급제하여, 1332년 中顯大夫 成均祭酒로 通禮門 副使를 겸하고, 1333년 匡靖大夫 政堂文學 藝文館 大提學과 知春秋館事 上護軍이 되었고, 1342년 知貢擧로 과거의 총책을 맡아 많은 인재를 뽑았다. 시호는 章榮이다.

23) 金垓의 13세손은 金鍾九(1891~1974). 본관은 光山, 자는 國聲, 호는 檀汕. 광산김씨 예안파 종손으로 한학자이다. 경북 도내 각 문중에 묘갈명·고유문·기문·제문·만사·편지 등의 글을 남겼다. 저서로는 ≪檀汕集≫이 있다.

선생이 38세 때인 선조(宣祖) 임진년(1593)에 왜란을 당하여 임금이 의주로 파천해서 종묘사직과 백성들이 도탄에 빠지자, 선생은 마음속에 깊이 사무쳐 눈물을 흘리며 "맹세코 왜적들과는 함께 살지 않겠다." 하시고 여러 고을들을 규합하시니, 원근의 인민이 메아리처럼 호응하여 선생을 의병대장으로 추대했을 때, 학봉선생이 삼남초유사(三南招諭使)로서 별명(別命)을 받아 온 도에 격문을 보냈는데, 선생이 답서에 이르기를 "국운이 막혀서 오랑캐가 창궐하자 종묘사직이 전란에 휩싸이고 임금께서 서쪽으로 파천하셨으니, 하늘과 땅에 굳게 맹세컨대 이 왜적과는 함께 살지 않겠습니다." 말하고, 이윽고 예천의 송구천(松丘村)에 이르러서 적과 대치하여 왜적의 머리를 베어서 순찰사 진영에 많이 올려보냈다.

때마침 섣달 그믐날이 되어서 시를 읊었으니, "외로운 등불 가물거리는 객사엔 갑옷 차고(孤燈旅舍鐵衣寒), 사람들 오늘밤 지나면 한 해가 저문다 하네(人道今宵歲已闌). 하룻밤 사이 양귀밑머리에 허연털 더하겠지만(一日能添雙鬢白), 백년이 지나도 오직 일편단심뿐일러라(百年惟有寸心丹)."는 시구가 있었다.

계사년(1593) 5월에는 밀양으로 진을 옮겼지만 부인 이씨의 부음을 듣고 잠시 고향으로 돌아갔다가 하루 뒤에 다시 진중으로 서둘러 되돌아갔는데, 경주에 이르러 불행히도 제갈량(諸葛亮)이 병사했던 오장원(五丈原)의 한스러움을 남기니 향년 39세였다.

죽음에 임하여 시를 남겼으니, "머나먼 앞날까지 사직 보존코자(百年存社計), 무더운 유월에도 갑옷 입었거늘(六月着戎衣), 나라 위해 몸이 먼저 죽으니(爲國身先死), 어버이 찾아 넋은 홀로 가누나(思親魂獨歸)."고 하였으니, 그 임금을 사랑하고 국가를 걱정하는 충분의기와 비분강개의 뜻은 족히 지사(志士)의 천년토록 사무치는 눈물을 느끼게 된다.

선생은 타고난 자질이 탁월하고 그 학문이 융성하여 태극음양지변(太極

陰陽之辨)과 심성이기지설(心性理氣之說)로부터 천문(天文)·지지(地誌)·병법
(兵法)·음률(音律)에 이르기까지 통달하지 않음이 없으시니, 저서로는 살
펴서 분별하기 어려운 것과 구익록(求益錄)이 있는데, 행군수지(行軍須知) 1
편은 그 병사를 부리고 왜적을 막는 방법과, 의병을 일으키고 전장에서
죽은 일의 흔적이 대략 갖추어졌다. 일기는 그 절반이 유실되었으니 애석
한 일이다.

事蹟

先生이 幼時로부터 岐嶷[24]함이 凡兒와 다르섯고, 稍長에 慨然히 古
人의 學에 뜻이 이서 讀書와 窮理에 刻苦不懈하엿으며, 先公兄弟[25]가
退陶先生의 門에 노르심으로 早年에 爲學의 方을 어더(삭제표시) 들으
사 家庭과 鄕黨에서 敎를 배우셧스며, 鶴峯·西厓[26] 二先生으로 더부
러 退陶先生의 文集을 修整하셧고, 또 陶山[27]年譜를 撰次[28]해서 金文

---

24) 岐嶷(기억) : 어린아이가 영리하고 지혜로움. ≪시경≫<生民>의 "실로 기고 기다가 능히
흿출하게 자라시더니 스스로 밥을 먹게 되자 콩을 심으시니 콩 가지가 깃발 날리듯하
며, 벼가 줄줄이 아름다우며, 삼과 보리가 무성하며, 외가 넝쿨에 주렁주렁 달렸더니라.
(誕實匍匐, 克岐克嶷, 以就口食, 藝之荏菽, 荏菽旆旆, 禾役穟穟, 麻麥幪幪, 瓜瓞唪唪.)"에서 유
래한 말이다. 그 주에 "기억은 높고 무성한 형상이다.(岐嶷, 峻茂之狀.)"고 되어 있다.
25) 先公兄弟(선공형제) : 先公은 돌아가신 아버지를 이르는 말로, 여기서의 형제는 金富弼과
金富儀를 가리킴.
26) 西厓(서애) : 柳成龍(1542~1607)의 호. 본관은 豊山, 자는 而見. 임진왜란이 일어나자 병
조판서로서 도체찰사를 겸하여 軍務를 총괄하였다. 이어 영의정에 올라 왕을 扈從하여
평양에 이르러 나라를 그르쳤다는 반대파의 탄핵을 받고 면직되었다. 의주에 이르러 평
안도 도체찰사가 되었고, 이듬해 명나라 장수 李如松과 함께 평양성을 수복한 뒤 충청
도·경상도·전라도 3도의 도체찰사가 되어 파주까지 진격하였다. 이해 다시 영의정에
올라 4도의 도체찰사를 겸해 군사를 총지휘했으며, 이여송이 碧蹄館에서 대패해 西路로
퇴각하는 것을 극구 만류했으나 뜻을 이루지 못하였다. 1594년 훈련도감이 설치되자 提
調가 되어 ≪紀效新書≫(중국 명나라 장수 척계광이 왜구를 소탕하기 위하여 지은 병서)
를 講解하였다. 또한 호서의 寺社位田을 훈련도감에 소속시켜 군량미를 보충하고 鳥嶺에
官屯田 설치를 요청하는 등 명나라 및 일본과 화의가 진행되는 동안에도 군비를 보완하
기 위해 계속 노력하였다. 1598년 명나라 經略 丁應泰가 조선이 일본과 연합하여 명나라
를 공격하려 한다고 본국에 무고한 사건이 일어나자, 사건의 진상을 알리러 가지 않는
다는 북인들의 탄핵을 받아 삭탈관직 되었다가 1600년 복관되었으나 다시 벼슬길에 나
아가지 않고 은거하였다.

忠公29)의 斯文不墜타 하난 評이 이셧다.

先生이 三十八歲에 ~~壬辰倭亂을~~(삭제표시) 宣祖壬辰에 島夷30)의 亂을
(삭제표시 옆의 행에 표기) 當하야 大駕가 義州로 파천하서 宗社生靈이
塗炭에 빠짐으로, 先生이 感게31)涕泣에 "멩서코 敵으로 함긔 살지 안
으리라." 하시고 列郡을 糾合ㅎ사 遠近인민이 響應하여 先生으로 義
兵大將을 推戴한 本時에, 鶴峯先生이 三南招諭 別命을 밧아 一路에 檄
文을 옴기니, 先生이 答書에 갈아사디 "國運이 否塞 蠻獠32)猖獗 廟社
兵燹 鑾馭33)西遷 □民之□□□(삭제표시) 誓心天地, 不與此敵(삭제표
시 옆행 작은 글씨로 표기)俱生."云, 因備陣于醴泉松丘村하사 賊□□相
對하야(삭제표시) 到醴泉松丘村□□(삭제표시)에서 賊과 相對ㅎ야 倭敵
의 首級을 巡營에 多數獻送히엿다.

쩌맛츰 除日34)을 當ㅎ야 詩를 읍퍼 갈오대, "孤燈旅舍鐵衣寒, 人道
今宵歲已闌. 一日能添雙鬢白, 百年惟有寸心丹."이란 句가 이셧다.

癸巳五月 密陽에 移陣하야 夫人李氏의 訃를 듯고 暫時故家 一(옆에
작게 1자)日後 다시 陣中馳還하사 慶州에 이르러 不幸히 五丈의 恨35)
을 기치시니 享年이 三十 (결락)36).

---

27) 陶山(도산) : 퇴계 이황이 살던 곳으로, 여기서는 퇴계를 이르는 말.
28) 撰次(찬차) : 시문 따위를 가려 뽑아서 순서를 매김.
29) 文忠公(문충공) : 김성일의 시호.
30) 島夷(도이) : 섬나라의 오랑캐. 주로 倭寇를 가리킨다.
31) 感게 : 感慨.
32) 蠻獠(만료) : 오랑캐.
33) 鑾馭(난차) : 임금을 가리키는 말.
34) 除日(제일) : 섣달 그믐날.
35) 五丈의 恨 : 諸葛亮이 後主를 도와 中原을 수복하려고 魏나라의 司馬懿(호는 仲達)와 대전
하다가 진중에서 병이 들어 50여 세로 죽었던 곳이 五丈原임. 제갈량이 죽은 것을 살아
있는 것처럼 싸웠더니 사마의가 겁에 질려 도망쳐버렸지만, 얼마 후에 蜀漢은 망하고 말
았다는 고사를 일컫는다.
36) 附箋紙의 일부 내용이 복사되지 않은 것으로 추측됨.

臨絶有詩曰：“百年存社計，六月着戎衣．爲國身先死，思親魂獨歸．”라 하셧스니, 그 忠憤慷慨(뒷 문장과 바꾸라는 표시)한 뜻이 愛君憂國 足히 志士[37])의 千載感淚(옆에 작은글씨로 표기)을 늣기게 되다。

先生이 天姿[38]) 탁월하고 그 學問이 융성ᄒ사(옆줄 작은 글씨로 표기) 太極陰陽之변과 심셩이긔之說노붓터 天文・地誌・兵謀・師律에 貫通치 안음이 업스시민 著書有難稽辨과 求益錄, 行軍須知一篇, 其用兵禦敵之方, 倡義死事之蹟, 大略具焉。日記則逸其半, 惜哉。

---

37) 志士(지사) : 국가와 사회를 위해 몸과 마음을 바쳐 일할 수 있는 굳은 의지와 높은 뜻을 가진 사람을 가리키는 말.
38) 天姿(천자) : 天資. 타고난 자질.

권두(卷頭) 기록

　　임진년(1592), 섬 오랑캐의 난리 때 근시재(近始齋) 김공(金公 : 金垓)은 의병장이 되었고, 공에게 격문이 보내어져 의병 일으키는 일을 하게 되었다. 공은 어머니 곁에 모실만한 형제가 없음을 근심하면서 어머니께 들어가 고하자, 어머니께서 말씀하시기를, "임금께서 피난하시는데 어찌 어미 봉양할 겨를이 있으랴. 남아가 세상에 태어나서 나라 위해 죽음은 여한이 없으리로다." 하고는 손수 군복을 지어서 보내니, 공은 어머니의 명을 받들어 국난에 달려갔다. 매양 싸울 때마다 그 자신은 반드시 맨 먼저 이르렀는데, 문경에서 갑자기 왜적을 만났지만 의병이 공격하였다. 공은 죽음에 임하여 시를 남겼으니, 이러하다.

머나먼 앞날까지 사직 보존코자	百年存社計
무더운 유월에도 갑옷 입었거늘,	六月着戎衣
나라 위해 몸은 속절없이 죽고	憂國身空死
어버이 찾아 넋은 홀로 가누나.	思親魂獨歸

　　마침내 세상을 떠나니, 이때가 6월 10일이었다. 아, 공은 총명하고 민첩한 성품에다 공부에도 더욱 정진하여, 겨우 15세가 되었을 때에는 낙동강 지역에서 칭찬을 받았고, 겨우 약관이었는데도 근시(近始)하는 두 현인(류성룡과 김성일)에게 인정을 받았으니, 영남의 희망이었다. 공이 두 현인

으로부터 이러한 인정을 얻은 것은 어찌 바탕을 둔 바가 없었겠는가?

용사(龍蛇 : 1592년과 1593년)의 국난 때, 여러 고을이 무너지자 지위에 있는 자들이 대부분 금수처럼 달아났다. 공은 소원(疏遠)한 일개 포의(布衣)로서 의병장이 되었고, 김공(金公) 아무개가 의병을 일으키도록 부르니 이 때 나이가 19세(38세의 잘못)였는데, 어머니를 모실 형제가 없었기 때문에 봉양을 어찌하면 좋겠는가. 어머니께서 말씀하시기를, "임금이 바야흐로 계신 땅에서 나는 곡식을 먹고 사람은 모두 왕의 신하이다. 우리 집은 걱정하지 말고 대의를 따르라." 하니, 공은 재배하고 어머니의 가르침을 받들어 눈물을 흘리며 막부로 달려갔다. 매양 싸울 때마다 그 자신은 반드시 사졸들보다 앞서 이르렀는데, 문경에서 갑자기 왜적의 대진(大陣)을 만나 의병이 무너졌고, 공도 마침내 세상을 떠나니 6월 10일이었다. 대열에서 돌아온 자가 신주를 전해주었고 임종할 때에도 도리어 기운이 빛나시를 남겼다고 하니, 의연히 의리를 따랐음을 알 수가 있다.

> 壬辰島夷亂, 近始齋[39]金公爲義兵將, 橄公爲從事. 公以母[40]在無兄弟
> 難, 入諗于母夫人, 母夫人曰 : "君父蒙塵[41], 豈違將母? 男兒生世, 死國無
> 憾." 手線戎衣以送, 公承慈命, 赴國亂. 每戰, 身必先到, 聞慶猝遇賊, 義
> 師臨. 公臨沒有詩曰 : "百年存社計, 六月着戎衣, 憂國身空死, 思親魂獨
> 歸." 遂死之, 是年六月十日也. 嗚呼嗚呼! 公以敏穎之姿, 加淬勵[42]之工,

---

39) 近始齋(근시재) : 金圻(1555~1593)의 호. 본관은 光山, 자는 達遠. 1589년 10월 鄭汝立의 모반사건이 일어나고, 11월 史局에서 史草를 태운 사건에 연루되어 면직되었다. 임진왜란이 일어나자 향리 禮安에서 의병을 일으켜 영남의병대장으로 추대되어 안동·군위 등지에서 분전하였다. 이듬해 3월 좌도병마사 權應銖와 합세하여 상주 唐橋의 적을 쳐서 큰 전과를 거두고, 4월 한양에서 부산으로 철수하는 적을 차단하고 공격하여 대승하였으며 5월에는 양산을 거쳐 경주에서 李山輝와 합세하여 싸우다가 진중에서 병사하였다.

40) 母(모) : 김해는 태어난 지 7일 만에 어머니 안동권씨가 세상을 떠났으므로 친모를 가리키는 것은 아님. 친모는 安東權氏 權習의 딸이었고, 계모는 加平李氏 李恥의 딸이었지만, 김해는 백모에게 양육된 것으로 家狀이나 行狀 등에 나타나는바 백모는 河就深의 딸이었다. 누구를 가리키는지 불분명하다.

41) 蒙塵(몽진) : 먼지를 뒤집어쓴다는 뜻으로, 임금이 난리를 피하여 안전한 곳으로 떠남.

甫成童[43]，見詘於東江，纔弱冠，受知於近始[44]二賢[45]，嶺之望也。公之得此於二賢者，夫豈無所本哉？

龍蛇[46](壬辰)難，列郡瓦解，在位多鳥獸竄。公以踈逖一韋布[47]，被義兵將，金公□辟從事，時年十九[48]，由母無兄弟，可奉養奈何？母曰："大駕方在食土之毛，皆王臣也。無以吾戶甕[49]而隨大義。" 公拜受教灑涕，赴幕府。每戰，身先士卒到，聞慶猝遇賊大陣，義師潰，公遂死之，六月十日也。陣上還者傳主，臨沒猶氣炯炯，有詩曰：……，其從容就義，可知也。

42) 淬勵(쉬려) : 분기하여 일에 정진함.
43) 成童(성동) : 열다섯 살 된 사내아이를 이르는 말.
44) 近始(근시) : ≪二程集≫<易傳序>의 "그러므로 잘 배우는 자는 반드시 가까운 데서 말을 구하니, 가까운 것을 쉽게 여기는 자는 말을 아는 자가 아니다. 내가 전하는 것은 말이니, 말로 말미암아 뜻을 아는 것은 사람에게 달려있다.(故善學者, 求言必自近, 易於近者, 非知言者也, 予所傳者辭也, 由辭以得意, 則有乎人焉.)"에서 나온 말.
45) 二賢(이현) : 鶴峯 金誠一, 西厓 柳成龍을 가리키는 듯. 金垓의 아들 金光繼가 지은 家狀에 따르면, 1588년 屛山書院에서 학봉 김성일, 서애 류성룡과 李滉의 문집을 修整하였다고 한다.
46) 龍蛇(용사) : 임진왜란이 일어나던 해인 1592년과 그 이듬해인 1593년의 간지의 해가 각각 '龍'의 해인 壬辰年과 '蛇'의 해인 癸巳年이었기 때문에 일컫는 말. 본문에는 '壬辰' 대신에 바로잡은 글자로 표시되어 있다.
47) 韋布(위포) : 가죽띠와 베옷을 입은 서생을 뜻하는 말로, 벼슬하지 않은 선비를 가리킴.
48) 十九(십구) : 김해의 나이가 임진왜란이 일어났을 때는 38세였으므로 착종임.
49) 戶甕(호옹) : 蓬戶甕牖. 선비의 거처를 형용한 말.

찾아보기

부록

이본대조

* 국사편찬위원회 마이크로필름 및 이화여자대학교 도서관 소장 ≪을사전문록(乙巳傳聞錄)≫과 합철된 축약본을 서로 대조한 것이다. 단, 축약본을 지칭할 때는 <이대본>이라 한다.

만력 임진년(1592)

四月 十四日癸卯。 倭陷東萊, 府使宋象賢死, 兵使李珏逃。 ○判官尹安性, 還自敗所, 欲聚軍擧事, 鳴鍾三日, 而人無應者, 亦逃去, 禮安守申之悌獨不去, 官吏不敢恣意, 爲亂多怨之者。

二十五日甲寅。 倭陷尙州, 從事官朴箎・尹暹戰死, 防禦使李鎰僅以身免。

二十八日丁巳。 倭陷忠州, 都元帥申砬, 從事官金汝岉敗死。

三十日己未。 御駕西狩, 宗社臣民之痛, 至此無謂, 一時忠賢有志之士, 就不悲泣慷慨, 誓心討賊, 期復君讎哉? 逃城遁者數矣, 而倡起義旅者多有之。

五月 初一日庚申。

六月 一日己丑。 安東進士裴龍吉, 尋金內翰涌, 于退溪, 謀擧義兵。 俄而安集使金玏, 奉命來留其家, 禮安守申之悌往勸之, 始來禮安縣, 招父老及士類, 謀起軍時, 軍簿蕩然, 無從整排, 以章甫爲里將, 各於所居村, 點起軍丁, 以防倭寇。

萬曆壬辰五月, 倭陷東萊, 又陷尙州, 進陷京師, 龍馭西狩。

十一日己亥。禮安鄉人, 奮義相謂曰∶"國事至此, 吾輩豈可竄伏窮山, 坐視君父之急乎?" 於是, 衆議推前翰林金垓爲大將, 以生員琴應壎爲都捴使。進士李叔樑作文, 布告列邑, 各出子弟公私賤三百餘人, 習射肄戰。前郡守趙穆, 前縣監琴應夾, 金富倫等, 皆納米以助餉軍之需。○ 前學諭柳宗介, 生員任屹, 舉義於春陽縣。

〈이대본〉

禮安鄉人, 奮義相謂曰∶"豈可竄伏深山, 坐視君父之急乎?" 於是, 各出子弟, 幾至三百餘人, 習射肄戰。以前翰林金垓爲將, 布告列郡。

十五日癸卯。禮安縣監申之悌, 敗於龍宮, 安東士人裴寅吉戰死。

二十二日庚戌。倭入安東。缺。

七月 一日戊午。倭入禮安。

九日丙寅。禮安倭還安東。

十七日甲戌。裴龍吉承禮安帖, 出臨河縣, 北向九猪村起軍, 各抄子弟, 分定隊正二百餘人。

〈이대본〉

安東進士裴龍吉, 召募子弟, 以應禮安。

十九日丙子。安東倭, 出陣豊山九潭村, 兵使朴晉入府, 裴龍吉卽付所起軍二百人于兵使。○ (缺) 權應銖克復永川, 斬倭三百餘級, 焚壓死者無數云。

八月 五日壬辰。權永吉持招諭使金誠一招諭文，來示裴龍吉，龍吉卽通文于安東，一邑士類，約會廬江書院，與金允明・金允思兄弟往廬江，惟柳復起・鄭澡赴約，金涌・金(缺)未至，又出文，約會于全法。

九日丙申。前縣監李愈，前縣令權春蘭，前翰林金涌及金允明・金允思・李亨男會，裴龍吉・李應蕡・辛敬立・權益亨・琴夢駬・權終允・權泰一・權德成・權重光，會于臨河縣東耆仕里松亭，相議舉兵，以裴龍吉・金涌爲召募有司。

十二日己亥。前都事安霽，期會于臨河，而是日 (缺)

十三日庚子。晴。大會于臨河，一鄕士友，不期而至者，以百數。薦生員金允明爲大將，以進士裴龍吉爲副，金允思・李亨男爲整齊有司，李應蕡・南祐・權泰一・金得礏爲掌書，金得研・柳復起爲餉軍都監，(缺) 自府以東，權訥主之，以西權紀主之，權益亨掌北面，金瀹掌南面，(缺) 會 (缺)，翰林金涌，差本府守城將。(缺)

十五日壬寅。雨。會于安奇郵亭。義城禹景忠・義興朴淵等，自禮安歷訪，相話 (缺) 之意曰："隣近列邑，同志之士，同盟合陣，則兵勢不爲孤弱，此意通諭于安東士林."云云。

十六日癸卯。晴。

十七日甲辰。晴。會于鄕校，點閱軍兵。

十八日乙巳。晴。大將以下諸有司，會鄕校，生員李庭栢，自橫城至，大將金允明致席辭曰："余智慮膚淺，膂力衰鈍，李庭栢沈深有定志，願亟遞代以成事." 衆議歸一，遂拜爲大將，以鄕校爲陣所，繕兵治械。○時，禮安金垓・榮川朴漉・安東裴龍吉等，並起義兵，而右道人金沔・郭再祐・鄭仁弘等，亦擧義兵，嶺南一道，不屈膝於賊者，義兵之力也。

十九日丙午。晴。禮安金垓・琴應壎等，來宿安東，翌日將與列邑士友，同盟于一直縣。

〈이대본〉
禮安義將，會安東討事。

二十日丁未。晴。安東・禮安人，與義城・義興・軍威人，會盟于一直，以禮安承文院正字金垓爲大將，以安東生員李庭栢・進士裴龍吉，爲左右副將，兵號安東列邑鄉兵(以義字嫌於自號，故曰鄉兵.)，以安東爲本陳。

〈이대본〉
禮安・安東・軍威・義城・義興，五郡義將，會盟于一直縣，以禮安金垓爲大將，安東裴龍吉・李庭栢爲神將，兵號安東列邑鄉兵，以安東爲本陳(下有脫簡)。

二十一日甲戌。晴。大將・副將，自一直還本陳，查考校籍，擇除孱病者，俾納米，或代奴，一從公論定之。○額外儒安民 (缺) 等百餘人，有怏怏之意，不聽號令，大將捕來問之，曰：“額內額外，爲儒則等，而勞逸不均，此吾等之慊然者也。”大將曰：“公等誠碌碌也，(缺) 儒者所耻，夫身先臨敵，策馬奔殿，固今日同盟之意，而公等怨己之賢勞，忌人之偃息，是厭於討賊，而樂於偷生也，烏在其忘身殉國之義乎? 況整齊之際，豈有容私遺漏之理哉? 公等，以些小之憤，遽背約束，致軍中 (缺) 不定，逐此不已，十步之內，公等之首，未免注槊.”於是，安民 (缺) 等，懷憤乃釋，退從號令。(缺)

〈이대본〉
大將，自一直還本陳，整齊將曰：“團結之際，查考校籍，擇壯健爲五，除孱病者，俾納米，或代奴，而納米多少，則隨貧富定之.”校籍儒生百餘人，有怏怏之意，不#喜趍令，大將遣軍尉，捕來問之，則曰：“額內額外，爲儒則等，而勞佚不均，此吾等之所慊然者也.”大將曰：“偷安苟免，儒者所耻，身先臨敵，策馬奔殿，固今日同盟之意，而公等怨己之賢勞，忌人之偃息，是厭於討賊，而樂於偷生也，烏在其忘身殉國之義乎?

逮此不已，公等之首，未免注釿." 於是，儒生等，懷憤乃釋，退從號令。

九月 一日甲申。晴。禮安‧安東合陣，翌日將與下道鄉兵，合陣于一直，備牛酒餉軍。

〈이대본〉

備牛酒犒師，翌日將與下道鄉兵，合陣于一直縣也。

二日乙酉。晴。合陣雲山驛。○行軍之時，軍容整肅，無敢諠譁失伍者，自本府至石峴十餘里，首尾相接，彥陽縣監金沃，上府城南門，望見曰："盛哉軍容! 大將儒者，眞文武兼才也." 道路觀者，亦皆驚歎，晌午至雲山，俄而義城兵亦至。○榮川朴漉，願以本郡鄉兵同盟。○一軍人刈禾秣馬，乃杖之。○右衛將洪淹‧捍後將孫興智，犯坐席，卽令捽致責之，以卒犯將，罪當死，遂減死杖之。又捽捍後將軍官，杖責曰："結陣之後，無傳令出入者，一切禁防，可謂堅壁，而他陣軍人，突入陣中，莫之能禁，至於披犯坐席，脫有賊入陣中 (缺) 如何? 後若有此，爾將不保首領矣." 軍官叩頭而退。○日暮仍宿蔓草間，風露凄冷，征衫盡濕，陣中相謂曰："風餐露宿之苦，乃如是耶? 然而，此是男子事耳." 遲明，令鼓角警軍中。

〈이대본〉

合陣雲山驛。行軍之時，軍容整肅，無敢喧譁失伍者，自本陣至石峴十餘里，首尾相接，彥陽縣監金沃，上城南門，望見歎曰："盛哉軍容!" 道路觀者，亦皆驚歎，當午至雲山，義城兵亦至。榮川朴漉，願以鄉兵，同盟合勢。日暮因宿蔓草間，夜向深矣，風露凄冷，征衫盡濕，陣中相謂曰："風餐露宿之苦，有如是耶?" 天明，令鼓角以警軍中。

三日丙戌。晴。軍中喫飯訖，大將臨陣，整部伍，明約束。以金允思‧柳復起‧金溣爲本陣整齊將，朴好仁爲助戰將，權克仁爲斥候將，李選忠‧金嗣權‧趙誠中爲伏兵將，金翌爲左衛將，李詠道爲軍粮都摠，金澤龍爲禮安整齊將，沈智爲領兵將，金士元‧申弘道爲義城整齊將，申忱爲右衛將，李榮男爲軍威整齊將，張士珍爲別將，洪瑋・權行可爲典餉有司, 康忠立・朴文潤・李好仁・洪慶承爲義興整齊將。

四日丁亥。 晴。以安東生員金允明, 禮安生員琴應壎, 軍威參奉李輔, 善山生員盧景佀, 爲謀議士.

〈이대본〉

以安東生員金允明, 禮安生員琴應壎, 軍威李輔, 善山生員盧景佀, 爲謀士。以禮安生員金壩・琴夢駒爲掌書。

五日戊子。 晴。以生員金壩・生員琴夢駒・金允安・琴憬・權杠・鄭澡・辛敬立・權得可爲掌書, 金坪・李適等 (缺) 官, 金兌爲兵色軍官, 摠理軍簿, 南庭筍爲奈城領兵將。○比安鄉兵趙端等, 願聽約束傳檄, 與之同盟, 以趙端爲比安整齊將。○飛檄眞寶鄉中, 以勸其起兵。○前縣令權春蘭, 送米十斗, 牛一隻, 以助餉軍, 前都事安霽, 送米五斗, 前佐郎李珙, 納戰馬一疋, 大牛一隻, 軍粮二石。

〈이대본〉

前縣令權春蘭, 送米十斗, 牛一隻, 以助軍餉, 前都事安(霽), 送米五斗, 前佐郎李珙, 納戰馬一匹, 大牛一隻, 軍粮二石。比安鄉兵趙端等, 願聽約束傳令, 與之同盟。飛檄眞寶, 以勸同盟。

六日己丑。 晴。掌書權杠, 納米而退, 以典餉有司權行可爲掌書, 典餉所有司論報曰:"此人, 勤幹轉餉之事, 請改差掌書." 大將更以進士裴得仁爲掌書。(缺)

〈이대본〉

以金兌爲軍簿摠理。

十月 二十日丙午。 晴。合陣禮安, 領兵將沈智期不至。○上書巡察使金睟:「伏以兵家勝敗, 決於志之勇怯, 係於兵之精雜。窃見今之兵, 不爲不多, 而一 (缺) 動輒奔潰者, 惟務其多, 而不務其精。雖知務精, 而不得其要, 使行伍之中, 勇怯相雜, 一人背立, 則大軍波奔, 其中雖有敢進之士, 形勢孤弱, 不能獨立, 是知一人之㤼, 足敗千萬人之勇也。迂計以爲，必精加選擇，然後可以濟事。而選擇之事，委諸守宰，則守宰雖欲盡心，而不能周知鄉曲人物，旋別似未精當。如欲精擇，則列邑官軍中，拔出忧慨有志，身先倡率者，使掌揀選之事。又慮其或有所牽制，而不能斷，從公道，則以儒士之有謀劃者參之，先稟之邑宰，次詢諸鄉論，使之詳加採擇，志意勇敢者爲上，技藝精强者次之，不限多少，而惟務精選。若成一軍，倍加調養，使採擇者，自領之，與之同甘苦，一心力，結爲死黨。常時則分遣要害，或夜擊，或突擊，大擧則各率所部 (缺) 前鋒。而大軍在後，助揚聲勢，則勇氣自倍，所向無前矣。兹將所屬列邑士友間公論，拔擧數人，別錄一紙，未知此等人，果能不負人望與否，幸試用，而進退之。如或以鄙策爲 (缺)，則他餘列邑中，亦須訪問施行，不患不得其人矣。至於昵侍帷幄者，必得志慮 (缺) 正者，與之同事然後，謀猷之間，有所裨益，而亦足以鎮服衆心，其所關甚不輕矣.」云云。(缺)

二十一日丁未。陰。朝禮安軍至。

二十二日戊申。夜雨晚晴。平明行軍，駐豊山縣。
〈이대본〉
行軍駐豊山縣。

二十三日己酉。晴。陞安東整齊將金允思，爲中衛將，使伏兵將李選忠・助戰將朴好仁，率驍健軍官八人，精兵一百三十八西行。○合五衛爲三衛。○行軍駐醴泉郡陣場。
〈이대본〉
以安東進士金允思，爲中衛將，使伏兵將李選忠・助戰將朴好仁，師驍健軍尉八人，精兵一百三十八西行。設伏合五衛爲三衛。行軍駐醴泉郡陣場。

二十四日庚戌。雨。掌書金堈至。○郡吏金景安，自郡守李彦誠陣所，來傳言：「本郡鄉兵大將李種茂，領兵駐花藏，都指揮大將李邃一駐長華松，倭賊列陣尙州盤巖·咸昌唐橋上，日焚蕩龍宮沙丐里，縣吏中鐵丸重傷."云。

二十五日辛亥。晴。移陣蘆浦，朝發遣軍官李適·崔岉及右副將李庭栢，巡審伏兵，會都指揮大將，議定約束，掌書辛敬立從，夕到龍宮縣，北山伏兵陣，仍宿縣東里石峴。

〈이대본〉
移陣蘆浦，遣軍尉李逸＜適＞·崔岉及右副將，巡審伏兵。

二十六日壬子。晴。留陣蘆浦，右副將，早會龍宮縣監，仍向都指揮大將陣所，路聞倭寇突入縣西，直還本陣，倭寇先鋒已入校洞，伏兵將李選忠，躍馬追之，龍宮人得免禍害，繼援將禹善慶，率精兵五十人，馳赴石陣。

〈이대본〉
賊先鋒，猝入龍宮，伏兵將李選忠，躍馬逐之，龍人免禍。

二十七日癸丑。晴。留陣蘆浦。○伏兵將李選忠·助戰將朴好仁，率敢死士，直進盤巖，候覘樵採倭來水邊，壯士金謹京等，追射奪二馬。

〈이대본〉
伏兵將李選忠·助戰將朴好仁，帥敢死士，直進盤岩，覘賊追射奪二馬。

二十八日甲寅。晴。大將·左右副將，各率軍官，及斥候將權克仁，抵伏兵陣，更抄精兵分遣，左副將率掌書金允安，還本陣抄軍，右副將率掌書琴夢駟，馳至繼援陣，抄發精兵，大將率掌書辛敬立，會都指揮大將所，議兵。

二十九日乙卯。晴。大將，還自龍宮。

三十日丙辰。晴。右副將領軍，向丹密川留宿。是時，倭賊乘夜犯境，民不安息。

十一月　一日丁巳。小雪。左副將留本陣，掌書辛敬立，傳大將令，右副將領軍，進盤巖，暮還。

二日戊午。晴大風。右副將領軍進盤巖，倭寇渡江焚蕩，有衝突之勢，故留陣待變。
〈이대본〉
進軍盤岩，于時賊渡江焚蕩，我軍無見粮，而賊有衝突之勢，以故仍留待變。

三日己未。晴。左副將留陣。○軍威別將張士珍捷音至，報巡察使。(捷文見別錄.)
○右副將領軍向丹密川，猝遇賊鋒。是日，賊掃衆來寇，我軍與官軍，布陣相對，官軍先敗，我軍亦退。
〈이대본〉
軍威別將張士珍捷音至。右副將領軍向丹密川，猝遇賊鋒。是日，賊掃衆來寇，我軍與官軍，合陣交鋒，官軍先敗，我軍亦退。軍民死傷甚衆。

四日庚申。晴。左副將留陣，傳令聚軍，右副將自龍宮至，金謀議來會，大將單騎馳到，會巡察使。○府使自龍宮還。
〈이대본〉
令左副將留陣，傳令聚軍。

五日辛酉。晴。大將率軍粮都摠李詠道・中衛將金允思・掌書辛敬立，會議巡察使。○以金允思・柳復起爲道軍官，禹仁慶・權復元爲揀兵將，揀擇精兵。

六日壬戌。晴。大將・左副將留陣，會巡察使・都事。○禮安軍夕至。
〈이대본〉
大將留陣，巡察使・都事來會。禮安軍夕至。

七日癸亥。晴。大將・左副將留陣。○巡察使發向禮安。○夕大將臨陣，　明日左副將，監軍于義城，躬率軍官・掌書，受約束庭辭。○大將駐兵北亭。

〈이대본〉

大將駐兵北亭。遣左副將，監軍于義城。

八日甲子。雨。大將駐兵北亭。○府使領兵，出陣豊山。

九日乙丑。晴。大將出陣豊山。

〈이대본〉

出陣豊山。

十日丙寅。晴。府使，歷會大將。○巡察使，以安東府使爲都大將。

十一日丁卯。晴。留陣府使，歷會大將。○兵馬使，出向醴泉，駐豊山。○左副將，還自義城。

十二日戊辰。小雪。留陣大將，以單騎向禮安，以掌書辛敬立・軍官金兌，監軍。○兵馬使，自醴泉還。○軍威別將張士珍戰死。士珍縣士也，驍健有膽略，倭寇覬覦南邑者，據要害善遏絶，(缺) 南方堡障。一日倭寇千餘，猝犯縣境，士珍率精兵數十，挺身突入，先射錦衣銀胄者，斬首揭槊，一軍大亂，啼哭遁走，乘勝追射，斬殺以百數。後十餘日，賊掃衆復來，士珍力戰死之，賊亦退去。論報巡察使。

〈이대본〉

軍威張士珍戰敗死之。士珍縣士也，驍健有膽略，賊之覬覦南邑者，據要害遏絶，爲南方堡障。一日賊千餘，猝犯縣境，士珍率精兵，挺身突入，先射錦衣銀胄者，斬首揭槊，一軍大亂，啼哭遁走，乘勝追射，斬殺以百數。后數日，賊悉衆復來，士珍力戰死之，我軍所殺賊亦無數，賊亦退去。

十三日己巳。晴。留陣，分三衛爲三番，休苦也。○兵馬使，給箭竹三百。

〈이대본〉

兵馬使，給箭竹三百。遣炮手，試放火炮。

十四日庚午。晴。大將還陣，兵馬使遣炮手，試放火炮。

十五日辛未。晴。留陣兵馬使入府，巡察使自榮川還。

十六日壬申。晴。留陣。

十七日癸酉。晴。留陣左副將入本陣。○右衛將，領軍夕至，右副將，不及期。

十八日甲戌。晴。大將還本陣，右副將・左副將，與金謀議，欲罷兵，大將以爲不可，乃止。先是，諸將敗績，西賊益橫，巡察使令諸將，仍留醴泉。且以豊基・榮川・禮安・奉化精兵來會，安東軍馬，出陣豊山，兵馬使馳會，安集使別出軍馬，陣于甘泉，榮川鄕兵亦隨。於是，大將率各邑軍人，與安東官軍，相望結陣，以備緩急，居數日，西賊稍緩，安集使退還，兵馬使入府，鄕兵曾以粮餉爲難，分爲三番，至是聞賊陣散去，老師費食爲不可，有此罷議，大將謂：“賊徒去來飄忽，出沒無常，間牒當審 (缺) 先實之聲，不可不備。”遂不從。

〈이대본〉

先是，諸將敗績，西賊益橫，巡察使馳會豊山陣，兵馬使・安集使亦會，別出軍馬，陣于甘泉。於是，大將率兩邑軍，與官軍，相望結陣，以備緩急，居數日，西賊稍緩，當是時也。鄕兵曾以粮餉爲難，分爲三番，聞賊陣散去，有姑退觀變之議，大將曰：“賊徒來去飄忽，往來無常，間牒當審，譏問先實之聲，不可不備。”遂不從。

十九日乙亥。晴。

二十日丙子。晴。

二十一日丁丑。晴。

二十二日戊寅。陰。左副將出豊山。

二十三日己卯。晴。左衛將入陣, 左副將率掌書權得可‧金允安, 會府使。

二十四日庚辰。陰。左副將留陣, 軍人試射, 伏兵將金嗣權, 率精兵赴咸昌。
〈이대본〉
留陣試射, 遣伏兵將金嗣權, 率精兵赴咸昌。設伏(自十一月二十八日至十二月三日簡編破?不可考.)

二十五日辛巳。晴。左副將留陣。

二十六日壬午。晴。(缺)

十二月　十四日庚子。右副將還陣, 夕入見巡察使及兵使。

十五日辛丑。晴。大將及左副將還陣, 二松院金謀議亦來, 三衛將各率其卒合陣。
〈이대본〉
大將還陣, 二松三衛將, 各帥其兵合陣。

十六日壬寅。朝雪晚晴。三將入見監兵兩相, 相議擧事事, 聞二王子踰嶺, 駭憤益深, 見府伯下鄉校帖, 以廣募精勇之士, 圖出王子事也。○高提督應陟, 高冲雲, 義興整齊將康忠立, 軍官鄭恕‧李適, 來于陣中, 大將與提督, 共作遣愼詩, 詩見別錄, 今亡之。

三將見監兵兩相, 相議擧事, 聞二王子踰嶺, 駭愼益深, 見府伯下帖, 鄕校廣募精勇
之士, 盖圖出王子事也。高提督應陟作愼詩以送(詩見別錄)。

十七日癸卯。 風。高冲雲·庚忠立等辭歸。大將及右副將, 與金謀議, 射帿。○
見府使所諭, 自忠州下來之賊五六百, 同到唐橋, 合陣云, 夜義將金涌, 率金澈·具成
胤等, 來議討賊事。

聞賊五六百, 自忠州下來, 合陣于唐橋, 夜義將金涌, 與金澈·具成胤等, 來議討賊
事。

十八日甲辰。 晴。高提督來訪, 軍官金坪·吳淦等辭歸, 掌書琴夢馹來見, 聞掌書
辛敬立遭外艱。○答醴泉鄕兵書曰：「儒兵孤弱, 必須官軍, 果如所敎, 第未知將相之
謀, 何時可定也？鄙意則兵難遙度, 列邑諸陣, 雖會於二十日, 而相議謀定之際, 且經
數三日, 抄選諸陣伏兵精銳者, 若得五六百, 則可與官軍合勢, 以當一面, 若或賊勢鴟
張, 官軍雖未擧事, 而五六百精銳之軍, 會于一處, 則分番發遣, 晝可以追逐斬獲, 夜
可以斫營焚蕩, 貴陣之軍, 必待官軍而後動, 則恐或機不可及, 而事未得也.」云云。

十九日乙巳。 雪。大將朝見安集使, 因獻議四條于巡察使, 一曰立紀律, 二曰嚴黜
陟, 三曰明好惡, 四曰謹延攬, 議在別錄 (缺) ○聞唐將沈祖二人, 率兵四萬, 來到順
安, 李成樑子·兵部侍郎某, 率精兵七萬, 渡江云云。○左副將來到陣中。

大將見安集使, 因獻議于巡察使, 其條有四, 一曰立紀律, 二曰嚴黜陟, 三曰明好惡,
四曰謹延攬(議在別錄)。

二十日丙午。 晴。 大將及琴謀議·左副將。(缺)

二十一日丁未。晴。兵馬使發向義城, 虞侯行醴泉。

二十二日戊申。晴。眞寶傳通云, 平義智已死。○大將及右副將・金謀議來陣, 掌書權得可繼至。

二十三日己酉。晴。午前合陣。○大將・權應銖馳報云：“唐橋之賊, 大入龍宮, 結陣于縣後山官客舍及元堂・神堂・古月谷・紙洞・院洞・石峴・武夷谷等里.”云。○及暮, 捲兵還唐橋。○謀議盧景佖及善山鄕兵整齊將吉云得來陣。○掌書金允安來陣。

〈이대본〉
善山鄕兵整齊將吉云得來陣。

二十四日庚戌。晴。金謀議及吉云得歸。○軍粮都摠李詠道來陣。○大將率掌書・軍官, 試射于射壇。○軍官金光道來陣。

二十五日辛亥。晴。巡察使出義城。○大將・副將試射。○高提督, 畫先天圖, 送陣。

〈이대본〉
高提督, 畫先天圖, 送陣中。

二十六日壬子。晴。遣伏兵將李選忠, 率精兵三十名, 出龍宮, 大將率掌書金壩・軍官金兌・金坪・吳湜・李適, 出于豊山, 以節制伏兵也。○高提督來陣, 講論先天圖及字說。○李詠道歸。○善山朴遂一來陣。○金兌來傳：“洪宗祿夢有白頭翁, 作詩贈之曰：‘雨灑西邊柳色靑, 東風吹送馬蹄輕, 滿朝名窣還都日, 奏凱懽聲已滿廷.’ 恢復之兆, 已見於此.”云。

〈이대본〉
遣伏兵將李選忠, 帥精兵, 出龍宮, 大將帥軍尉金兌・金坪・吳湜・李適・掌書金堳等, 出于豊山, 節制伏兵。高提督來陣, 講先天圖及字說。

二十七日癸丑。風。大將行到豊山, 取震天雷去。(大將, 以按伏事, 發向龍宮時也。)
(缺) ○營吏傳通大槩, '今月二十三日, 虞侯權應銖, 率精兵四十人, 自比安往仁同觝
賊, 射殺僧俗交賊者八人, 擒男三口・女一口, 卽斬之, 以地勢不利, 不能大擧。'云。
○突擊將馳報內大槩, '今月二十日, 大邱賊五百餘名, 到仁同, 二十一日, 千餘名, 又
自大邱向仁同, 仍留屯。'云。○軍威鄉兵校生, 奇大立・姜慶瑞等, 埋伏仁同, 各射殺
賊徒, 奇大立斬馘來獻。卽報巡察使。

〈이대본〉

軍威鄉兵, 奇大立・姜慶瑞等, 各射殺一賊, 奇大立斬馘來獻, 又獻所奪倭物。

二十八日甲寅。晴。義城整齊將秘牒來到, 封不開, 卽送大將行住處。○大將〈西
行日記〉附, 是日風, 曉送人, 戒伏兵將李選忠愼, 有夜擊事, 不遇而還。大將出仙夢
臺, 指望賊陣, 自歎'兵孤卒弱, 未能進討。'當夕而還。○全繡・安福老・安敬孫等來
見。○〈西行日記〉附, '伏兵將李選忠處, 親聞賊奇, 大將赴曉發行, 路次見右副將馳
報, 軍威奇大立等, 斬倭頭, 奪倭物, 上送云。歷龍宮登王泰洞西山, 候覘賊勢, 乘夕
而歸, 人居燒盡, 白骨成灰, 將卒相顧, 不覺揮涕, 懷憤作除夕詩(詩見集中), (缺), 還宿
于松邱。

〈이대본〉

二十九日。大將西行, 至龍宮設伏處, 候覘賊勢, 乘夕而歸, 人居燒盡, 白骨成灰,
將卒相顧, 揮涕。

癸巳正月 一日丙辰。晴。大將 (缺) 行(時大將在設伏處)。 (缺) ○奇大立勳券,
自巡察使所來。○〈西行日記〉附, 是日雲, 夜半令伏兵將李選忠等, 率精兵, 突入賊陣,
射殺無數, 奪倭槍釖, 連放震天雷, 一陣驚動, 死者甚衆, 牒報巡察使。

〈이대본〉

大將巡到設伏處, 是日夜半, 伏兵將李選忠等, 突入賊陣, 射殺無數, 奪槍釖, 復投

震天雷, 死者不知其數, 具由報兵馬使·巡察使, 又乞震天雷。

二日丁巳。終風。大將, 自設伏處, 更遣李選忠等, 率精兵, 斫唐橋賊柵, 射殺十五餘人, 奪取長槍。又放震天雷, 夜黑不知其死傷多少, 惟聞雷聲轟發, 賊藪糜爛之聲。又報巡察使及兵馬使, 因請震天雷。○都事, 自靑松入府。○大將還陣, 與監兵兩相及亞使, 議以今月六日, 分三路討賊(三路, 仁同·大邱·唐橋)。

〈이대본〉

大將, 自設伏處, 捲兵還, 與監兵兩相及亞使, 議以今月六日, 分三路討賊。

三日戊午。晴。朝左副將入府, 見都事, 朝後都事, 發向醴泉。○大將行次到陣。

四日己未。晴。見府使陪吏告目, 唐橋之賊, 焚蕩于醴泉郡書堂洞里云。○判官發向醴泉。○大將, 率掌書金允安·軍官鄭恕·金兌·金坪·吳淰·李適·李景善等, 發向軍威, 點檢義城以下四邑之軍, 將討仁同之賊, 左右副將, 領本陣及禮安精兵, 以禦唐橋之賊。○夕大將, 止宿于龜尾村。○左副將, 出陣豊山。

〈이대본〉

以前有分三路, 討賊之議, 故大將點檢義城以下四邑之軍, 將討仁同之賊, 左右副將, 領本陣及禮安精兵, 以禦唐橋賊。

五日庚申。晴。大將曉發龜尾, 午前到義城鄕校, 整齊將金士元·申弘道, 右衛將申伀來謁。○都事·府使, 還豊山。○未時, 右副將, 領軍來陣。○答山陽義將書:「合勢討賊, 兵家勝策, 倘有以之者, 孰不欲先登? 窃念鄕兵將, 非人卒不精, 路斷獻馘, 顧名慚怍? 轅門之牛馬走, 必耻之爲列, 熟聞牙史, 截居要衝, 屢獻首功, 苙襄以東, 賴以得全, 黎白攢手, 莫不向西。今奉書狀, 果是先獲, 切欲前驅, 第以巡察, 有意於達玉兩城, 大將以所屬列邑鄕兵節制事, 向軍威, 不聽輕許, 而副將等, 又將本陣兵, 方與官軍大將同議, 此政合勢擧事之秋, 期何必初九, 會何必甘泉。」云云。

大將曉發龜尾, 午到義城, 整齊將金士元·申弘道, 右衛將申秘＜伩＞入謁。

六日辛酉。 晴。大將在義城, 朝會軍餉之, 軍粮有司禹景忠, 進酒飯後, 發鄕校, 到召文丁大男家, 義興整齊將朴文潤·李仁好, 軍威整齊將李榮男等, 結陣以待, 大將 入陣中, 諸將禮見。俄而, 比安整齊將趙端, 率軍二十名, 來會謀議李輔, 軍威典餉有 司珙瑋亦至。將以九日, 進攻仁同之賊, 安東·禮安鄕兵, 已赴唐橋, 義城以下四邑 軍, 凍餒零散, 不滿數百, 故卽送傳令于唐橋, 使副將率精兵來會, 精兵等, 夜擊唐橋 之賊而還。○西行日記附, 左右副將在醴泉, 早朝抄精兵, 令伏兵將金嗣權·趙誠中, 領率先去。俄而, 兩副將亦往, 行到龍宮石峴官軍大將陣所, 見安東判官, 醴泉·龍宮 假守, 西平權管, 面議約束。○醴泉牙兵李信, 斬倭頭來獻。○官軍大將定將, 龍宮假 守·西平權管, 率軍九十餘名, 亦爲繼援。○夜伏兵將士, 與官軍, 突入賊陣, 射殺賊 徒而歸, 枚擧夜擊節次, 馳報大將所。

〈이대본〉

六月。大將在義城, 會軍餉之, 義興整齊將朴文潤·李仁好, 軍威李榮男等, 結陣以 待, 大將入陣, 諸將禮見。俄而, 比安整齊將趙端, 帥軍來會, 軍威＜轉＞餉有司珙瑋 來謁。是日, 助防將以九日, 進攻仁同賊, 而安東·禮安鄕兵, 已赴唐橋, 義城以下四 邑軍, 凍餒零星, 故卽傳令于唐橋, 使副將帥精兵來會, 而精兵等, 夜擊唐橋之賊, 及 還困疲不能起。軍人李信, 斬獻一賊頭。戌時, 伏兵將, 帥精兵及官軍, 突出賊陣, 射 殺賊徒, 斬頭之際, 爲伏兵賊所逐。

七日壬戌。 晴寒。大將在義城, 朝軍粮都摠, 率琴憬馳到, 義興整齊將康忠立, 率 軍來會, 論議擧事。

〈이대본〉

大將在義城, 軍餉都摠李咏道, 與琴憬馳到, 缶溪整齊將康忠立, 帥軍四十餘人亦來 會。左副將陣高子坪待變。

八日癸亥。晴。大將在義城，遣康忠立，見助防將，商議舉事。○椎牛餉軍試射，諸軍中者，給矢以獎。○兵馬使回送文曰：「林士傑等啓聞，計料震天雷，時在他處，藏藥輸送.」云云。

〈이대본〉

大將在義城，遣康忠立，見助防將，商議舉事。椎牛餉軍試射。兵馬使許給震天雷，關文來陣。

九日甲子。晴。大將在義城，聞巡察使到義興，率都摠・掌書・軍官，往見議事，仁同以地勢不利，不得大舉，與權應銖，率精兵數千，往覘形便，欲突擊之。大將還義城傳令，申忱未及兵以進，賊先出，伏兵邀之，諸軍潰還，申忱未及而退。○附本陣日記，左副將領軍，乘夜馳到雲山驛，翌日將向軍威。

〈이대본〉

大將在義城，聞巡察使到義興，往見議事，仁同以地勢不利，不得大舉，遣權應銖，帥精兵數千，往覘形便，欲突擊之。大將令申忱，揀精兵以進，賊先出，伏邀之，諸軍潰還，申忱未及而退。

十日乙丑。晴。大將率掌書金允安・軍官金兌・李適，覲親于安德。○都摠李詠道，軍官吳湜・吳淦・李景善・鄭恕，都摠掌書琴愃，自義城還，以仁同不得大舉故也。午後，大將到安德，巡察使亦自義興還安德，夕大將見巡察使。○附本陣日記，丑時大將傳令，自軍威來到，仁同討賊事，以地勢不利停止，安東・禮安鄉兵，勿爲領來云。○右副將，自龜尾馳來雲山，與左副將，同還本陣。

十一日丙寅。晴。大將留安德，率掌書・軍官，鍊射。○夕大將見巡察使，因勸各邑山城修繕，使避亂人民堅守，無爲賊徒巢窟。○具忠胤持酒來訪。○附本陣日記，軍粮都摠李詠道，自大將行駐處來陣，以大將意，傳報曰：'近日，軍卒奔遑，疲羸尤甚，今十三日，合陣事姑停.'云。

十二日丁卯。雪。大將留安德, 權繼昌·閔杞孝·申慶男·高聘雲來謁。

十三日戊辰。朝雪午晴。大將留安德, 具忠胤邀大將, 張帳。

十四日己巳。晴。大將率金允安·金兌·李適, 發安德, 夕宿巨勿驛。

十五日庚午。晴。午後, 大將到安東陣所。

十六日辛未。晴。朝府人鄭沃, 來自行在所, 言: "唐兵大至, 親見軍容之盛." 云。○乞震天雷於巡察使, 在安東回送云: "震天雷有效, 賊已破膽, 極爲可喜, 但營上三箇, 而火藥竭乏, 不得輸送."云。○軍官金兌, 入見巡察使, 持來政事草, 朝後大將及左副將入府, 見巡察使·都事·府使, 巡察使示唐將約束四章(詳見別錄)。

十七日壬申。晴。官軍大將馳報, 內云: "十五日倭賊, 先運建紅白旗七竹, 後運建紅旗五竹, 自尙州, 入屯唐橋, 此是京城之賊, 屢敗於天兵, 掃衆踰嶺, 急領兵來會." ○柒原傳通內, '倭舡二隻, 自本 (缺), 來泊釜山.'云。

十八日癸酉。晴。午後, 左副將還家。

十九日甲戌。晴。左副將還陣, 唐將約束來到。

二十日乙亥。晴。大將在禮安, 傳令來陣(盖聚軍事也.), 李謀議私通四邑整齊將處, 聚軍急抄精兵。○醴泉馳報內, '唐橋賊, 無數焚蕩葛坪.'云。

二十一日丙子。晴。大將傳令來陣。

二十二日丁丑。晴。金謀議先到, 大將與琴謀議來陣, 午後右副將來會, 夕巡察使・都事入府。

二十三日戊寅。晴。聞'天兵大至，盡殲西京之賊，已到鳳山.'云。○朝前金謀議，入見巡察使・都事，朝後三將，合坐陣所，點考軍卒，擇精兵，加送于伏兵所。○夕榮川傳通來到，「盡殲西京・黃海之賊，進屠松京之賊.」云。○巡察使回報云："射中射殺人，更爲覈實，則前後無加減，故通計後錄."云云(巡察使，以書錄過多，更加覈實故云.)。

二十四日己卯。晴。都事金昌遠來陣。○金謀議歸，掌書琴夢駟・裴得仁等遞歸。○大將招掌書辛敬立・別將金嗣權等，議定右道行。

二十五日庚辰。雨。琴謀議還，右副將歸，大將出宿安奇，因向伏兵所，軍官金坪・吳淰等陪行。
〈이대본〉
大將向伏兵所。

二十六日辛巳。晴。兵使軍官，自行在所來言："親見天兵，勦滅平壤等賊." 奇辭壯談，聞者，不覺手舞足蹈也。○備邊司關據，巡察使榜文來到(文見別錄)。

二十七日壬午。晴。所屬列邑諸有司姓名，及軍人軍粮軍器數爻，開錄成冊，掌書辛敬立・別將金嗣權，准報右道義兵都大將(大將知事金沔也，承命爲閫道義大將，統列邑義旅，行關來到故，如是枚報.)，是日發程。○高提督來話。
〈이대본〉
錄部下列邑諸有司，及軍簿軍粮器械，遣掌書辛敬立，報右道義兵都大將(大將卽金沔也)

二十八日。晴。

二十九日甲申。曉雪晩晴。軍粮有司金伯元, 來陣聽令。

三十日乙酉。晴。左副將, 率軍官等, 射帿。謀議金允明·中衛將金允思·掌書金允安來陣。

二月 一日丙戌。雨。大將在伏兵所, 令伏兵將抄精兵, 突入賊陣中, 林士傑射殺二賊, 斬首一級, 胤文射斬一級, 奪其長釼, 賊圍之急, 士傑·胤文, 棄其所斬頭及長釼, 僅以身出, 衝突之際, 賊血淋漓於衣袖, 他精兵在賊圍外, 大號亂射, 誤中胤文右臂, 然賊驚潰, 諸軍得全而歸。○伏兵將馳報, '正月二十八日, 夜半下來之賊, 放炮到唐橋, 黎明下向尙州, 二十九日賊擧火下去, 三十日賊無數到唐橋, 結陣木栅外。'云云。

〈이대본〉

伏兵將願留不歸, 加送粮餉, 伏兵將抄精兵, 入賊中, 林士傑射殺二賊, 斬首一級, 胤文射斬一級, 奪其長釼, 賊圍之急, 士傑·胤文, 棄其所斬頭, 僅以身出, 戰血淋漓於衣袖, 在外我軍, 大呼亂射, 賊驚潰, 諸軍得以全還。

二日丁亥。陰。左副將來陣, 軍官崔峼出龍宮, 別監安夢說來謁。○義興整齊將康忠立, 獻洪夢賚所斬倭頭一級, 卽送于大將所。○大將, 令精兵士龍·閑金等, 設伏尙州路谷, 斬二級來獻。○左副將軍官南祐·右副將軍官禹善慶來陣。

〈이대본〉

尙州山陽縣義將, 請合勢討賊。缶溪整齊將康忠立, 獻賊頭一級。伏兵士龍·閑金等, 設伏尙州路谷, 斬二級獻之。

三日戊子。晴。整齊將金瀹至陣。

四日己丑。陰。中衛將金允思至陣。

五日庚寅。朝雨午晴。夕大將傳令到陣，昏巡察使入府。

六日辛卯。晴。金謀議到陣，大將自豊山還陣，夕往見禮安倅，卽還，言天兵平壤接戰節次(詳見別錄)，使人持來，見之。○巡察使封送，有旨二張，一則功勳事，一則天兵支待事也(詳見別錄)。○唐橋夜擊時，射殺甚多，及咸昌設伏所斬馘，報巡察使，卽日在安東回送曰："大將隨機，應會之力，賞格公文，成送。"云云。○義興校生洪夢賚，所斬倭頭，報巡察使，卽日回送曰："賞格公文，成送。"云云。○忠州陣將，馳報內："天兵，正月二十八日，到圍京城，一日戰勝，二日退陣，沙平院休軍。"云。

七日壬辰。晴。

八日癸巳。晴。右副將・軍粮都摠來陣。○巡察使向榮川。

九日甲午。雨。號召使報書曰：「天兵先鋒三萬，繼援十萬，結陣坡州，以待平壤守城之兵故，時未入都，而天兵交戰器械，則先鋒三萬，各持火車，大碗口三箇載車，以火車成陣，賊不下手，望風靡潰，討賊之策，莫過震天雷，曾聞義陣據要害，屢獻首功，而此器猝難鑄得，請于監兵使及諸鎭官，糜滅蹂嶺賊，以樹大功。」云云。○禮安李逸道，率奴斬賊，一級來獻，報巡察使。
〈이대본〉
禮安李逸道，斬一級來獻。

十日乙未。晴。大邱府使馳報內，"正月二十二日，天兵先鋒，到坡州，都檢察使崔貳相，蒭粮都體察使柳政丞，接待官判書韓應寅，判尹李德馨。

十一日丙申。晴。列邑鄉兵數改成冊，因本府使報巡察使，同日在安東，回送曰："天兵一下，官軍義兵 (缺) 爲今日計，極取精兵，使之赴賊。"云云。

十二日丁酉。晴。巡察使 (缺) 了有旨, 宣傳官齎來, 其略曰：「天兵乘勝長驅, 我軍縮首傍觀, 極爲痛慎, 卿其曉諭諸陣將士, 合勢勦滅, 使隻騎不返。○天將咨文, 略曰：「天子, 照得爾國, 世篤忠貞, 恪守臣節, 命將救援, 今天時可乘, 人事有順, 國王丰姿俊偉, 使臣乞兵懇惻, 君臣如此, 必致中興, 冝乘時斜衆, 共立大功, 豈不暢哉?」(詳見別錄) ○傳示天將咨文, 敎書略曰：「天將, 親承大命, 奉行天討, 轉咨本國, 激發勸勵, 凡有人心, 孰不感動? 其爾, 各道大小官, 及草野忠義之士, 其各奮忠効力(詳見別錄)。○宣傳官來言："下來時見, 大駕移駐定州, 有內禪之慮, 玉堂·兩司, 及大臣以下百官, 論啓." 云云。○大將令曰："天將之咨, 勸勵激切, 聖主之敎, 曉諭丁寧, 爲將而安坐本陣, 於心殊有未安。速向義城等地, 按伏督戰爲計." 掌書金允安·整齊將金溣等曰："下道設伏事, 定別將已就可當, 大將在本陣節制, 亦非失計, 何必親到行間, 然後爲快? 且近日大將, 巡動頗頻, 往還之間, 花銷粮抄, 今一遭停止, 何如?" 大將曰："然則, 唐橋設伏事, 右副將已主之, 下道設伏事, 左副將巡檢, 可也."

〈이대본〉

大將令曰："天將之咨, 勸勵激切, 聖主之敎, 曉諭丁寧, 爲將而安坐本陣, 於心殊有未安。速向義城等, 按伏督戰爲計." 掌書金允安·整齊將金溣等曰："下道設伏事, 定別將已就, 大將在本陣節制, 亦非失計, 何必親到行間? 且近日大將, 巡動頗頻, 往還之際, 所費不貲, 一遭停行, 何如?" 大將曰："然則, 唐橋設伏事, 右副將已主之, 下道設伏事, 左副將巡檢, 可也."

十三日戊戌。大雨。掌書辛敬立·別將金嗣權等, 自右道還, 義兵都大將在居昌, 回送曰："大將奮忠擧義, 隣近士類, 雲合響應, 鑄兵聚粮, 盡心討賊, 求諸古人, 未易多得, 極爲可佳。成冊付各項, 諸有司所聚軍人·兵粮成數, 具錄啓聞, 以賞功勞計料, 盆勵敵愾之志, 終始奮義, 盡心措捕, 以樹大功." 云云(前日, 持鄕兵擧案, 以依准約束事, 往道大將金沔處.)。○辛敬立·金嗣權等曰："見義兵大將於居昌, 大將勞慰遠來之意, 又聞鄕兵, 以儒士編伍, 乃曰：'此眞義兵也.' 不勝嘉歎." 云。○聞天兵到松京, 以今十五日, 進屠漢城屯賊云.

〈이대본〉

辛敬立, 自右道都大將, 所還報都大將, 帖有曰："大將亦奮忠擧義, 隣近士類, 雲合影從, 鑄兵峙粮, 盡心討賊, 求諸古人, 未易多得, 極爲可嘉. 所錄上各項, 諸有司所聚軍人·兵粮成數, 具錄啓聞, 以賞功勞計料, 益勵感愾之之志, 終始奮義, 盡心措鋪, 以樹大功." 又謂敬立曰："聞鄕兵, 以儒士編伍, 此眞義兵也, 不勝嘉嘆."云.

十四日己亥。晴。

十五日庚子。陰。巡察使, 離本府, 向義城。

十六日辛丑。朝陰而暫風。朴守謙歷入。

十七日壬寅。陰, 食後微雨。

十八日癸卯。晴。伏兵精軍權太丁·權山等, 挺身突入賊陣, 各斬一級, 而爲群賊所圍, 太丁僅持斬頭·短釖而出, 權山棄其所斬頭, 但曳賊衣, 僅以身免, 然突陣斬賊, 又射殺追倭者, 其功不下於太丁矣。○右副將, 發行宿豊山, 點軍分粮。

〈이대본〉

伏兵精軍太丁·權山等, 突入賊中, 各斬一級, 而爲群賊追圍, 太丁僅持斬頭·短釖而出, 權山則未及持頭, 但持賊衣而出, 然突進斬頭, 又射殺追倭一者, 其功當不下於太丁矣.

十九日甲辰。晴。附西行日記, 副將率伏兵將李選忠等, 宿龍宮石硯。

二十日乙巳。陰而風。遣精兵韓金等, 設伏于道潭, 遣軍官文天佑·崔巘等, 往覘賊勢, 遣信仙等, 設伏于盤巖, 遣李選忠等, 設伏于德通驛北山, 餘軍伏于江邊松林中, 以爲聲援。○夕伏兵將李選忠來巖頭, 設伏人韓金等, 與刈草倭百餘名接戰, 倭將自陣中乘白馬率精兵，不知其數，繼援網雀。倭五十餘名，各持鐵丸，曾佃於道潭前岸者，回兵圍之。精兵等踊躍進退，抖擻精神，或散其刈草，或追其走倭，幾爲所陷，僅以身免，倭人追至道潭而退。精兵韓金等，憤其未斬，各願設伏於西山賊陣近處，因慰諭而遣之。

〈이대본〉

伏兵將李選忠，帥精兵，設伏于道潭，副將向設伏處，覘賊勢。

二十一日。設伏于盤岩。

二十二日戊申。晴而風。遣信亼·笠潭等，設伏於倭洞，遇會稽賊，突入邀擊，中路賊陣驚潰，斬五賊，奪二釖，來報巡察使。

〈이대본〉

伏兵將李選忠等，與刈草賊百餘接戰，賊將乘白馬，帥精兵來救羅雀，倭五十餘名，及佃於道潭前岸之賊，回兵圍之。我軍踊躍進退，抖擻精神，或散其刈草，或追其走倭，幾爲所陷，賊追至道潭而退。精兵等，憤其未斬，各願設伏於西山賊陣近處，因慰諭而遣之。伏兵將士等，斬一賊來獻，是擧也，設伏於要路，遇賊邀擊，賊徒驚散，我軍射二賊斬之，奪其釖。

二十四日己酉。晴而風。食後副將，與伏兵將等，登石峴習射。倭賊越江焚蕩，自辰至巳，放炮不已，炮聲或大或微，盖泄昨日接戰之憤也。大將遣李選忠，設伏於盤巖，軍官朴好禮·禹天弼·崔斜，及軍人金伊智·僧軍笠潭·義俊·信仙等以待之，賊回軍之際，急出兵擊之，先放震天雷，賊迷亂自相踐踩，追斬一賊酋，殺掠無數。所斬馘及賊酋錦衫，並獻于巡察使，報兵馬使。

〈이대본〉

伏兵將士，斬一賊來獻。

二十五日庚辰。陰雨。副將，食後移寓仙夢臺。

二十六日辛亥。朝陰夕雨。副將，與琴夢駒，習射。○伏兵權乙生・金漢景等，與別牌軍十餘名合力，與賊戰於盤巖，斬一倭來獻言：“爲他倭所救，僅免全沒，而別牌軍一名，爲賊所殺.”

二十七日壬子。晴而風。遣柳興祿等，設伏于西山。○大將曰：“唐橋之賊，焚蕩之禍，不甚於昨歲，必是精兵探 (缺) 京城，以禦天兵故也。及此機會，勦滅留屯之賊，防禦來往之路，則嶺西之賊，不遺一騎而盡獲.” 諸將曰：“諾.” 遂移書助防將權應銖，結陣相望，以爲合勢討賊計。○權應銖，答大將書曰：「倭自東萊・慶州，上接於安東・禮安・榮川・醴泉等邑，以爲往來之路，左道人不得奠居，自鄕兵倡義後，嶺下十餘邑之賊，首尾斷絶，無所着脚處，此尊君擧義之力也。惟是唐橋・尙州・善山・大邱・仁同留倭，上接聞慶，下屬慶州，長驅豕突，而方伯，徒擁巡察之號，連帥曾無進戰之計，坐挫軍威，可勝嘆哉! 大槩兵 (缺) 屯于賊陣稍近處，合勢抵隙 (缺).」云云。○見探候唐兵，營吏告目(詳見別錄)：「天兵大將，還陣義州，開月來擊京都之賊.」云云，此乃虛傳，不足信也。

二十八日癸丑。晴。見禮安・豊基等處傳通，天兵留陣開城云，則前說，果爲虛傳也。

二十九日甲寅。陰雲。

三十日乙卯。雨。伏兵崔守榮(僧竺潭也.)，所斬倭頭一級來獻，報巡察使。
〈이대본〉
我軍斬一賊。

三月 一日丙辰。朝雨午晴。

二日丁巳。陰風。

三日戊午。乍雨旋霽。

四日己未。晴。比安整齊將, 牒呈來到。

五日庚申。晴。體察使知音內, 賊倭奉還王子君之奇及兵使答狀, 來到。

六日辛酉。晴。府使, 以天兵支待聽令事, 向義城, 巡察使在處。○金謀議到陣, 終日射帿。

七日壬戌。晴。金謀議, 率掌書軍官等, 射帿。○夕大將臨陣。○新兵使權應銖入陣, 謀議唐橋賊急討事。○醴泉傳通內,「初六日, 唐橋之賊, 犯圍龍邑, 焚蕩殺害人物.」云。

八日癸亥。晴。兵使, 發向醴泉。○咸昌洪德禧入陣, 府使還官。○夜半大雨。

九日甲子。陰終日大霔。都事, 自榮川入府。○整齊將金淪, 持來右道李魯書狀曰:「魯行到葛院, 適逢體察副將回自坡州, 備問京城凡奇, 答曰:“湖南使十七日夜半, 移軍向臨津, 湖西使領軍, 下禿城, 高陽‧陽川之境, 無舟楫可渡, 決不可輕進, 且天將李提督, 月初六馳向關西, 接伴使李德馨‧韓應寅, 顚倒進歸, 餘軍駐松京, 先鋒屯坡原, 都察元帥, 地坐草莽, 搔首罔措.”云云。非惟此也。吳侃自稷山, 屬主倅書簡云:「李提督還向之言, 果不虛也, 以此人情疑怪, 可悶可悶.」副使軍官朴廷俊, 密語於魯曰:“天將之回軍, 或云‘天兵於箕城之戰, 死傷旣多, 沙峴之交, 遇害亦衆, 而冷雨連洴, 蒭粮時貴, 唐馬斃者, 殆至二千餘匹, 爲是欲面議國王, 旣整戰馬而來也.’或云‘本國使臣, 則自奉頗豊, 而唐將支供則草薄, 以是爲慍, 欲訴國王而去也.’或云‘初聞賊勢衰歇, 意謂如朽枯拉杇, 而及至京城, 潛遣唐人探尋, 則賊徒彌滿於竹山‧龍仁‧廣州之間, 且多結陣於弘濟‧沙平之界, 不無疑畏之念, 欲與宋侍郎相議去留而歸也.’厥言雖不可信, 莫測其意也。”曾聞大將, 斜率數十餘邑義軍, 據要害, 屢獻首功，而今日唐將之奇如此，國家興復之日，無期矣。益勵愾敵，指揮列邑所屬義陣，誓不與賊俱生.」云云。○乞震天雷事，牒呈于兵使(前日唐橋夜擊時缺.)。

十日乙丑。晴。九日設伏唐橋事，以陰雨姑停，退于十九日，馳報列邑。○大將入府，見府使‧都事。

十一日丙寅。晴。見都體察使啓草，略曰：「天兵，自碧蹄，退軍後，久不前進，倭賊更爲出沒，二月十二日夜，犯全羅巡察使權慄陣，慄力戰，賊大敗。○唐兵，見權慄戰場，賊屍如山，不勝嘉歎云。

十二日丁卯。晴。軍官蔡衍，自松鷹來陣，精兵士龍來見。○伏兵將金嗣權來陣。

十三日戊辰。雷雨大行。○左副將還陣。○聞高彥伯斬賊萬餘級，獻于天將，天將嘉歎曰："朝鮮亦有丈夫矣."因與合勢云。○兵馬使報書，「本府人自行在所還言："大駕‧春宮，同住永柔，天兵先運，則討箕城，後還其國，第二運，則復松京，後亦還，第三運，則分駐義州‧平壤‧開城等府，今月五日，欲討京城之賊，天雨未果，退卜(缺)十七日。而北道之賊十三陣，聞天兵踰雪寒嶺，驅入京城，上道賊勢，則京城五州外，他無(缺)藪."云，而本道之賊，尚未衰歇，且京城之賊，見敗於天兵，遁逃踰嶺，與本道賊，合勢必矣。指揮列邑鄉兵，或設伏，或結陣，豫備賊路。」云云(詳見別錄)。○尙州牧使金澥，竄寓化寧山中，賊兵夜襲，父子俱死云。○下道列邑馳報，大槪賊徒彌滿道路，向釜山浦，冒夜開洋，歸其巢穴云。

十四日己巳。晴而風。義城鄭汝愚‧曺綴權來話。

十五日庚午。晴。兵馬使回報文曰：「屢捷斬將，(缺)前兵使餘存軍器，留置于慈仁縣，震天雷一塊，藏藥輪送.」云。

十六日辛未。朝雨午晴。傳聞唐橋之賊, 焚蕩醴泉地柳川。

十七日壬申。晴。慶判馳報內, 今月初十日, 上來之賊二千餘騎, 追逐巴岑峴, 斬馘二十餘級, 射殺無數, 卜物二十餘馱奪取云。○右副將來陣。

十八日癸酉。晴。大將, 往話都事于李適家。

十九日甲戌。雨終日。奈城義兵將通文來到。

二十日乙亥。晴。軍官金兌, 以伏兵點送事, 出豊山。

二十一日丙子。晴。大將, 以設伏唐橋事, 出宿安奇郵舍。○兵使答大將簡曰:「京城之賊, 無慮雄據, 天兵恐被其害, 設伏稍殘, 然後擧事, 而聞慶討賊之事, 果以何日退定? 鄕兵, 每緣官軍退縮, 未得大擧, (缺) 設伏陰屯 (缺) 京城賊 (缺).」云云。

二十二日丁丑。晴。大將西行日記附, 大將出豊山縣, 抄安東‧禮安精兵, 分爲二運, 一向鳥嶺, 一向尙州松院。

二十三日戊寅。晴。整齊將柳復起來。○附西行日記, 大將仍留豊山, 點考軍人及督納軍粮未收, 典餉有司權行可亦倈, 襄陽金胤安歷見。

二十四日己卯。陰而大風。金謀議入來留宿。○附西行日記, 大將率權行可, 往見李佐郎, 卽還于伏兵將金嗣權家。○大將射帿, 數巡而止。

二十五日庚辰。晴。府人申磊石, 以天兵探候事, 往行在所, 回還言: "鑾輿在永柔, 唐將李提督宋侍郎, 今月十五日到開城, 二十五日收復京城云, 而今日晴明, 討殲便當, 天必助順, 人民欣舞, 苦待好音。○附西行日記, 大將發向松邱, 五畝前路中,邀見弓人宋潭，午後到松邱。

二十六日辛巳。晴。伏兵軍士龍・權山等，斬賊二級，獻大將，大將送于陣所，卽報巡察使。○附西行日記，松院設伏軍金漢原等九名，各射中倭徒，士龍・權山，各斬倭頭，壯哉快哉！午後大將，還豊山。

〈이대본〉

伏兵將士，斬獻二級。

二十七日壬午。晴。西行日記附，大將往襄陽郡，以其見元帥議兵事故也。兵使，以遮截山陽焚蕩倭事，乘夕還，大將問初三擧事，答云："令聚列邑之軍，本不欲大擧，而山山谷谷，隱兵數百，欲掩截焚蕩之賊."云云，大將曰："兵不可信信，且猖獗之賊，將何時討平乎?"談論踰時，乘夜還，宿槽川。

二十八日癸未。雨。傳賊首，詣巡察使。○大將到豊山縣，傳令以四月一日，(缺)簡閱，進助兵使，掩擊焚蕩之賊。

二十九日甲申。大雨。江水暴溢。

四月 一日乙酉。晴。軍人，以水漲不得渡，太半未至。

二日丙戌。

三日丁亥。

四日戊子。晴。大將還陣，抄精兵士龍等，向山陽，與兵馬使合勢。○巡察使在永川，回送曰：「松丘之捷，極爲可嘉，軍功賞格，公文輸送.」云云(前日士龍等，斬倭事牒報回送也.)。

五日己丑。晴。左副將來陣，高提督來話。○夕大將，見府伯與兵使，談論兵務，夜深還陣。

六日庚寅。晴。兵馬使答大將牒曰：「浙江備倭摠兵官王道，領沙兵三萬及戰船萬餘隻，並載軍粮器械，往對馬島，斬倭一萬餘級，今將渡海，泊釜山浦，直向王京，與唐兵，合擊倭賊，故先送王摠兵家丁王忠，乘小船，直渡大海，黃海道黃州沿海等地，方到泊，乘快馬，急報經略衙門。此是將士乘勝討賊之秋，曉諭列邑義陣，追亡逐北，激勵敵愾，則宗社可復，大功可樹。」云云。

七日辛卯。晴。兵使還，向醴泉陣。

八日壬辰。晴。

九日癸巳。晴。巡察使營吏，都體察使，體探言內，“天兵東坡近處，諸（缺）散陣，以待宋侍郎大軍，而京城舉事，時未的知。”云。

十日甲午。雨。

十一日乙未。晴。近日，仁同之賊，亂入義興官家，閭閻盡數焚蕩，唐橋之賊，不知（缺）屯賊謀叵測，來報事，府伯率軍，出向龍宮。○午右副將到陣，向江亭，中衛將金允思亦至。

十二日丙申。晴。設伏軍士龍等，捲兵還，獻三馘，問其設伏節次，則自七日至九日，連日埋伏，斬殪甚衆，未得其馘，十日按伏咸昌，遇唐橋賊，焚掠金谷里還陣時，不意掩擊，士龍斬一級，梁守斬一級，山海斬一級，義石‧士同等，各奪倭馬一匹，孫億文斬馘最多，而中丸卽死，甚可惜，卽報巡察使。○換酒饋卒，慰其飢渴。○兵使自醴泉入府。

伏兵將士等, 捲兵還, 獻三馘, 問其按伏形止, 則自初七日至九日, 連日設伏, 斬斃
甚多, 未得其馘, 十日設伏咸昌孤山等地, 唐橋賊, 焚掠醴泉金谷還陣時, 我軍突進掩
擊, 斬三級, 奪馬二匹, 孫億文斬馘之際, 中丸而死, 可措。

十三日丁酉。晴。備牛酒, 勞餉獻馘精兵等。
大將還陣, 勞餉獻馘將士。

十四日戊戌。雨。亞使錄報上洛府院君金貴榮狀啓(現別錄)。大將嘆曰:"匈賊, 我
國臣子, 所與不共戴天之讐也, 此非人臣不忍爲者, 卽欲啓聞, 以斥和議人也." ○贊
畫兵部袁黃, 以闡明學術, 咨示本國大臣, 領議政崔興源復書(並見別錄)。大將曰:"學
陽明者也, 分明是禪學." ○大將向江亭。○安集使入府。○左副將往見安集使。

十五日己亥。晴。大將, 自江亭還陣。

十六日庚子。晴。

十七日辛丑。晴。

十八日壬寅。晴。彦陽縣監馳報內, "官人委送釜山等處, 探問賊勢, 則本府人言
內, '全羅道兵船, 入到日本, 接戰之奇, 賊徒聞之, 發船三百餘隻, 還向對馬島.'云,
則沙兵之說, 的實無疑."云。○巡察使獻馘回送文曰:「斬將獻馘, 項背相望, 當爲本
道義兵之首, 而士龍‧梁守等, 尤爲可嘉, 蒸米三斗, 軍功公文並送, 以示別賞之意.」
云云。
巡察使獻馘回送,「大槪斬馘之數, 項背相望, 當爲本道義兵之首, 龍‧韓金, 尤爲

可嘉，蒸米三斗，軍功公文並送，以示別賞之意.」云。

十九日癸卯。晴。

二十日甲辰。晴。巡察使入府。

二十一日乙巳。晴。都大將移檄，以鄉兵出陣義城，盖備仁同賊故也。大將入府，見兵相及兩道都事，相議移陣事，皆曰：「京城之賊，新敗於天兵，掃衆踰嶺，當此之時，鄉兵若移動，則衝突之賊，如入無人矣.」以獻馘及出陣非便事，士龍論功之意，論報巡察使。

〈이대본〉
二十三日。伏兵將士，斬獻二級，奪二釧八馬一牛。

二十五日己酉。晴。都事來，見大將，大將入見府伯，議兵事。

二十六日。晴。大將，以倭馬賞給士龍・梁守等事，巡察使回報曰：「賞格公文成送，倭馬則依所報，大刀則上使.」云云。○兵馬使回送文，「大槩山陽義兵，半爲 (缺) 賊竊發剽掠，無所不至，士龍因成陸賊殺掠人物，雖捕倭寇，人多受害，不可不懲.」云云。

〈이대본〉
巡察獻馘回送，「大槩賞格公文成送，牛馬則依所報，劍則上使.」云。

二十七日辛亥。京城・忠州之賊，盡遁踰嶺，於唐橋・德通等地，連昬結陣，宵下尙州之路，大將令軍中，揀抄精兵，將討踰嶺之賊。

二十八日壬子。晴。大將有期 (缺)。

二十九日癸丑。晴。榮川傳通午時到，京賊盡遁，忠州亦空，天兵與諸將入京，先鋒 (缺) 忠州云。○龍宮傳通內，唐橋之賊，二十八日盡下云，本府自募軍還言內，天兵先 (缺) 已到唐橋云。○府伯出龍宮。○義兵設伏勤捕，不爲不多，而官軍無一升受料 (缺)，軍勢不齊 (缺)。

〈이대본〉

大將還陣。

五月 一日甲寅。 晴。李逸道斬倭頭一級，獻巡察使。

二日乙卯。 晴。巡察使入府，大將就見之。○大將遣伏兵將金嗣權，設伏於尙州松峴，遇唐橋賊下去，自林莽中，突出夾擊，賊迷亂遁走，有一賊帥，窮縮退伏，令將士縛致，卽獻于巡察使，使軍官等，亂射撕殺殆盡，斬頭以藏之，巡察使回送文曰：「生擒兇賊，使我得以甘心，少攄憤憤之意，尤極可嘉，各別論功，啓聞公文，隨後成送.」云云。

〈이대본〉

伏兵將金嗣權，帥精兵設伏於尙州松峴，唐橋下去時，三賊落後，伏兵等，自林莽，突出夾逐，一賊窮蹙退伏，縛來獻之，送于巡察使，卽令軍尉等，亂射殺之，斬頭以藏，報狀回送云，「生擒兇賊，使我得以甘心，憤憤之意，得以少洩，尤極可嘉，各別論賞，計料公文，隨后成送.」云。

三日丙辰。 晴。巡察使出龍宮，爲支待天兵也。大將見巡察使，巡察使極道昨日，松峴之捷曰："斷絶賊兵踰嶺之路，待天兵合勢，無使隻騎得返。" ○義興整齊將洪慶承，斬賊二級來獻。

四日丁巳。 晴。巡察使在醴泉，回送 (缺) 爲啓聞賞勳勞云。

五日戊午。 晴。大將與諸將出。(缺) 宣傳官來言："京城之賊，盡爲遁下，天兵與三道防禦使, 四月十九日, 皆向京城, 忠州之賊殆盡踰嶺."云云, 大將卽入府, 見巡察使, 曰："聞唐將李提督等, 皆稱疾不追, 遁還之賊, 我國將士, 竝皆截把, 不得下手, 使廟社大寇, 全師以歸, 一國臣民之憤惋, 極矣。吾旣糾率義旅, 所當以死報國, 期滅醜賊, 目今兵單勢弱, 成敗利鈍, 非可逆覩。不幸不能支, 吾力盡勢窮, 則有死而已。誓不儌生以苟活也."因泣下沾襟。

六日己未。雨。蔚山義兵馳報內, "倭賊充斥於機張·東萊兩營, 蔚山等地, 殺掠焚蕩。賊船, 彌滿江口, 倍於年前亂初之時。西生浦萬戶, 被圍遇害."云云。

七日庚申。雲陰。大將出陣, (缺) 卽移檄列邑, 治兵追賊, (以下缺) ○(右當時書記所錄)

〈이대본〉

義興整齊將洪慶承, 斬賊二級。是時義士, 滿百精卒數千, 遂定議南下。

五月領兵, 在密陽(右梅園錄)。

聞晉陽受圍, 治兵至晉州 (缺) 大將令領兵救梁山, 因往 (缺)。

此後, 則追賊南下, 至於慶州, 與李山輝合勢, 大破鷄林之賊。而江左義將, 皆受府君節制時, 有南下日記, 而失於喪亂中, 設伏龍咸時, 有西征錄及別錄, 而竝皆失之。

六月 十九日。大將, 卒于慶州陣中。(臨卒, 有詩曰："百年存社計, 六月着戎衣。爲國身先死, 思親魂獨歸."時幕下金公兌等, 自寢疾至易簀, 小不離側, 府君遺命, 多少記籍, 而皆失之, 祇存此詩, 至今傳誦。) 師散而歸。(右果軒錄)

上數條, 竝家乘所載, 而見漏於日記中, 故追附于此。

丙子夏, <u>有凝州之役</u>, 得見羽溪李涵齋希胤所撰傳習錄, 則有近始齋先祖壬亂創義顚末, 而易簣于慶州陣中也。幕僚金公兌等, 以贊劃官, 受命於創卒危亂之際, 檢尸而還鄕, 且收拾西征錄・南征日記及行軍須知等書, 皆迭於兵燹, 只有先祖絶命詩次韻一首。其詩曰："報國平生義, 堂堂一鐵衣, 有魂應復戰, 嗔我載棺歸." 其悲憤慷慨之義, 從可像想, 而但不載於家乘及鄕兵日記, 故隨聞隨錄, 以備他日採擇焉。

出燃藜記述(完山 李肯翊所編)

禮安前翰林金垓起義兵。○柳宗介之死, 人皆以義兵爲戒, 招諭使檄文, 責以忘恩, 激以赴義, 安集使金玏, 亦出通文。於是, 榮川・豐基士子及前翰林金垓・生員琴應壎・進士任屹等, 諸人皆響應, 魚鱗以起, 兵至萬餘, 咸聽垓節制。垓素有人望, 人以爲倚重。(日月錄)

左道義兵, 會盟于一直縣, 推垓爲大將。後聞金沔爲本道大將, 送義籍渡江, 沔閱視皆以儒生編伍, 乃曰："此眞義兵也." 癸巳, 垓隨明兵, 在慶州, 病死事, 聞贈修撰。(日月錄)

현전 〈향병일기〉의 선본확정과 그 편찬의 경위 및 시기

신 해 진

1. 들어가며

현전 〈향병일기(鄕兵日記)〉는 임진왜란 당시 창의(倡義)하여 의병장에 추대된 근시재(近始齋) 김해(金垓, 1555~1593)의 의병부대 활동을 기록한 필사본일지이다. 비록 단편적으로 기록된 것이기는 하지만, 안동, 예안, 의성, 상주, 영주, 봉화 등 이른바 영남 북부지역의 의병활동 관계를 보여주는 자료인데, 전란에 대처하기 위하여 의병을 일으키고 군량을 모집하는 과정, 의병장을 선출하고 군사조직 체계를 갖추는 과정, 당교(唐橋) 등지에서 왜적과 전투하는 과정 등이 기록되어 있다. 그 당시 임진왜란이라는 국난에 처하여 영남 북부지역에서 의병을 일으켰던 향촌재지사족들의 의식과 대응을 엿볼 수 있는 귀중한 자료라 할 것이다.

또한 임진왜란 경주성 전투에서 경주 부윤 박의장(朴毅長)이 이끈 조선군의 최신 무기였던 진천뢰(震天雷)[1]의 운용에 대한 기록도 있어 주목되는

---

[1] 진천뢰(震天雷)는 이순신 장군의 거북선과 함께 중요한 위치를 차지하는 무기로 조선 선조 때 李長孫이 발명한 것인데, 그 소리와 파괴력으로 임진왜란 당시 왜적을 격퇴하는데 크게 기여한 인마살상용(人馬殺傷用) 화약병기이다. 이 무기에 대해, 유성룡이 그의 ≪징비록(懲毖錄)≫에서 "임진년에 왜적이 경주성에 웅거하고 있을 때에 병사 박진이 군사를 거느리고서 적을 공격하였으나 패배하고 귀환했는데, 다음날 밤에 진천뢰를 성 밖 2리쯤에서 쏘았다. 적이 처음에 포성을 듣고 깜짝 놀라 일어나 어찌할 바를 모르는데, 홀연히

데, 그 당시 기록 문헌들에서 이 무기의 운용 사례가 쉬 발견되지 않고 있기 때문에 더욱 그러하다. <향병일기>에 의하면, 1592년 12월 27일에는 의병대장 김해가 풍산(豊山)에 도착하여 진천뢰를 가져갔으며, 1593년 1월 1일에는 진천뢰를 쏘아 적진을 놀라게 하였을 뿐만 아니라 죽인 자가 매우 많았음을 순찰사에게 서면보고했으며, 1월 2일에는 당교(唐橋) 전투에서 진천뢰를 쏘아 승리하고 진천뢰를 더 보내주도록 청하였으며, 1월 8일에는 병마사가 다른 곳에 있는 진천뢰에 화약을 쟁여서 보내겠다고 했으며, 1월 16일에는 순찰사에게 진천뢰 지급을 요청하였지만 화약이 바닥나 수송할 수가 없다고 하였으며, 2월 24일에는 진천뢰를 쏘아 적진이 우왕좌왕하는 사이에 왜장을 죽였으며, 3월 9일에는 전날 당교를 야습하였을 때 없어져 다시 보내달라는 공문을 만들었으며, 3월 15일에는 병마사가 이전 병마사가 자인현(慈仁縣)에 맡겨두었던 진천뢰 하나에 화약을 쟁여서 실어 보내겠다고 하였는데, 이 사실들은 임진왜란사에서 화약병기를 사용한 구체적 사례들인 것이다. 그리하여 <향병일기>는 1974년 경상북도 시도 유형문화재 64호로 지정되었다.

그런데 이처럼 귀중한 문헌인 현전 <향병일기>를 김해가 직접 쓴 일기로 알려져 있지만,[2] 김귀현은 김해가 쓴 것을 후손이 편집한 것으로 추

큰 솥 같은 물건이 날아와 적장이 있는 객사의 뜰 가운데 떨어지자, 적이 다 모여 불을 켜 들고 서로 밀치고 굴렸다. 조금 있자 포성이 천지를 뒤흔들듯 발하여 적이 맞아 죽은 자가 30여 명이고 맞지 않은 자도 모두 놀라서 자빠지고 정신을 잃었다."라고 기록하였다.

[2] 김세한, 「향병일기 해제」, 『안동문화』 4, 안동대학교 안동문화연구소, 1983, 145~147면.
김귀현, 「향병일기」, 『안동문화연구』 창간호, 안동문화연구회, 1986, 191~226면.
최효식, 「안동의 의병 활동」, 『임진왜란기 영남의병 연구』, 국학자료원, 2003, 231~259면.
최효식, 「안동의 의병 활동」, 『임란기 경상좌도의 의병항쟁』, 국학자료원, 2004, 204~233면. 위의 글을 중복 게재한 글이다.
심수철, 「근시재 김해의 생애와 문학세계」, 안동대학교 석사학위논문, 2014.
이 밖에도 일일이 열거할 수 없지만, <향병일기>에 대해 간략하게 언급할 때면 으레 김해가 지은 것으로 간주한다.

정하였고,[3) 김해 자신을 3인칭인 '대장'으로 적고 있을 뿐만 아니라 그의
사망 사실도 적혀 있다는 점에서 김해의 순수한 일기가 아니라는 지적도
있다.[4) 이러한 상반된 견해에 대해 정치한 답을 하기 위해서는 현전 <향
병일기>의 이본들을 꼼꼼히 살펴 선본을 확정짓고, 그 편찬 경위와 시기
를 규명할 필요성이 있다.

2. ≪근시재선생문집≫을 통해 본 <향병일기>의 존재 여부

≪근시재선생문집≫은 4권 2책의 목판본이다. 김해의 증손자 김석윤(金
錫胤)이 이보(李簠)의 발문과 조덕린(趙德鄰)의 서문을 받아 1708년 1책으로
수집하고 편차(編次)해 놓은 것을 1783년에 후손인 김돈(金墪)과 김형(金鎣)
등이 4권 2책으로 재편하고 정범조(丁範祖)의 발문을 받아 간행한 문집이
다. 김해가 생전에 쓴 글로 엮은 권1부터 권3까지에도, 김해 사후에 후인
들의 추모글로 엮은 권4의 부록에도 <향병일기>가 수록되어 있지 않다.
그래서 권4의 부록에 행장(行狀)·묘갈명(墓碣銘)·묘지명(墓誌銘)·가장(家
狀)·전(傳)·용사기사(龍蛇記事)·제문(祭文)·만사(輓詞)·서근시재김선생유
고후(書近始齋金先生遺稿後) 등이 수록되어 있는바, 이 기록들을 통해 어느
시기에 이르러 <향병일기>에 대한 언급이 있는지 살필 필요가 있을 것이
다.

---

3) 김귀현, 위의 글, 225면. "金大將의 手筆을 幕下의 軍官 金兌가 수습하여 本家에 넘긴 것을
   그 後孫이 日字別로 編輯한 듯하다. 그것은 日記 中에 곳곳에 「附西行日記」 등이 있음으로
   짐작이 가며, 또 그 수습의 과정에 빠졌고, 종이가 낡아져서 곳곳에 「缺」의 표시가 있다.
   이것은 어떤 데는 한두 字 많은 곳은 文章의 몇 行이 빠져서 解得이 어려운 곳이 상당히
   있다. 그러나 그 대강은 별로 어기지 않는다." 김귀현은 글 앞머리에 '近始齋 金垓 先生
   述'이라 하고서 인용문처럼 언급하였는데, 이는 학적 엄밀성에서 벗어나 있을 뿐 아니라,
   현전 <향병일기>가 순수하게 김해가 쓴 것이 아니라는 점을 밝히고 있는 셈이다.
4) 김병륜, 「향병일기 : 1592~93년 영남북부 의병들 전투일지」, 『국방일보』, 2008.9.3.

김해의 장남 김광계(金光繼, 1580~1646)가 쓴 '가장(家狀)'에는 향병일기에 대한 언급이 전혀 없다. 김해의 종형 김기(金圻, 1547~1603, 金富仁의 4자)가 쓴 <전(傳)>에도 향병일기에 대한 언급이 전혀 없지만 1595년 홍문관 수찬에 증직된 사실을 밝혀 놓았으며, 김해의 종제 김령(金坽, 1577~1641, 金富倫의 장남)이 지은 <용사기사(龍蛇記事)>에도 역시 향병일기에 대한 언급이 없다. 이현일(李玄逸, 1627~1704)의 <묘지명>에는 김해의 손자 김면(金㤻, 1611~1688, 김해의 3자인 金光輔의 장남)의 다음 인용문과 같은 부탁으로 인하여 1686년에 묘지명을 지은 계기를 밝히고 있지만, 그 어디에도 향병일기에 대한 언급이 없다. 김면의 고모가 이현일의 어머니였으니, 김면과 이현일은 고종사촌과 외사촌 사이였다.

"우리 조부의 덕망과 선행과 행의로 당연히 묘지명이 있어야 할 것이네. 처음에는 국난이 평정되지 못하여 장례를 치른 직후 묘지명을 짓지 못하고 그럭저럭 세월만 보내다가 지금까지 이르게 되었네. 그러나 이렇게 흐지부지하다가는 유명(幽明) 간에 죄를 지을 것 같으므로 속히 묘지명을 지어 유택에 넣어 후손들에게 각성을 하게 하려고 하네. 그러나 세대가 오래되어 우리 조부의 행적을 아는 사람이 적으므로 묘지명을 부탁할 사람이 없네. 오직 그대가 가정에서 전해온 말 중에서 반드시 우리 조부의 행적에 대해 언급할 일이 있을 것이니 나를 위하여 묘지명을 지어주기 바라네."5)

그리고 채제공(蔡濟恭, 1720~1799)의 <묘갈명>에도 향병일기에 대한 언급이 전혀 없다.

---

5) 주승택 외 5인 역, 『국역 오천세고 (하)』(한국국학진흥원, 2005)의 156면. 번역문은 김면과 이현일이 내외형제 관계임을 고려하여 약간 손질하였다.

한편, 이보(李簠, 1629~1710)가 <서근시재김선생유고후(書近始齋金先生遺稿後)>에서 "<향병일기> 2책이 있는데 1책은 의병을 일으킬 때 기록한 것이며 1책은 남쪽 지방을 정벌할 때 기록한 것이다. 그러나 남쪽 지방을 정벌할 때 기록한 일기도 초상이 날 때 잃어버리고 지금 남아 있는 것은 대충 그 사실이 기록되어 있다."[6]고 언급하였으며, 조덕린(趙德鄰, 1658~1737)이 1708년에 지은 서문에는 동문수학했던 김석윤(金錫胤, 1661~1710)이 책 한권을 가지고 와서 보여주며 다음처럼 말했던 사실을 밝혀놓은 데서도 향병일기의 존재를 확인할 수 있다.

"이 책은 우리 선조의 유집이네. 선조께서는 젊었을 때 학문에 뜻을 두어 월천(月川) 조목(趙穆) 선생이 생존해 계실 때 그곳을 왕래하면서 의심나는 것을 질문하고, 또 그 당시 여러 군자들과 들은 것을 토론하였으니 바로 서(書)나 소(疏) 그리고 품변(稟辨)에 실려 있네. 또 임진왜란을 당하여 의병을 모집하여 적을 토벌하였는데 책략과 목을 벤 것과 사로잡은 것을 자세히 실어 놓았으니, <향병일기>와 <서정록>이 그것이네. 그러나 난리를 겪는 동안 모두 불에 타거나 손상되어 수집을 하지 못하였고, 다행히 남아있는 것마저 사라져 선조의 행적을 증명하지 못할까 큰 걱정이네. 그대가 서문을 지어서 후세에 전해주지 않겠는가?"[7]

김석윤은 김해의 증손자[8]인데, 그의 주도로 ≪근시재선생문집≫이 편차되던 1708년 어름의 서문과 발문에서 처음으로 <향병일기>의 존재가 드러나고 있음을 확인할 수 있다.

---

6) 위의 책, 182면.
7) 위의 책, 24~25면.
8) 김해→3자 김광보→2자 金怡→4자 김석윤

김돈(金墪, 1714~1783)[9]과 종제 김형(金瑩, 1737~1813)[10] 등이 1783년경에 김석윤이 1708년 1책으로 수집하고 편차해 놓은 것을 4권 2책으로 다시 편차하여 간행하면서 정범조(丁範祖, 1723~1801)로부터 받은 발문에는 향병일기에 대한 언급이 없는데 반해, 1779년 이상정(李象靖, 1711~1781)이 지은 <행장(行狀)>에는 <향병일기>와 <서행일기>에 대한 언급이 있다. 이상정은 김돈이 종제 김형을 자신에게 보내어 "선조의 사적이 겨우 묘지명과 전기 약간이 있으나 행장을 짓지 못하였으니 어찌 한 말씀 기록해 주지 않을 수 있겠는가?"라고 말한 사실을 밝혀 놓고는 <향병일기>와 <서행일기>에 대해 언급하였던 것이다.

　이렇게 볼 때, 김해가 죽은 지 115년이 지난 1708년에 이르러서 처음으로 증손자 김석윤에 의해, 김해 사후 186년이 된 1779년 김해의 6세손인 김돈과 김형에 의해 향병일기에 대한 언급이 있었음에도 그들이 편차하고 간행한 문집에는 <향병일기>가 수록되어 있지 않음을 확인할 수 있다. 김해의 아들과 손자 대에서는 전혀 언급되지 않던 <향병일기>가 증손자 대에 이르러서 언급되는 것이 석연치 않지만, 일단 <향병일기>의 존재는 인정하지 않을 수 없다.

　그러나 이 <향병일기>가 바로 현전 <향병일기>인지, 그 여부는 좀더 살피지 않을 수 없다. 왜냐하면, 이보의 글에서는 '남쪽 지방을 정벌할 때 기록한 일기도 초상이 날 때 잃어버리고 지금 남아 있는 것은 대충 그 사실이 기록되어 있다.'[11] 하였고, 조덕린의 글에서는 김석윤이 '임진왜란을 당하여 의병을 모집하여 적을 토벌하였는데 책략과 목을 벤 것과 사로잡은 것을 자세히 실어 놓았으니 <향병일기>와 <서정록>이 그것이

---

9) 김해→1자 김광계→1자 金壩→ 1자 金純義→1자 金佋→1자 金智元→1자 김돈
10) 김해→1자 김광계→1자 金壩→ 1자 金純義→1자 金佋→2자 金道元→1자 김형
11) 주승택 외 5인 역, 앞의 책, 182면.

나, 난리를 겪는 동안 모두 불에 타거나 손상되어 수집을 하지 못하였고, 다행히 남아있는 것마저 사라져 선조의 행적을 증명하지 못할까 큰 걱정이네.'[12] 하였으며, 이상정의 글에서는 '<서행일기>와 <향병일기>를 기록하여 그 용병(用兵)과 적을 막는 방법, 창의(倡義)와 사절(死節)의 자취를 대략 기록하였다. 이것도 모두 병화에 소실되고 일기도 그 절반이 유실되었으니 애석한 일이다.'[13] 하였기 때문이다. 환언하자면, <향병일기>는 김해 사후 100여 년이 지나는 동안 그 존재가 언급되지 않았을 뿐만 아니라, 1708년 어름에서야 비로소 언급되기 시작하지만 대충 기록되었다거나, 불에 타 손상되어 수집하지 못했다거나, 그 절반이 유실되었다거나 하는 등 있었다손 치더라도 완전치 못한 문헌이었을 가능성이 농후하기 때문이다.

3. 현전 〈향병일기〉의 이본 및 그 선본

현전 <향병일기>는 모두 4종이 있다. 첫째, 안동대학교 안동문화연구소가 영인한 <향병일기>이다. 이것은 김세한(金世漢)이 간략한 해제를 덧붙여서 1983년에 안동대학교 안동문화연구소의 『안동문화』 제4권을 통하여 처음으로 공개된 자료이다. 이 자료는 당시 김해의 주손(胄孫) 김준식(金俊植)이 제공한 것이라 한다.[14] 그리고 김귀현(金龜鉉)은 1986년 이 자료를 저본으로 삼아 번역하였고, 안동문화연구회의 『안동문화연구』 창간호에 그 번역문과 함께 간략한 해제[15]를 덧붙여서 실었다.

둘째, 국사편찬위원회 소장 마이크로필름 <향병일기>(청구기호 : MF A

---

12) 위의 책, 25면.
13) 위의 책, 149~150면.
14) 김세한, 앞의 글, 147면.
15) 김귀현, 앞의 글, 221~226면.

지수350)이다. 광산김씨 예안파는 1970년 안동댐 공사로 500년 세거지가 수몰되자, 옛 마을의 뒷산에 새로 부지를 조성하여 '군자리'라 명명하고 수몰지에 흩어져 있던 묘우, 종택, 누정 등 건축물들을 집단적으로 옮겨 짓는 과정에 다락에서 대대로 내려오던 고문서와 전적 1천여 점이 나왔고, 그 가운데 임진왜란 이전의 문서가 100건이 넘었다. 이 고문서와 전적들의 일부를 1980년에 김택진(金澤鎭)은 학계에 공개한 바 있고, 1983년에는 광산김씨 예안파 유물전시관으로서 숭원각(崇遠閣)을 지어 보존 관리해 오고 있다. <향병일기>는 1989년 국사편찬위원회의 지방 사료 조사 활동에 의하여 학계에 알려졌는데, 국사편찬위원회는 마이크로필름으로 찍고 활자화하여 2000년에야 광산김씨 예안파 가문의 다른 일기 자료들과 함께 한국사료총서(韓國史料叢書) 제43권으로 간행한바, 그 상권이 『향병일기・매원일기(鄕兵日記・梅園日記)』이다. 그런데 마이크로필름 <향병일기>의 표제 뒷면에 있는 부전지(附箋紙)는 활자화되지 않았다. 소장자 김택진은 『안동문화』 제4권의 수록 자료를 제공한 김준식의 아버지이다.

[그림 1]

이 두 이본의 실물을 소개하는 것이 [그림 1]이다. 경상북도문화재 사이트에서 구현했던 것으로 보이는데,16) 지금은 어떤 연유인지 알 수 없지만 사이트에서 내린 자료이기는 하나 후조당 유물(유형문화재 제64호, 1974.12.10. 지정) 가운데 <향병일기>를 소개하던 사진이다. 소유자는 김택진으로 되어 있었다. [그림 1]의 왼쪽 책은 안동대학교 안동문화연구소가 영인한 자료와 동일하며, 오른쪽 책은 국사편찬위원회가 마이크로필름으로 찍은 것과 동일하다. 이로써, 첫째와 둘째의 자료는 모두가 광산김씨 예안파 문중에서 나온 것으로 짐작된다.

셋째, 이화여자대학교 도서관 소장본 <향병일기약(鄕兵日記略)>이다. 이것은 김세한이 공개한 자료와 동일한 자료를 저본으로 삼아 축약한 것이다. 새로운 내용이 덧붙여진 경우는 거의 없고, '궁산(窮山)'을 '심산(深山)'으로 대체한 것처럼 어구를 바꾼 경우가 많다. 그런데 이 이본은 1545년 을사사화(乙巳士禍) 때 화를 당한 인물들의 전기를 모아 엮은 <을사전문록(乙巳傳聞錄)>이 먼저 실리고, 그 뒤에 8장 분량으로 덧붙여진 형태이다. 표제는 ≪을사전문록≫(청구기호 : 920 을61)으로 되어 있다.

넷째, 심재덕 소장본 <향병일기>이다. 이것은 심수철이 자신의 석사학위논문에서 소개한 것이다.17) 곧, "심재덕 소장본으로 경상북도 유형문화재로 지정받았고,18) 일반에는 아직 공개되지 않았으며19) … 다소간의 문자 출입은 있으나20) 내용은 大同小異하다. 글씨의 필체는 … 行草書이다.

---

16) http://www.chis.go.kr/daekwan/WebContent/popsrc/07/64.html
17) 심수철, 앞의 논문, 2면. 근시재 김해를 <향병일기>의 저자로 파악하는 데는 동의할 수 가 없는바, 그 이유는 이 글에서 자연스레 밝혀질 것이다.
18) 안동시 공고 제2014-143호(경상북도 지정문화재 지정예고)를 통해 2014.1.29.~2014. 2.27까지 공고하여 유형문화재로 지정됨.
19) 심재덕 씨와 연락이 닿았는데, 자료를 곧 공개할 예정이지만 현시점에서 공개하기는 시기상조라고 하였음. 그렇지만 심재덕 씨가 <향병일기>의 첫대목 1면과 마지막 3면을 보내주어 일부는 확인할 수 있었고, 자료 전문은 확인할 수가 없었다. 이 자료의 전모를 확인하지 못한 것에는 상당한 아쉬움이 남는다.

필체와 마멸상태, 문자의 출입 상태 등으로 봤을 때 심재덕 소장본이 원본에 가까운 것으로 보인다."고 하였다. 하지만 소장자가 머지않아 공개할 예정이라 하나 현재로서는 전문이 공개되지 않아서 그 실체를 파악하기가 어려운 실정이다.

현전 <향병일기> 이본들의 실상이 이러하다면, 그 선본(善本)을 파악하기 위해서는 안동문화연구소가 공개한 영인본과 국사편찬위원회 마이크로필름 자료를 대상으로 삼으면 될 것이다. 두 이본은 모두 서문과 발문 없이 1592년 4월 14일 왜적에 의한 동래성 침공 소식으로부터 1593년 6월 19일 김해가 계림전투에서 사망하기까지 의병활동 날짜별로 기록하였

---

20) 심수철, 앞의 논문, 78~79면 재인용. <향병일기>의 1592년 8월 9일자를 보면, 안동문화연구소 영인본과 국사편찬위원회 마이크로필름에는 "前縣監李愈, 前縣令權春蘭, 前翰林金涌及金允明·金允思·李亨男會, 裴龍吉·李應薲·辛敬立·權益亨·琴夢駬·權終允·權泰一·權德成·權重光, 會于臨河縣東耆仕里松亨, 相議擧兵, 以裴龍吉·金涌爲召募有司."로 되었고, 심재덕 소장본에는 ""前縣監李愈, 前縣令權春蘭, 前翰林金涌及金允明·金允思·李亨男會, 裴龍吉·李應薲·辛敬立·權益亨·琴夢駬·權終允·權泰一·權德成·權重光, 會于臨河縣東耆仕里松亨, 相與謀曰: '日馭播越龍灣, 腥塵汚穢宗祊, 通哉通哉. 今日吾儕不死, 與犬羊同戴一天, 更擧何顔? 親上死長之義, 盖嘗聞之而講之熟矣, 身死何惜? 但鄕開軍丁, 屬盡官簿, 白面空擧, 徒奮何爲? 國事至此, 固非臣子安坐之時. 今日之事, 爲國一死耳, 其成敗强弱, 有不暇計也. 凡我同志之人, 同心戮力, 起義討賊, 以復君讐, 於萬一, 可乎?' 咸曰: '諾.' 左右着署而誓曰: '不能忘身而討賊者, …缺…' 以裴龍吉·金涌爲召募有司, 以義字爲自許之嫌, 獨以鄕兵之號, 盟而罷歸.('임금의 수레가 龍灣으로 피난을 떠나고 피비린내가 종묘사직을 더럽혔으니 원통하고 원통하다. 오늘 우리가 죽지 않고 개와 양 같은 무리와 한 하늘 아래 살아간다면 다시 어찌 얼굴을 들 수 있겠는가? 윗사람을 친애하고 어른을 위해 목숨을 바칠 수 있는 의리에 대해서는 일찍이 듣고 익숙히 강론하였으니 이 한 몸 죽는 것이 어찌 아깝겠는가? 다만 고을의 군정은 죄다 관청의 장부에 들어갔으니 백면서생이 빈주먹으로 떨쳐 일어난들 어찌하겠는가? 그러나 나랏일이 이에 이르렀으니 참으로 신하와 자식이 되어 편안히 앉아있을 때가 아니다. 지금 할 일은 임금을 위하여 한 번 죽을 뿐이고 성패와 강약은 따질 겨를이 없다. 우리 동지들이 한 마음으로 힘을 다해 의병을 일으켜 적을 토벌하여 나라의 원수를 만분의 일이라도 갚는 것이 옳지 않겠는가?' 그러자 모두들 '옳다.'라고 하였다. 좌우의 사람들이 더불어 서명하고 맹세하여 말하기를, '몸을 잊고 적을 토벌하지 않는다면 …(결락)…' 배용길과 김용을 召募有司로 삼고, '義'자는 스스로 뻐기는 혐의가 있으므로 다만 '鄕兵'이라 부르기로 하고 맹세한 뒤 파하고 돌아갔다.)"라 되어 있다. 이러한 출입이 몇 군데 있는 것으로 짐작되는바, 자료가 조속히 공개될 필요가 있다.

는데 글자 한 자도 다르지 않으며, 맨 끝부분에 있는 '위의 몇 가지 조목들이 모두 가승에 실려 있으나 일기에는 누락되었기 때문에 추가로 여기에 덧붙인다.(上數條, 並家乘所載, 而見漏於日記中, 故追附于此.)'는 후기(後記)까지도 똑같다. 다만, 안동문화연구소 영인본이 1면의 맨 끝 2글자와 21면의 맨 끝 1글자가 밀려 필사했었는데, 국사편찬위원회 마이크로필름 자료에 따라 다시 맞추어져 똑같게 된 것이 다른 점이라면 다른 것이다. 다시 말하건대, 이는 국사편찬위원회 마이크로필름 자료를 대본으로 삼아 다시 필사했음을 보여주는 것이다. 그렇다면 국사편찬위원회 마이크로필름 자료가 선본(先本)인 셈이다.

그리고 안동문화연구소 영인본은 35장본 69면인 반면, 국사편찬위원회 마이크로필름 자료는 거기에다 부전지(附箋紙)와 첨부자료 3면이 더 있다. 곧, 안동문화연구소 영인본은 의도적이었는지 알 수 없으나 자료의 중요 대목이 누락되었다. 결국, 이는 국사편찬위원회 마이크로필름 자료가 선본(善本)임을 나타내는 것이라 하겠다. 그 누락된 자료가 지니는 중요성은 다음 장의 논의를 보면 알게 될 것이다.

이로써, 현전 <향병일기>의 선본(先本)과 선본(善本)은 국사편찬위원회 마이크로필름 자료임을 확인할 수 있게 되었다.

4. 현전 〈향병일기〉 편찬의 경위와 그 시기

현전 <향병일기>의 선본(善本)은 국사편찬위원회 마이크로필름 자료임은 앞의 장에서 살폈다. 그러므로 국사편찬위원회 마이크로필름 자료를 대상으로 삼아 편찬 경위와 시기를 규명하고자 한다. 그 편차를 살피면 다음과 같다.

① 부전지(附箋紙)

② 萬曆壬辰四月十四日癸卯。 ～ 癸巳五月七日庚申。 ○右當時書記所錄

③ 五月領兵, 在密陽。 (右梅園錄)

④ 聞晉陽受圍, 治兵至晉州 (缺) 大將令領兵救梁山, 因往 (缺)。 此後, 則追
賊南下, 至於慶州, 與李山輝合勢, 大破鷄林之賊。 而江左義將, 皆受府
君節制時, 有南下日記, 而失於喪亂中, 設伏龍咸時, 有西征錄及別錄, 而
並皆失之。 六月 十九日。 大將, 卒于慶州陣中。 (臨卒, 有詩曰: "百年
存社計, 六月着戎衣。 爲國身先死, 思親魂獨歸." 時幕下金公兌等, 自寢
疾至易簀, 小不離側, 府君遺命, 多少記籍, 而皆失之, 祗存此詩, 至今傳
誦.) 師散而歸。 (右果軒錄)

⑤ 上數條, 並家乘所載, 而見漏於日記中, 故追附於此。

⑥ 丙子夏, 有凝州之役, 得見羽溪李涵齋希胤所撰傳習錄, ～ 其悲憤慷慨之
義, 從可像想, 而但不載於家乘及鄕兵日記, 故隨聞隨錄, 以備他日採擇
焉。

⑦ 出燃藜記述(完山 李肯翊所編)

위의 편차 가운데 ①은 국사편찬위원회 마이크로필름 자료에만 있는
것이며, ②에서 ⑤까지는 안동대학교 안동문화연구소가 공개한 영인 자
료에도 한 글자 어김없이 그대로 있는 공통부분이며, ⑥과 ⑦은 국사편찬
위원회 마이크로필름 자료에만 있는 것이다.

우선, 공통부분인 ②에서 ⑤까지를 살피면, 총 69면 가운데 ②는 67면
을 차지하고 있는데다 분명히 협주를 통해 '바로 앞까지는 당시 서기가
기록한 것이다.(右當時書記所錄.)'라고 밝히고 있다.[21] 그렇다면 <향병일

---

[21] 아직 전문이 공개되지 않은 심재덕 씨 소장본 <향병일기>의 첫대목 1면과 마지막 대목
3면을 살펴본바, 바로 ②에 해당하는 문헌임. 그리고 4면만을 살펴도 중요 대목이 누락
되거나 변개된 것으로 보이는데, 이 문헌이 공개되면 <향병일기>의 저자 추정에 상당
한 기여를 할 것으로 여겨진다.

기>는 현재로서 누구인지 알 수 없지만 임진왜란 당시 의병활동을 김해와 함께한 '서기'가 기록한 것이라고 할 수밖에 없는 것이지, 어찌 김해가 기록한 것이라 할 수 있겠는가. 김해를 기록자로 보는 사람들 중에는 굳이 김해가 기록한 자료에 당시 서기가 가필한 것으로 추론하기도 하는데, 그 근거로 <서행일기(西行日記)>를 들지만 이것 역시 김해 자신을 3인칭인 '대장'[22]으로 적고 있으므로 근거로서 미약하다. 그리고 ③과 ④는 김해의 후손들이 기록한 것이다. 이를 알려주는 것이 또한 협주이다. ③은 매원(梅園)이 기록한 것으로 되어 있는바, 매원은 바로 김해의 아들 김광계(金光繼, 1580~1646)의 호이다. 또 ④는 과헌(果軒)이 기록한 것으로 되어 있는바, 과헌은 바로 김광계의 손자 김순의(金純義, 1645~1714)이니 곧 김해의 증손자이다. ⑤는 ③과 ④가 김해의 기록이 아니지만 이 대목에 삽입할 수밖에 없었던 이유를 설명하는 문장이다. 곧, 전해 내려오는 가승(家乘)에는 실려 있으나[23] 일기에는 누락되었기 때문에 추가로 덧붙였다는 것이다.

아무튼, 현전 <향병일기>는 안동문화연구소의 영인 자료처럼 ②에서 ⑤까지만 있다면 김순의의 생몰 연간을 고려하건대 그래도 18세기 문헌이라고 할 수 있을 것이다. 그러나 앞서 언급하였듯, 안동문화연구소의 영인 자료는 국사편찬위원회의 마이크로필름 자료를 보고 다시 필사한 것이기 때문에 18세기 문헌이라고 할 수 없는 것이다.

⑥은, ③과 ④가 '향병일기'에는 누락되어 있지만 '가승'에는 전해오기 때문에 실었다고 한 반면, '가승'과 '향병일기'에 모두 실려 있지 않은 것

---

22) 1592년 12월 28일. "<西行日記>附, '伏兵將李選忠處, 親聞賊奇, **大將**趙曉發行, 路次見右副將馳報, 軍威奇大立等, 斬倭頭, 奪倭物, 上送云.…" 이와 같은 사례가 많이 있다.

23) 매헌의 기록은 <先考通仕郞行藝文館檢閱兼春秋館記事官, 贈承議郞弘文館修撰知製敎兼經筵檢討官春秋館記事官府君家狀>의 "癸巳五月, 端人以疾歿于家. 時公領兵在密陽."을 가리키나, 과헌의 기록은 확인하지 못했음.

이라 하더라도 들은 것이라서 훗날에 채택되기를 바라며 덧붙인 기록이다. 곧 '다만 가승 및 향병일기에 실려 있지 않았기 때문에 들은 대로 기록하여서 훗날의 채택에 대비한다.(但不載於家乘及鄕兵日記, 故隨聞隨錄, 以備他日採擇焉.)'고 한 데서 확인된다. 가장 문제적인 기록이다. 왜냐하면, 이희윤(李希胤)이 확인되지 않는 인물이기 때문이다. 위의 인용문을 보면 이희윤은 우계이씨(羽溪李氏)로 되어 있는바,『우계이씨대동보』(우계이씨중앙화수회, 1990)를 확인해도 등재되어 있지 않고, 그 문중 담당자에게 문의해도 알 수 없는 인물이라고 하기 때문이다. 또 그가 지었다는 '전습록(傳習錄)'도 확인되지 않을 뿐만 아니라 '응주(凝州)'도 어느 곳을 가리키는지 확인하기에는 난제이기 때문이다.

⑦은 이긍익(李肯翊, 1736~1806)이 편찬한 ≪연려실기술(練藜室記述)≫에서 나오는 기록이다. 곧, ≪연려실기술≫ 권17 '영남의병(嶺南義兵)'에 실린 기록으로 한 글자도 어긋남이 없다. 이러한 기록은 ≪연려실기술≫이 간행된 데서 기인한 것인데, ≪연려실기술≫은 1911년 광문회(光文會)에서 도합 34권으로, 1913년 조선고서간행회(朝鮮古書刊行會)에서 도합 59권으로 각각 간행되었다. 그렇다면 현전 <향병일기>는 1911년 이후에 편찬되었으리라는 추론이 가능하다.[24]

여기서 한 가지 덧붙일 것은 이화여자대학교 도서관 소장본 <향병일기약(鄕兵日記畧)>이 <을사전문록(乙巳傳聞錄)>과 함께 묶인 연유이다. <을사전문록>은 '유분록(幽憤綠)'이라고도 하는데, 이 <을사전문록>만 ≪대동야승(大東野乘)≫ 권12에 수록되어 있고, <향병일기>는 함께 실려 있지

---

24) ≪연려실기술≫ 별집을 편찬할 때 인용한 책들 중에는 정조 시대 이후에 간행한 신경준(申景濬)의 ≪여암집(旅菴集)≫이나, ≪일득록(日得錄)≫(정조 때 신하들이 정조의 어록을 편집한 책으로 1787년 간행)이 있음을 고려하면, ≪연려실기술≫은 1787년 이후에 완성되었다고 보겠지만, 일반인들이 쉽게 볼 수 있게 된 것은 적어도 광문회가 1911년에 간행한 이후일 것이다.

않다. 그런데 ≪대동야승≫은 조선 초기와 중기의 잡록들을 모은 것으로 72권 72책이 전해오던 것을 1909년과 1911년 사이에 조선고서간행회에서 13책으로 출판하였다. 결국, 이화여자대학교 도서관 소장본 ≪을사전문록≫은 적어도 1911년 이후 어느 시기인지 알 수 없으나 ≪대동야승≫에 수록된 <을사전문록>과 <향병일기>가 따로 있던 문헌을 필사하여 함께 묶은 것이라 하겠다. 그렇게 묶고 난 후에 <향병일기>라는 제목 밑에다 '김해 저(金垓著)'라고 표기한 것이다.

이로써, 현전 <향병일기>의 편찬 경위를 요약해 보자면, 그 시기가 언제인지 알 수 없지만 임진왜란 당시에 김해와 함께 의병 활동을 했던 '서기'가 기록했던 문건을 입수하였고, 그 후에 김해의 아들 김광개, 증손자 김순의가 기록한 가승 자료를 덧붙여 김해가 임종하기까지 활약한 의병 활동에 대한 기록이 완정한 모습을 갖추도록 하였으며, 또한 구비전승 자료라 할 수 있는 이희윤의 언급을 훗날에 채택되기 바라면서 보충하였고, ≪연려실기술≫에 기술되어 있는 부분까지 보충하였던 것이다. 결국, 임진왜란이 일어나 국난에 처했던 당시 의기를 떨쳤던 김해의 의병 활동에 대한 기록은 훼손될 여지없이 확고해졌다고 하겠다. 하지만, 현전 <향병일기>를 김해가 직접 썼다는 근거는 어디에도 없음이 확인된 것이다.

이제, ⑦에서 살핀 <향병일기>의 편찬시기를 규명하기 위해서는 긴요한 자료가 ①의 부전지인바, 바로 [그림 2]이다. 이를 탈초(脫草)해 보면, 근시재 김해의 행략(行略)과 사적(事蹟)[25]이 기록되어 있다. 그 가운데 '행략'을 탈초하여 풀이하면 다음과 같다.

---

25) 사적은 이 글의 부록으로 첨부하기로 하는데, 이상정의 행장을 요약한 글이라 할 수 있음.

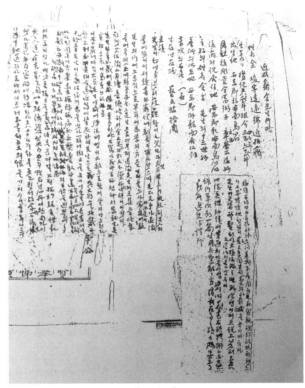

[그림 2]

성명은 김해, 자는 달원, 호는 근시재이다.

생년월일은 단기 3886년, 지금으로부터 361년 전이다.

출생지는 안동군 예안면 오천동이다.

후조당 김부필의 아들이며, 문안공의 후손이다.

후예의 거주지는 안동면 예안면 오천동이다.

주손의 성명은 김공 선생의 13세손이다.

묘소의 소재지는 안동면 와룡면 거인동이다.

서원의 유무 : 없다.

살아있을 때의 관직은 예문관 검열이다.26)

이 자료에서 주목되는 것은 다름이 아니라 김해의 생년월일을 밝히면서 '지금으로부터 361년 전(距今三百六十一年)이다.'라고 한 점이다. 김해의 생년인 단기 3886년은 바로 1553년이니, 지금은 거기에 361년을 더하면 되는데 바로 1914년인 셈이다. 이로써, 현전 <향병일기>는 1914년에 편찬된 것이라고 하지 않을 수 없다. 현전 <향병일기>가 1914년에 편찬된 것이라면 《연려실기술》의 자료가 인용되어 수록될 수 있었던 것과, 이화여자대학교 도서관 소장본 《을사전문록》에 <을사전문록>과 <향병일기약>이 함께 묶일 수 있었던 것이 자연스럽게 이해가 된다. 한편, 이처럼 현전 <향병일기>의 편찬 경위와 그 시기를 추정하는 데에 있어서 안동대학교 안동문화연구소 영인본의 자료 누락(①⑥⑦)은 의도했든 의도하지 않았든 심각한 문제를 야기한 것이라 할 것이다.

5. 나가며

현전 <향병일기>는 임진왜란이라는 국난에 처하여 영남 북부지역에서 의병을 일으켰던 향촌재지사족들의 의식과 대응 자세를 엿볼 수 있는 귀중한 자료라 할 것이다. 그 가운데 근시재 김해의 의병활동을 중심으로 한 역사적 사실을 기록한 현전 <향병일기>에 대해 김해가 직접 쓴 것이

---

26) <近始齋金先生行略>에 대해 탈초한 원문은 다음과 같다.
　姓名金垓, 字達遠, 號近始齋。
　生年月日, 檀紀三八八六年, 距今三百六十一年(四百年)。
　出生地, 安東郡 禮安面 烏川洞。
　後彫堂金富弼 子, 文安(章榮, 삭제표시)公 後孫。
　後裔의 設居住地, 安東郡 禮安面 烏川洞。
　主孫의 姓名, 金公先生의 十三世孫。
　墓所의 所在地, 安東郡 臥龍面 居仁洞。
　書院의 有無, (無)。
　生存時官職, 藝文館檢閱。

라는 주장은 신뢰할 수 없음이 이 글을 통해 드러났다. 곧, 김해의 의병 활동을 기리고자 광산김씨 예안파 문중에서 편찬한 것임이 확인되었고, 또한 부전지(附箋紙)를 탈초함으로써 그 편찬시기도 1914년임이 확인되었으며, 그에 따라 편찬 경위도 아울러 규명되었다.

그렇다면 이 일기를 탈초하고 활자화하여 2000년에 『향병일기·매원일기』를 간행하면서 '간행사'와 '범례'에 <향병일기>를 김해가 직접 쓴 것으로 안내한 국사편찬위원회는 큰 오류를 범한 것으로 잘못된 길라잡이 노릇을 하였으니, 그 공신력을 고려하건대 좀 더 신중했어야 했던 것이 아닌가 한다.

그렇다고 해서 <향병일기>만이 아니라 다른 문헌을 통해서도 얼마든지 확인할 수 있는 김해의 의병활동이 부정되는 것은 아니다. 그것은 그것대로 존중되어야 마땅한데, 현전 <향방일기>와 같은 방식의 자료 구축은 아마도 한일합방에 따른 일제 초기의 시대적 상황에 있어서 임진왜란 당시 의기를 떨쳤던 김해의 의병활동에 대한 기록을 집적하고자 열망했던 결과가 아닌가 한다. 그럼에도 현전 <향병일기>의 대부분을 기록한 것으로 보이는 '당시의 서기'를 규명해야만 역사적 사실에 대한 신빙성이 보다 더 제고될 것으로 생각한다. 이를 위해서는 심재덕 소장본이 조속히 공개될 필요가 있다.

— 『영남학』 25, 경북대학교 영남문화연구원, 2014. 6

참고문헌

국사편찬위원회 마이크로필름 <향병일기>(청구기호 : MF A지수350)
안동대학교 안동문화연구소 영인본 <향병일기>(『안동문화』 4 영인본)
이화여자대학교 도서관 소장본 ≪을사전문록≫(청구기호 : 920 을61)

김귀현, 「향병일기」, 『안동문화연구』 창간호, 안동문화연구회, 1986, 191~226면.
김병륜, 「향병일기 : 1592~93년 영남북부 의병들 전투일지」, 『국방일보』, 2008.9.3.
김세한, 「향병일기 해제」, 『안동문화』 4, 안동대학교 안동문화연구소, 193, 145~147면.
김종권 역주, 류성룡 저, 『징비록』, 명문당, 1987.
심수철, 「근시재 김해의 생애와 문학세계」, 안동대학교 석사학위논문, 2014.
주승택 외 5인 역, 『국역 오천세고』(하), 한국국학진흥원, 2005, 24~25면, 149~150면,
　　　156면, 182면.
최효식, 「안동의 의병 활동」, 『임진왜란기 영남의병 연구』, 국학자료원, 2003, 231~259면.

[영인] 향병일기(鄕兵日記)

안동대학교 안동문화연구소 『안동문화』 4 영인본
이화여자대학교 도서관 소장 ≪을사전문록≫ 합철본

여기서부터는 影印本을 인쇄한 부분으로 맨 뒷 페이지부터 보십시오.

級奪二鉒八馬一牛　二十六日巡察獻馘回送大

藥賞格公文成送牛馬則依所報馘則上使云二

十九日大將還陣　五月二日伏兵將金嗣權即精

兵設伏於尙州松峴唐橋下　去時三賊落後伏兵等

自林籔突出夾逐一賊窮蹙迤伏縛來獻之送于巡

察使即令軍尉等亂射殺之斬頭以藏報狀回送云

生擒兇賊使我得以甘心憤〻之意得以少洩无极

可嘉各別論賞詐料公文隨后成送云　七日義兵整

齊將洪慶承斬賊二級　是時義士滿百精卒數千

遂定議南下

16

斬一賊來獻 三十日我軍斬一賊 三月二十六

日伏兵將士斬献二級 四月十二日伏兵将士等

捲兵還献三馘問其按伏形止則自初七日至九日

連日設伏斬薙甚多未得其馘 十日埋伏咸昌孤山

等地唐橋賊焚掠醴泉金谷還陣時我軍突進擁撃

斬三級奪馬二匹孫億文斬馘之際中九而死可措

十三日大将還陣勞餉献馘将士 十八日巡察

使献馘回送大檗斬馘之數項背相望富為本道義

兵之首士龍韓金无爲可嘉蒸米三斗軍功公文并

送以示別賞之意云 二十三日伏兵将士斬献二

倭一者其切當不下於太丁矣　二十日伏兵將李

選忠師精兵散伏于道潭副將向設伏廳覘賊勢

二十一日設伏于盤岩　二十二日伏兵將李選忠

等與刈草賊百餘接戰賊將乘白馬師精兵來救羅

崔倭五十餘名及佃於道潭前虎之賊回兵圍之我

軍踴躍進退抖擻精神成散其未支倭幾

為所陷賊迫至道潭而退精兵等憤其未斬各顧設

伏於西山賊陣近處目慰論而遣之　伏兵將士等

斬一賊来獻是擧也設伏於要路遇賊邀擊賊徒驚

散我軍射二賊斬之奪其釰　二十四日伏兵將士

将已主之下道設伏事左副将巡撫可也　十三日
辛敬立自右道都大将仍還報都大将帖有曰大将
亦奮忠擧義隣近士類雲合影従鑄兵峙粮盡心討
賊求諸古人未易多得挺為可嘉所録上各項諸有
司所聚軍人兵粮成數其録啓聞以賞功勞計料益
勵感慨之志終始奮義盡心措鋪以樹大功又謂
敬立曰聞鄉兵以儒士編伍此真義兵也不勝嘉嘆
云　十八日伏兵精軍太丁偅山等突八賊中各斬
一級而為羣賊追圍太丁偅持斬頭短釖而出權山
則未及持頭但持賊衣而出然突進斬頭又射殺追

外我軍大呼亂射賊驚潰諸軍得以全還 二日尚
州山陽縣義將請合勢討賊 在溪整齊將康忠立
獻賊頭一級 伏兵士龍閑金等設伏尚州路各斬
二級獻之 九日禮安李逸道斬一級來獻 十二
日大將令曰天將之咨勸勵激切 聖主之教曉諭
丁寧爲將而安坐本陣於心殊有未安速向義城等
按伏督戰爲計掌書金允安整齊將金渝等曰下道
設伏事定別將已就大將在本陣節制豈非失計何
必親到行間且近日大將巡動頗頻往還之際所費
不貲一遭停行何如大將曰然則唐橋設伏事右副

許給震天雷闖文来陣　九月大将在義城聞巡使

到義與徃見議事仁同以地勢不利不得大擧遺攉

應銖即精兵数千徃哯形便欲突擊之大将令申仙

揀精兵以進賊先出伏邀之諸軍潰還申仙末及两

退　二十五日大将向伏兵两　二十七日錄部下

列邑諸有司及軍簿軍糧器械遺掌書辛敬立報右

道義兵都大将金泗也<small>大将即</small>二月一日伏兵将頒留不

歸加送粮餉伏兵将抄精兵入賊中林士傑射發二

賊斬首一級亂文射斬一級奪其長釖賊圍之急士

傑亂文棄其两所斬頭僅以身出戦血淋灘於衣袖在

11

端帥軍來會軍威轉餉有司洪瑋來謁是日間即彷

將以九日進攻仁同賊而安東禮安鄉兵已赴唐橋使副

義城以下四邑軍凍餒零星故即傳令于唐橋之賊及遂困疲

將即精兵來會而精兵等夜擊唐橋之賊及遂困疲

不能起　軍人李信斬獻一賊頭　戌時伏兵將即

精兵及官軍突出賊陣射殺賊徒斬頭之際為伏兵

賊乃逐　七日大將在義城軍餉都摠李咏道與琴

懷馳到佐溪整齊將康忠立即軍四十餘人六來會

左副將陣高子坪待夌　八月大將在義城遺康

忠立見助防將商議舉事椎牛餉軍試射　兵馬使

李選忠等突入賊陣射殺無數奪擄鈍復授震天雷
死者不知其數具由報兵馬使巡察使又乞震天雷
二日大將自說伏處撥兵還與監兵兩相及亞使
議以今月初六日分三路討賊　四日以前有分三
躬討賊之議故大將點儉義城以下四邑之軍將討
仁同之賊左右副將領本陣及禮安精兵以禦唐橋
賊　五日大將曉發龜尾午到義城整齊將金士元
申弘道右衛將申秘等八謁　六月大將在義城會
軍餉之義興鰲齊將朴文潤李仁好軍威李崇男等
結陣以待大將八陣　諸將禮見俄而比安鰲齊將趙

9

律二曰嚴黜陟三曰明好惡四曰謹延攬別議在

十三日善山鄉兵慈齊將吉云得来陣　二十五日　二

高提督畫先天晶送陣中　二十六日遣伏兵將李

遙忠帥精兵出龍宮大將即軍尉金免金坪吳浬李

適掌書金堝等出于豊山節制伏兵　高提督来陣

講先天晶及字訣　二十七日軍威鄉兵奇大立姜

慶瑞等各射殺一賊奇大立斬馘求獻又獻所奪倭

物　二十九日大將西行至龍宮設伏慶候覘賊勢

秉夕兩歸人居燒盡白骨成灰將卒相顧揮洶

癸巳正月一日大將巡到設伏慶是日夜半伏兵將

8

飄忽往来無常間謀當審議問先實之辭不可不備

遂不役　二十四日留陣試射遣伏兵將金嗣權率

精兵赴咸昌設伏十一日三十日一簡二十八日至十二月編破落不可考

十二月十五日大將還陣二松三衛將各即其兵合

陣　十六日三將見監兵兩相～議舉事聞二王

子瑜嶺賊憤益深見府伯下帖郷校廣募精勇之士

盖晶出王子事也高提督應陟作憤詩以送詩見別錄

十七日聞賊五六百自忠州下来合陣于唐橋夜義

將金湧與金澈具成亂荢来議討賊事　十九日大

將見安集使因獻議于巡察使其條有四一曰立紀

據要害過絕爲南方堡障一日賊千餘猝犯縣境士

珎率精兵挺身突入先射錦衣銀書者斬首揭槊一

軍大亂啼哭適支乘勝追射斬殺以百數后數日賊

悉衆復来士珎力戰死之我軍所殺賊不無數賊不

退去　十三日兵馬使給箭竹三百遺砲手試放火

炮　十八日先是諸将敗績西賊蓋横処察使馳會

豊山陣兵馬使安集使不會別出軍馬陣于甘泉於

是大将靠兩邑軍興官軍相壁結陣以備緩急居數

日西賊稍緩當是時巴郷兵曽以粮餉爲難分爲三

番聞賊陣散去有姑退観變之議大将曰賊徒来去

遣忠助戰將朴好仁帥敢死士直進盤岩覘賊追射
奪二馬　十一月二日進軍盤岩于時賊渡江焚蕩
我軍無見粮而賊有衝突之勢以故仍留待夔　三
日軍威別將張士珎捷音至　右副將領軍向丹密
川猝遇賊鋒是日賊掃衆來冠我軍與官軍合陣交
鋒官軍先敗我軍亦退軍民死傷甚衆　四日令左
部將傳令聚軍　六日大將留陣巡察使都事來會
禮安軍夕至　七日大將駐兵北亭遣左部將監軍
于義城　九日出陣豊山　十二日軍威張士珎戰
敗死之士珎縣士也號健有膽畧賊之覘南邑者

前都事安　送米五斗前佐即李珙納戰馬一匹大
牛一隻軍粮二石　比安郷兵趙端等顧聽約束傳
令興之同盟　飛撥真寶以勸同盟　六日以金兌
為軍簿摠理　十月二十二日行軍駐豊山縣二十
三日以安東進士金兌思為中衛將使伏兵將李遜
忠助戰將朴好仁即號健軍尉八人精兵一百三十
人西行敧伏　合五衛為三衛　行軍駐醴泉郡陣
場二十五日移軍蘆浦遣軍尉李逸崔岸及右副
將巡審伏兵　二十六日賊先鋒挫八龍宮伏兵將
李遜忠躍馬逐之龍人免禍　二十七日伏兵將李

陣于一直縣也 二日合陣雲山驛行軍之時軍容
整肅無敢喧譁失伍者自本陣至石峴十餘里首尾
相接彥陽縣監金沃上城南門望見歎曰盛我軍容
道路觀者亦皆驚歎當干至雲山義城兵亦至榮
川朴滾顧以鄉兵同盟合勢 日暮因宿蔓草間夜
向深矢風露凄冷征衫盡濕陣中相謂曰風餐露宿
之苦有如是耶天明令鼓角以警軍中 四日以安
東生貢金允明禮安生貢琴應壎軍威李輔善山生
貢盧景似為謀士以禮安生貢金堈琴夢駒為掌書
五日前縣令權春蘭送米十斗牛一隻以助軍餉

3

将自一直運本陣令于整齊将曰團結之際查考校
籍擇壯健爲五除屢病者俾納米或代奴而納米夛
少則隨貧富定之校籍儒生百餘人有怏怏之意不
肯趍令大将遣軍尉捕來問之則曰額內額外爲儒
則等而勞佚不均此吾等之所慷然者也大将曰偸
安苟免儒者所耻別先臨敵策馬奔殿固今日同盟
之意而公等怨已之賢勞忌人之偃息是厭於討賊
而樂於偸生也烏在其忘身殉國之義于遂此不已
公等之首未免注樂扵是儒生等懷憤乃釋退従號
令九月一日備牛酒犒師翌日将與下道郷兵合

2

鄕兵日記署　　　　　　　　　　　　　　金垓著

萬曆壬辰五月倭陷東萊又陷尙州進陷京師龍馭

西狩　六月十一日禮安鄕人奮義相謂曰豈可竄

伏深山坐視　君父之急乎於是各出子弟義至三

百餘人習射肄戰以前翰林金垓爲將布告列郡

七月十七日安東進士裴龍吉召募子守以應禮安

八月十九日禮安義將會安東詩事　二十日禮

安之東軍威義城義興五郡義將會盟于一直縣以

禮安金垓爲大將安東裴龍吉李連栢爲裨將兵號

安東列邑鄕兵以安東爲本陣　　二十一日大

향병일기(鄕兵日記) 影印

이화여자대학교 도서관 소장 ≪을사전문록≫ 합철본

鄕兵日記

萬曆壬辰四月十四日癸卯倭陷東萊府使宋象賢

死兵使李珏逃○判官尹安性還自敗所欲聚軍

擧事鳴鍾三日而人無應者亦逃去禮安守申之悌

獨不去官吏不敢恣意為亂多惡之者○二十五日甲寅

倭陷尙州從事官朴箎尹暹戰死防禦使李鎰僅以

身免○二十八日丁巳倭陷忠州都元帥申砬從掌

官金汝岉敗死○三十日乙未 御駕西狩 宗社

臣民之痛至此無謂一時忠賢有志之士孰不悲泣

慷慨誓心討賊期後 君讐胥逃戎追者數矣而倡

—1—

起義誅者多有之○五月一日庚申

六月一日己丑安東進士裴龍吉尋金內翰涌于退

溪地謀聚義兵俄而安集使金玏奉 命來留其家

禮安俾申之悌徃勸之始來禮安縣招父老及士類

謀起軍時軍簿蕩然無從整排以章甫為里將各於

所居村縣起軍丁以防倭寇○十一日禮安鄉人會

義相謂曰 國事至此吾輩豈可寵伏窮山坐視

君父之急乎於是眾議推前翰林金垓為大將以生

員琴應壎為都摠使進士李奴㮍作文布告列邑各

出子弟公私賤三百餘人習射肄戰前郡守趙穆南縣

監琴應夾金富倫等背納米以助餉軍之需○前學
諭柳宗介生員任屹擊義於春陽縣○十五日癸卯
禮安縣監申之悌敗於龍宮安東士人裴寅吉戰死
○二十二日庚戌倭大安東 缺
七月一日戊午倭八禮安○九日丙寅禮安倭遂安
東○十七日甲戌裴龍吉永禮安帖出臨河縣北向
九俴村起軍各抄子第分定隊正二百餘人○十九
日丙子安東倭出陣豊山九潭村兵使朴晋入府裴 缺
起吉即付昕起軍二百人于兵使○ 缺 權應銖克復
永川軌倭三百餘級焚壓死者無數云

八月五日壬辰權永吉持招諭使金誠一招諭文來
示裴龍吉龍吉郎適之于安東一邑士類約會廬江
書院與金兄明金兄思兄第徃廬江惟柳復起鄭漢
赴約金涌金缺未至又出文約會于全法〇九日丙
申前縣監李㦉前縣令權春蘭前翰林金涌及金兄
明金兄思壽亨男會裴龍吉李應曇辛故立權益亨
琴夢駒權㦂兄權恭一權德成權重先會于臨河縣
東孝士里松亭相議舉兵以裴龍吉金涌為召募有
司〇十二日己亥前都事安霽朋會于臨河而是日
缺〇十三日庚子晴大會于臨河一鄉士友不期而

至者以百數萬生員金允明爲大將以進士裴龍吉

爲副金允思李亨男爲整容有司李應兎南祐樺恭

一金得礒爲掌書金得研柳復起爲餉軍都監欠自

府以東權訥主之以西權紀主之樺益亨掌北面金

淪掌南面欠會故翰林金涌進本府守城將欠○十

五日壬寅兩會于安奇鄙亭義城禹景忠義興朴淵

等自禮安歷訪相話欠之意曰隣近列邑同志之士

同盟合陣則兵勢不爲孤弱此意通諭于安東士林

云云○十六日癸卯晴○十七日甲辰晴會于鄕校

敗閒軍兵○十八日乙巳晴大將以下諸有司會鄕

校生員李庭栢自橫城至大將金允明致席辭曰余
智慮膚淺膂力衰鈍李庭栢況渙有定志願與遠代
以成事衆謌歸一遂拜為大將以鄉校為牌所糾兵
冶城〇時禮安金垓榮川朴瀗安東裴龍吉等並起
義兵而吉道人金沔郡再祐鄭仁弘等亦舉義兵嶺
南一道不屈膝於賊者義兵之力也〇十九日丙午
時禮安金垓琴應壎等來宿安東翌日將與列邑士
友同盟于一直縣〇二十日丁未晴安東禮安人與
義城義興軍威人會盟于一直以禮安乑文院正享
金垓為大將以安東生員李庭栢進士柳龍吉為左

右副將兵號安東列邑鄉兵號以義守慵故曰鄉兵於自以安東

爲本陣〇二十一日甲戌晴大將副將自一直還本

陣查考校籍擇除羸病者俾納米或代奴一從公論

定之〇額外儒安民缺等百餘人有快快之意不聽

撓令大將捕來問之曰額內額外爲儒則等而勞逸

不均此吾等之慽然者也大將曰公等誠碌碌也缺

儒者羞恥夫身先臨敵策馬奔戰固今日同盟之意

而公等怨已之賢勞忘人之憪息是厭於討賊而樂

偷生也烏在其忠身殉 國之義乎況整齊之際

豈有容私遺漏之理武公等以生少之憤遽背約束

致軍中故不足逐此不已十步之内公等之首未兑

注賴於是安民故等懷憤乃釋退挻號令故

九月一日甲申晴禮安東合陣昰日將與下道鄉

兵合陣于一直備牛酒犒軍○二日乙酉晴合陣雲

山驛○行軍之時軍容整肅無敢諠譁失伍者自本

府至石峴十餘里首尾相接彦陽縣監金沇上府城

南門望見曰盛哉軍容大將儒者真文武兼才也道

路觀者亦齊驚歎胸千至雲山峨峨義城兵亦至○

榮川朴瀧碩以本郡鄉兵■■○一軍人刈未秣馬

乃杖之○右衛■洪海押後將孫興智■■坐庫即今

捽致責之以卒犯將罪當死遂減死杖之又捽捍後

將軍官杖責曰結陣之後無傳令出入者一切禁防

可謂堅壁而他陣軍人突入陣中莫之能禁至於披

犯坐席脫有賊入陣中鈌如何後若有此罪將不保

首領矣軍官叩頭而退○日暮仍宿蔓草間風露婁

冷征衫盡濕陣中相謂曰風餐露宿之苦乃如此耶

然而此是男子事耳遲明令鼓角警軍中○三日丙

戌晴軍中契飯訖大將臨陣整部伍明約束以金允

思柳復起金淪為本陣整齊將朴好仁為助戰將權

克仁為斥候將李選忠金嗣權趙誠中為伏兵將金

翌為左衛將李詠道為軍粮都摠金澤龍為檀安整
齊將沈智為領兵將金士元申弘道為義城整齊將
中仙為右衛將李榮男為軍威整齊將張士珎為別
將洪璋權行可為典餉有司康忠立朴文潤李好仁
洪慶承為義興整齊將○四日丁亥晴以安束生員
金允明禮安生員琴應壎軍威參奉李輔吾山生員
盧景似為諫議士○五日戊子晴以生員金堈生員
琴夢鼎金允安琴憬權杠鄭澡辛敬立權得可為掌
書金坪李適等鉄官金允為兵色軍官摠理軍簿南
廷筍為奈城領兵將○此安鄉兵趙端等願聽約束

傳檄與之同盟以趙端為此安整齊將○飛檄真寶

鄉中以勸其起兵○前縣令權春蘭送米十斗牛一

隻以助餉軍前都事安霽送米五斗前佐郎李瑛納

戰馬一疋大牛一隻軍粮二石○六日己丑晴掌書

權杠納米而退以典餉有司權行可為掌書典餉所

有司論報曰此人勤幹轉餉之事請改差掌書大將

更以進士裴得仁為掌書 缺

十月二十日丙午晴令舍陣禮安領兵將沈智期不至

○上書巡邊使金晬伏以兵家勝敗決於志之勇恸

係於兵之精雜窃見令之兵不為不多而一 缺 動輒

奔潰者惟務其多而不務其精雖知務精而不得其
要使行伍之中勇怯相雜一人背立則大軍波奔其
中雖有敢進之士形勢孤弱不能獨立是知一人之
怯足敗千萬人之勇也適計以為必精加選擇然後
可以濟事兩選擇之事委諸守宰則守宰雖欲盡心
而不能周知鄉曲人物旋別似未精當如欲精擇則
列邑官軍中抜出忼慨有志身先倡率者使掌掄選
之事又慮其或有所牽制而不能斷從公道則以儒
士之有謀畫者參之先軍之邑宰次詢諸鄉論使之
詳加採擇志慮勇敢者為上技藝精強者次之不限

多火兩惟務精選若成一軍倍加調養使揀擇者自
領之與之同甘苦一心力結為死黨常時則分遣要
害或夜聲或突聲大舉則各奮所部缺前鋒兩大軍
在後助揚聲勢則勇氣自倍所向無前矣玆將所屬
列邑士友間公論援舉數人別錄一紙末知此等人
果能不負人望與否幸試用兩進退之如或以鄙策
為缺則他餘列邑中亦復訪問施行不亶不得其人
笑至於昵侍　惟輕者必得志慮敏正者與之同事
然後謀猷之間有所裨益而亦足以鎮服衆心其所
關其不輕矣云云　缺〇二十一日丁未陰朝禮安軍

至○二十二日戊申夜雨晚晴平明行軍駐豊山縣
○二十三日己酉晴遷安東整齊將金允思爲中衛
將使伏兵將李選忠助戰將朴好仁率驍健軍官八
人精兵一百三十八人西行○合五衛爲三衛○行軍
駐醴泉郡陣場○二十四日庚戌兩掌責金坰至○
郡吏金景安自郡府李彦誠陣所來傳言本郡鄉兵
大將李禮茂領兵駐花藏都指揮大將李遂一駐長
峯松陵賊列陣尚州盤巖咸昌唐橋上日焚蕩龍宮
沙丐里縣吏中鐵九童傷云○二十五日辛亥晴移
陣蘆浦朝發遣軍官李通崔岾及右副將李庭栢探

雷伏兵會都指揮大將識史約束掌書辛敬立從夕
到龍宮縣北山伏兵陣仍宿縣東里石峴○二十六
日士子晴留陣蘆浦右副將早會龍宮縣監仍向都
指揮大將陣所路聞倭寇突入八縣西直還本陣倭寇
洗鋒已八校洞伏兵將李選忠躍馬進之龍宮人得
免禍畧繼援將禹善慶津精兵五十八恥赴石陣○
二十七日癸丑晴留陣蘆浦○伏兵將李選忠助戰
將朴好仁率敢死士直進盤嚴候戰雄採倭来水邊
壯士金謹京等追射斃二馬○二十八日甲寅晴大
將左右副將各率軍官及斥侯將權充仁抵伏兵陣

更抄精兵分遣左副將率堂書金允安還本陣抄軍

右副將率堂書翠夢朔馳至機撓陣抄揀精兵大將

率堂書辛敬立會都楷揮大將所議兵〇二十九日

乙卯晴大將還自龍宮〇三十日丙辰晴右副將領

軍向丹密川留宿是時倭賊來夜犯境民不安息

十一月一日丁巳小雲左副將留本陣堂書辛敬立

傳大將令右副將領軍進揀歲暮連〇二日戊午晴

大風右副將領軍進盤巖倭冠渡江焚蕩有衝突之

勢故留陣待變〇三日己未晴左副將留陣〇軍威

別將張士珠捷音至報巡管使別繳文見〇右副將領

軍向丹密川梓遇賊鋒是日賊掃蕩來冠我軍與官
軍布陣相對官軍先敗我軍亦退○四日庚申晴左
副將留陣傳令聚軍右副將自龍宮至金謀議來會
大將單騎馳到會巡察使○府使自龍宮還○五日
辛酉晴大將率軍粮都抱李詠道中衛將金允思掌
書辛故立會議巡察使○以金允思柳復起為道軍
官島仁慶櫂復元為棟兵將揀擇精兵○六日壬戌
晴大將左副將留陣會巡察使都事○禮安軍夕至
○十日癸亥晴大將左副將留陣○巡察使發向禮
安○夕大將臨陣明日左副將監軍于義城躬率軍

官掌書受約束庭辨○大將駐兵北亭○八日甲子
兩大將駐兵北亭○府使領兵出陣豐山○九日乙
丑晴大將出陣豐山○十日丙寅晴府使歷會大將
○巡察使以安東府使為都大將○十一日丁卯晴
留陣府使歷會大將○兵馬使出向醴泉駐陣豐山○
左副將選自義城○十二日戊辰小雪留陣大將以
單騎向禮安以掌書辛敬立軍官金兄驍軍○兵馬
使自醴泉還○軍威別將張士珍戰死士珍縣士也
驍健有膽略倭寇覬覦南邑者據要害善過絶缺南
方僅障一日倭寇千餘猝犯縣境士珍率精兵數十

挺身突入先射錦衣銀冑者斬首楬帜一軍大亂啼

哭迯走秉勝追射斬殺以百數後十餘日賊掃衆復

來士琢力戰死之賊亦退去論報巡察使○十三日

已巳晴留陣分三備爲三番休苦也○兵馬使給箭

竹三百○十四日庚午晴大將還陣兵馬使遣炮手

試放火炮○十五日辛未晴留陣兵馬使入府巡察

使自榮川還○十六日壬申晴留陣○十七日癸酉

晴留陣左副將八本陣○右衛將領軍夕至右副將

不及期○十八日甲戌晴大將還本陣右副將左副

將與金謀議欲罷兵大將以爲不可乃止先是諸將

敗績西賊益橫巡察使令諸將仍留醴泉馬以豐基
榮川禮安奉化精兵來會安東軍馬出陣豐山兵馬
使馳會安集使別出軍馬陣于甘泉榮川鄉兵亦隨
於是大將埠各邑軍人與安東官軍相堅結陣以備
殘悲居數日西賊精銳安集使退邊兵馬使八府鄉
兵曾以粮餉爲難分爲三番至是聞賊陣散去老師
費食爲不可有凱罷議大將謂賊徒來颷忽出沒
無常聞牒當審　缺　先實之聲不可不備遂不從○十
九日乙亥晴○二十日丙子晴○二十一日丁丑晴
○二十二日戊寅陰左副將出豐山○二十三日己

卯晴左衛將八陣左副將率掌書權得可金兄安會

府使○二十四日庚辰陰左副將留陣軍人試射伏

兵將金嗣權率精兵赴咸昌○二十五日辛巳晴左

副將留陣○二十六日壬午晴缺

十二月十四日庚子晴右副將還陣久八見巡察使

及兵使○十五日辛丑晴大將及左副將還陣二松

院金謀議亦來三衛將各率其卒合陣○十六日壬

寅朝雪脫晴三將八見監兵兩相相議舉事事聞

二王子踰嶺駭憒益深見府伯下鄕校帖以廣募精

勇之士圖出 王子事也○高提督應陟高沖霄云

義興整齊將康忠立軍官鄭恕李迪來守陣中大將與
提督共作遣懷詩 詩見別錄 〇十七日癸卯風高沖
雲康忠立等辭歸大將及右副將與金謀議射帿〇
見府使所諭自忠州下來之賊五六百同到唐橋合
陳云夜義將金涌率金澈具成胤等来議討賊事〇
十八日甲辰晴高提督采訪軍官金坪具淰等辭啟
掌書琴夢騸来見聞掌書辛敬立遭外艱〇答醴泉
鄉兵書曰儒兵孤弱必須官軍果如所教第未知將
相之謀何時可定〇此鄙意則兵難遽慮列邑諸陳雖
會於二十日而相議謀定之際且經數三日抄選諸

陣伏兵精銳者若得五六百則可與官軍合勢以當
一面若或賊勢鴟張官軍雖未舉事而五六百精銳
之軍會于一處則分番發遣可以追逐斬獲夜可
以研營焚蕩賁陣之軍必待官軍而後動則恐或橫
不可及而事未得成也云〇十九日乙巳酉大將朝
見安集使因獻議四條于巡察使一曰立紀律二曰
嚴勵陟三曰明好惡四曰謹延攬別議〇聞唐將沈
相二人率兵四萬來到順安李成樑子兵部侍即某
率精兵七萬渡江云云〇左副將來到陣中〇二十
日丙午晴大將及琴謀議左副將致〇二十一日丁

未晴兵馬使發向義城虞侯行醴泉○二十二日戊

申晴真寶傳通去平義留已死○大將及右副將金

謀議來陣掌書權得可繼至●二十三日已酉晴午

前合陣○大將權應鍊馳報云唐橋之賊大八龍官

結陣于縣後山官客舍及元堂神堂古月谷紙洞院

洞石峴武夷谷等里云○反暮捲兵還唐橋○謀議

盧熹似及善山鄉兵懲齊將吉云得來陣○堂書金

尤安來陣○二十四日庚戌晴金謀議及吉云得歸

○軍粮都揔李詠道來陣○大將率堂書軍官試射

于尉壇○軍官金光道來陣○二十五日辛亥晴巡

察使出義城○大將副將試射○高提督畵先天圖
送陣○二十六日壬子晴遣伏兵將李遜忠率精兵
三十名出龍宮大將率掌書金堈軍官金兌金坪吳
渥李適出于豊山以節制伏兵也○高提督來陣講
論先天圖及字說○李詠道歸○善山朴遜一來陣
○金兌來傳洪宗祿夢有白頭翁作詩贈之曰兩瀼
西邊柳色青東風吹送馬蹄輕滿朝名宦還都日卷
凱懽聲已遍廷恢復之兆已見於此云○二十七日
癸丑風大將行到豊山取震天雷去大將以揀伏事發向龍宮時也
○營吏傳通大槩今月二十三日虞候權應銖率精

兵四十人自此安徙仁同覘賊射殺僧俗交賊者八
人檎男三口女一口卽斬之以地勢不利不骸大擧
云〇突擊將馳報內大繫今月二十日大邱賊五百
餘名到仁同二十一日千餘名又自大邱向仁同仍
留屯云〇軍威鄕兵校生奇大立姜慶瑞等埋伏仁
同各射殺賊徒奇大立斬馘來獻卽報巡察使〇二
十八日甲寅晴義城整齊將秘牒來到封不開卽送
大將行住處〇大將西行日記附是日風曉送人戒
伏兵將李遴忠愼有夜擊事不遇而還大將出仙夢
臺禱望賊陣自歎兵孤卒弱未骸進討當夕而還〇

全繼安福老安敬孫等來見○西行日記附伏兵將
李選忠處親聞賊奇大將趁曉發行路次見右副將
馳報軍威奇大立等斬倭頭奪倭物上送云歷龍宮
登王爺洞西山候覘賊勢秉夕兩歸人居燒盡白骨
成灰將卒相顧不覺揮涕懷憤作夕詩集中還宿
于松卯
癸巳正月一日丙辰晴大將〔鈇行散伏處 時大將在〕○奇大
立勳券自巡察使所來○西行日記附是日雲夜半
令伏兵將李選忠等率精兵突入賊陣射殺無數
倭槍釰連放震天雷一陣驚動死者甚衆喋報巡察

便〇二日丁巳終風大将自設伏處更遣李邊忠等

率精兵斫唐橋賊栩射殺十五餘人奪取長槍又孜

震天雷夜黑不知其妃傷多小惟聞賊群中發賊驚

糜爛之聲又報巡察使及兵馬使因請震天雷〇都

事自青松入府〇大将還陣與監兵兩相及亞使議

以今月六日分三路討賊〔三路仁同大丘唐橋〕〇三日戊午晴

朝左副将入府見都事朝後都事發向醴泉〇大将

行次到陣〇四日己未晴見府使陪吏告目唐橋之

賊焚蕩于醴泉郡書堂洞里云〇判官發向醴泉〇

大将率掌書金允安軍官鄭恕金允金坪吳淦李通

李景吾等發向軍威點檢義城以下四邑之軍將討
仁同之賊左右副將領本陣及禮安精兵以樂虞橋
之賊○又大將止宿于龜尾村○左副將出陣豐山
○五日庚申晴大將曉發龜尾午前到義城鄉校整
齊將金士元申孚道右衛將申仳來謁○都事府使
逐豐山○求時右副將領軍來陣○答山陽義將書
合勢討賊兵家勝策備有以之者孰不欲先登竊念
鄉兵將非人卒不精路斷猷獻顧名慚怍轅門之牛
馬走必耻之為列跳聞牙史戢居要衝屢獻首切笠
襄以東賴以得全黎白攬手莫不向西今奉書狀果

-29-

是先覆劾欲前驅弟以巡察有意於違王兩城大將
以所爲列邑鄉兵節制事向軍威不敢輕許兩副將
等又將本陣兵方與官軍大將同議此政台勢擧重
之秋期何必初九會何必甘泉云云〇六日辛酉晴
大將在義城朝會軍餉之軍糧有司禹景忠進酒飯
後孼鄉校到呂文丁大男家以義興整齊將朴文潤
李仁好軍威整齊將李榮男等結陣以待大將八陣
中諸將禮見俄而此安整齊將趙端率軍二十名來
會謀議李輔軍威典餉有司珙瑋亦至將以九日退
攻仁同之戍安東禮安鄉兵已赴唐橋義城以下四

邑軍凍餒零散不滿數百故卽送傳令于唐橋使副

將率精兵來會精兵寺夜擊唐橋之賊兩還○西行

日記附在右副將在醴泉早朝抄精兵令伏兵將金

嗣榲趙誠中領率先去俄而兩副將亦往行到龍宮

石峴官軍大將陣所見安東判官醴泉龍宮假守西

平權管面議約束○醴泉牙兵李信斬倭頭來獻○

官軍大將定將龍宮假守西平權管準軍九十餘名

亦爲總援○夜伏兵將士與官軍突入賊陣射殺賊

徒而歸枚舉夜學節次馳報大將所○七日壬戌晴

寒大將在義城朝軍糧都摠率翠惲馳到義興整齊

将康忠立率軍来會論議舉事○八日癸亥晴大将

在義城遣康忠立見助防将商議舉事○椎牛餉軍

試射諸軍中者給矢以奬○兵馬使即送文曰林士

傑等處 聞計料震天雷時在他虛藏藥輸送云云

○九日甲子晴大将在義城聞巡察使到義興率都

揔堂畫軍官徃見議事仁同以地勢不利不得大舉

與楣鷹鈽率精兵數十徃覘形便欲突擊之大将

義城傳令申佖諫擕兵以進賊先出伏兵邀之諸軍

濱還申佖未及而退○附本陣日記左副将領軍

夜馳到雲山歸聖日将向軍威○十日乙丑晴大将

率掌書金兄安軍官金兄李通覲親于安德○都摠

専諌道軍官具渶具淦李景善鄭恕都摠掌書琴憬

自義城還以仁同不得大繁故也午後大將到安德

巡察使亦自義興還安德夕大將見巡察使○附本

陣日記丑時大將傳令自軍威來到仁同討賊事以

地勢不利傳止安東檀安鄉兵勿爲領來云○右副

將自龜尾馳來雲山與左副將同還本陣○十一日.

丙寅晴大將留安德率掌書軍官鍊射○夕大將見

巡察使因勒各邑山城修繕使避亂人民臣守無爲

賊徒巢窟○具忠溢持酒來訪○附本陣日記軍粮

都摠李詠道自大將行駐處來陣以大將意傳報曰
近日軍卒奔遑疲羸尤甚今十三日合陣事姑傳云
○十二日丁卯雲大將留安德權緯昌閔杞孝申廢
男高鴨雲來謁○十三日戊辰朝雲午晴大將留安
德具忠湔邀大將張帳○十四日己巳晴大將率金
尤安金兒李通殘安德夕宿巨勿驛○十五日庚午
晴午後大將到安東陣所○十六日辛未晴朝府人
鄭沃來自　行在所言唐兵大至親見軍容之盛云
○乞震天雷於巡察使在安東聞送云震天雷有效
賊已破臁栖爲可書促營上三簡而火藥鴻乏不得

輸送云○軍官金兄入見巡察便持来政事草朝後
大將及左副將八府見巡察使都事府事巡察使示
唐將約束四章別辭觀○十七日壬申晴官軍大將馳
報内云十五日倭賊先運連紅白旗七竹後運連紅
旗五竹自尚州八屯唐橋此是唐橋之賊變敗於
天兵掃衆踰嶺急領兵来會○柒原傳通内倭舡二
隻自本馺求泊釜山云○十八日癸酉晴午後左副
將還家○十九日甲戌晴左副將選陣唐將約束来
劉○二十日乙亥晴大將在禮安傳令来陣盖取軍也
李謀謀私通四邑整齊將處驟軍急抄精兵○醴泉

馳報內唐橋賊無數焚蕩葛坪云〇二十一日丙子

晴大將傳令來陣〇二十二日丁丑晴金謀議先到

大將與琴謀議來陣午後右副將來會夕巡察使到

京之賊已到鳳山云〇朝前金謀議八見巡察使都

事八府〇二十三日戊寅晴間　天兵大至盡職西

事朝後三將合坐陣所點考軍卒擇精兵加送于伏

兵所〇夕榮川傳通來到盡藏西京黃海之賊迫屠

松京之賊云〇巡察使回報云射中射殺人更爲數

實則前後無加減故通計後錄云（過巡察使以書錄加冣寶）

諭〇二十四日己卯晴都事金昌遠來陣〇金謀議

歸掌書琴夢馹裵得仁等遣歸○大將招掌書辛敬

立別將金嗣權等議定右道行○二十五日庚辰雨

琴謀議還右副將歸大將出宿安奇因向伏兵所軍

官金坪吳淦等陪行○二十六日辛巳晴兵使軍官

自　行在所采言親見　天兵勦滅平壤等賊奇聲

壯談聞者不覺手舞足蹈也○備邊司關據巡察使

榜文采到〔別文見錄〕○二十七日壬午晴所屬列邑諸有

司姓名及軍人軍粮軍器數爻開錄成冊掌書辛敬

立別將金嗣權准報右道義兵都大將〔大將知事命金 污也永〕

為閫道〔義大將統列邑義〕關果到故如是牧報是日發程○高提督采話

諜行關果到故如是牧報

○二十八日晴○二十九日甲申曉雪晚晴軍粮有
司金伯元來陣聽令○三十日乙酉晴左副將軍
官等射帳謀議金允明中衛將金允思掌書金允安
來陣
二月一日丙戌雨大將在伏兵所令伏兵將抄精兵
突入賊陣中林士傑射殺二賊斬首一級亂文射斬
一級奪其長釖賊圍之急士傑亂文棄其所斬頭及
長釖僅以身出衝突之際賊血淋滴於衣袖他精兵
在賊圍外大釼亂射誤中亂文右臂然賊驚潰諸軍
得金而歸○伏兵將馳報正月二十八日夜半下來

之賊放炮到唐橋黎明下向尚州二十九日賊擧
火下去三十日賊無數到唐橋結陣木栅外云云○二
日丁亥陰左副將來陣軍官崔屾出龍宮別監安夢
說來謁○義興整齊將康忠立獻夢賚所斬倭頭
一級即送于大將所○大將令精兵士龍閑金等設
伏尚州路谷斬二級來獻○左副將軍官南祐右副
將軍官禹善慶來陣○三日戊子晴整齊將金淪至
陣○四日己丑陰中衛將金允思至陣○五日庚寅
朝雨午晴夕大將傳令到陣咨巡察使入府○六日
辛卯晴金謀議到陣大將自豊山還陣夕往見禮安

倅即還言 天兵平壤接戰節次別誹見錄使人持来見
之○巡察使封送有 旨二張一則功勳事一則
天兵支待事也別誹見○唐橋夜擊時射殺甚多及咸
昌設伏所斬馘報巡察使即日在安東間送日大將
隨機應會之力賞格公文成○義興校生洪
蔘養所斬倭頭報巡察使即日同送日賞格公文成
送云云○忠州陣將馳報内 天兵正月二十八日
劉圍京城一日戰勝二日退陣沙平院休軍云○七
日壬辰晴○八日癸巳晴右副將軍粮都摠来陣○
巡察使 向榮川○九日甲午兩號名使報書曰 天

兵先鋒三萬繼援十萬結陣坡州以待平壤守城之
兵故時末八都兩　天兵交戰器械則先鋒三萬各
持火車大碗口三簡載車以火車成陣賊不下手望
風靡潰討賊之策莫過震天雷曾聞義陣擾要害屢
斬首切而凶器粹鑄得請于監兵使及諸鎮官廉
滅諭嶺賊以樹大功云云〇樓安李逸道牽奴斬賊
一級來獻報巡察使〇十日乙未晴大卯府使馳報
內正月二十二日　天兵先鋒到坡州都檢察使崔
貳相㪦粮都體察使柳政丞樓待官判書韓應寅判
尹李德馨〇十一日丙申晴列邑鄉兵數改成丹因

本府使報巡案使同日在安東回啓曰 天兵一下官

軍義兵 鉄爲今日計樫取精兵使之赴賊云云 ●

十二日丁酉暗巡案使戮了有 旨宣傳官齎來其

略曰 天兵乘勝長驅我軍縮首傍觀樫爲痛憤卿

其曉諭諸陣將士合勢勤滅使復騎不返◎天將咨

文略曰・天子照得甫國世篤忠貞恪守臣節 命

將救援今天時可乘人事有順 國王年姿俊偉便

匡乞兵懇側君臣如此必致中興宜乘時料衆共立

大功豈不暢哉 別見錄○傳示 天將咨文 敎書略

曰 天將親承大命奉行 天討轉咨本國撤發勤

-42-

264 향병일기

勸凡有人心就不感動其甫各道大小官及草野忠
義之士其各奮忠効力【別見】○宣傳官來言下來時
見 大駕移駐定州有内【批錄】禪之虜玉堂兩司及大
臣以下百官論 啓云云○大將令曰 天將之咨
勸勵激切 聖主之教曉諭丁寧爲將兩安坐本陣
於心珠省不安速向義城等地搜伏督戰爲計掌書
金九安整齊將全淪等曰下道設伏事豈別將已軓
可當大將在本陣節制亦非失計何必親到行間然
後爲快且近日大將巡動頻頻徃還之間妠袍銷粮秖
今一遭停止何如大將曰然則唐橋設伏事右副將

已主之下道設伏事左副將巡檢可也○十三日戊

戌大雨掌書辛敬立別將金嗣權等自石道還義兵

都大將在居昌同送日大將奮忠舉義隣近士頹塞

合饗應鑄兵聚粮盡心討賊求諸古人未易多得檀

爲可佳成丹付各項諸有司所聚軍人兵粮成數具

錄啓　聞以賞功勞計料益勵敵愾之志終始奮義

盡心措捕以樹大功云云　前日特鄕兵擧家以�依推非鄭大將金乃慶

○辛敬立金嗣權等曰見義兵大將於居昌大將勞

慰遠来之意又聞鄕兵以儒士編伍乃曰凡真義兵

迎不勝嘉歎云○聞　天兵到松京以今十五日進

－44－

262　향병일기

署漢城屯賊云○十四日己亥晴○十五日庚子陰
巡察使離本府向義城○十六日辛丑朝陰而暫風
朴守護歷八○十七日壬寅陰食後微雨○十八日
癸卯晴伏兵精軍權太丁權山等挺身突入賊陣各
斬一級而為群賊所圍太丁僅持斷頸短劍山出權
山棄其所斬頭但曳賊衣僅以身免終突陣斬賊又
射殺追倭者其功不下於太丁矣○石副將發行宿
豊山黔軍分粮○十九日甲辰晴附西行日記副將
寧伏兵將李選忠等宿龍宮石硯○二十日乙巳陰
而風運精兵韓金等設伏于道潭道軍官文天佑崔

獻等往覘賊勢遣信仙等設伏于盤巖連李連忠蓋
設伏于德通驛北山餘軍伏于江邊松林中以為斜
撥○夕伏兵將李連忠來巖頭設伏入韓金等與刈
草倭接戰倭將自陣中來自為寧精兵不知
其數繼撥網雀倭五十餘名各持鐵九曾佃於遙潭
前兵者四兵圍之精兵等踴躍進退抖擻精神感散
其川草或追其走倭幾為所陷僅以身免倭入追至
道潭而退精兵韓金等憤其未斬各頤設伏於西山
賊陣近庵因慰諭兩道之〇二十二日戊申晴兩風
連信仙笠潭等設伏於倭洞過會稽賊突入邀擊中

路賊陣奮漬斬五賊奪二釰來報巡察使〇二十四
日巳酉晴而風食後副將與伏兵將等登石峴習射
倭賊越江焚蕩自辰至巳放炮不已炮聲或大或微
盖泄昨日接戰之憤也，將遺李選忠設伏於盤巖
軍官朴好禮盡天禍崔屮及軍人金伊智僧軍笠潭
義後信仙寺以待之賊同軍之際蒽出兵聲之先放
震天雷賊迷亂自相踐蹂追斬一賊酋殺掠無數所
斬馘及賊博錦衫并獻于巡察使報兵馬使〇二十
五日庚辰陰兩副將食後移寓仙夢臺〇二十六日
辛巳朝陰夕雨副將與琴夢馹習射〇伏兵權乙生

金漢景等與別牌軍十餘名合力與賊戰於盤嚴斬
一賊來獻言為他倭所救僅免全沒兩別牌軍一名
為賊所殺○二十七日壬子晴兩風遣柳興橫等設
伏于西山○大将曰唐橋之賊焚蕩之禍不甚於昨
戰必是精兵採峽京城以禦　天兵故也及此機會
勦滅留屯之賊防禦来往之路則嶺西之賊不遺一
騎而盡殲諸将曰諾遂移書助防将權應銖結陣相
逕以為合勢討賊計○權應銖答大将書曰倭自東
笑慶州上接於安東禮安榮川醴泉等邑以為往来
之路左道人不得頁居自鄉兵倡義後嶺下十餘邑

之賊首尾斷絶無所着脚處此尊君舉義之力也雖
是唐橋尚州善山大邱仁同留倭上接聞慶下屬廬
州長驅豕突兩方伯徒擁巡察之號連帥曾無進戰
之計坐挫軍威可勝歎哉大隑兵俠屯于賊陣稍近
處合勢抵隙　敏云云○見探候唐兵營吏告目 別見詳錄
天兵大將還陣義州開月來擊京城之賊云云此 賊安豐基
乃虛傳不足信也○二十八日癸丑晴見禮安豐基
等處傳通天兵留陣開城云則前說果爲虛傳也○
二十九日甲寅陰雪○三十日乙卯兩伏兵崔守榮
恠生等處所斬倭頭一級來獻報巡察使○

—49—

[영인] 鄕兵日記　257

三月一日丙辰朝雨午晴○二日丁巳陰風○三日

戊午卞雨旅寨○四日巳未晴此安整齊將牒呈來

到○五日庚申晴體察使知音內賊倭奉運　王子

君之商及兵使答狀來到○六日辛酉晴府使以

天兵支待聽令事向義城巡察使在麼○金謀議到

陣終日射帳○七日壬戌晴金謀議率掌書軍官等

射帳○夕大將臨陣○新兵使權應銖八陣謀議唐

橋賊愆討事○醴泉傳通內初六日唐橋之賊犯圍

龍邑焚蕩殺害人物云○八日癸亥晴兵使發向醴

泉○咸昌洪德禧八陣府使迻官○夜半大雨○九

日甲子陰終日大霧都事自榮川八府〇整齊將金

滄持來右道李魯書狀曰魯行到葛院適逢體察副

將回自坡州備問京城凡奇答曰湖南使十七日夜

半移軍向臨津湖西使領軍下兇城高陽陽川之境

無舟楫可渡決不可輕進且　天將李提督月初六

馳向關西接伴使李德馨韓應寅顛倒進歸餘軍駐

松京先鋒屯坡原都察元帥地坌草莽搔首罔措云

云非惟此也吳惟自稷山屬主倅書簡云李提督還

向之言果不虛也以此人情疑怯可悶可悶副使軍

官朴廷俊寄語於魯曰　天將之回軍或去　天兵

於箕城之戰死傷既多沙峴之交遇害亦衆而冷雨
連淫茲粮時遣唐馬斃者殆至二千餘匹爲是欲面
議　國王既整戰馬而來也或云本國使臣則自奉
頗豐而唐將支供則草海以是爲愠欲訴　國王而
去也或云初聞賊勢衰歇意謂如摧枯拉朽而及至
京城潛遣唐人探尋則賊徒彌滿於竹山龍仁廣州
之間且多結陣於弘濟沙平之界不無疑良之念欲
與宋侍卽相議去留而歸也厥言雖不可信其測其
意也曾聞大將料率數十餘邑氣軍擄要害屢敗者
功而今日唐將之奇如此　國家興復之日無期矣

益勵憤欲指揮列邑所屬義陣㨨不與賊俱生云云
○乞震天雷事牒呈于兵使〔前日唐橋夜擊時缺〕○十日乙丑
晴九日設伏唐橋事以陰雨姑停退于十九日馳報
列邑○大將八府見府使都事○十一日丙寅晴見
都體察使啓草略曰　天兵自碧蹄退軍後久不前
進倭賊更為出沒二月十二日夜犯全羅巡察使權
慄陣慄力戰賊大敗○唐兵見權慄戰場賊屍如山
不勝嘉歎云○十二日丁卯晴軍官蔡術自松贗來
陣精兵士龍等來見○伏兵將金嗣權來陣○十三日
戊辰雷雨大行○左副將還陣○聞高彥伯斬賊萬

餘級獻于天將天將嘉歎曰朝鮮亦有丈夫矣因與
合勢云○兵馬使報書本府人自 行在所還言
大駕 春宮同佳未來 天兵先運則討箕城後運
平壤開城等府今月五日欲討京城之賊天兩未果
退卜鉄十七日而北道之賊十三陣開 天兵諭雪
其國第二運則復松京後亦還第三運則分駐義州
寒嶺驅八京城上道賊勢則京城五州外他無鉄戦
云兩本道之賊尚未襲歇且京城之賊見敗於 天兵
遵逃踰嶺與本道賊合勢必矣指揮列邑鄉兵武設
伏或結陣糧備賊路云云 觀○尚州收使金澥寬

寫化寧山中賊兵夜襲父子俱斃云○下道列邑馳
報大聚賊徒彌滿道路向釜山浦冒夜開洋歸其巢
穴云○十四日己巳晴雨風義城鄭汝愚書綴檄來
話云○十五日庚午晴兵馬使回報文曰屢使斬將缺
前兵使餘存軍器留置于慈仁縣震天雷一塊藏粟
輸送云○十六日辛未朝雨午晴傳聞唐橋之賊焚
蕩醴泉地柳川○十七日壬申晴虜判馳報內今月
初十日上來之賊二千餘騎追逐巴本峴斬馘二十
餘級射殺無數卜物二十餘駄奪取云○右副將來
陣○十八日癸酉晴大將往謁都事于李適家○十

九日甲戌兩終日余城義兵將通文来到○二十日
乙亥晴軍官金兌以伏兵黙送事出豊山○二十一
日丙子晴大將以設伏唐橋事出宿安奇郡舍○兵
使答大將簡曰京城之賊無應雄攄　天兵恐被其
害設伏稍殘然後擧事而闕廢剿賊之事果以何日
退定鄉兵每緣官軍退縮未得大擧設伏陰屯伏
京城賊缺云○二十二日丁丑晴大將西行日記
附大將出豊山縣秒安東禮安精兵分為二運一向
鳥嶺一向尚州松院○二十三日戊寅晴整齊將柳
復起来○附西行日記大將仍留豊山縣考軍人及

督納軍粮未收典餉有日權行可亦採襄陽金胤安

歷見〇二十四日己卯陰兩大風金謀議八未留宿

〇附西行日記大將率權行可往見李佐卽卽還于

伏兵將金嗣權家〇大將射帳數巡而止〇二十五

日庚辰晴府人申表石以　天兵探候事往　行在

所回還言　璧興在永桑唐將李提督宋侍卽今月

十五日到開城二十五日收復京城云而今日晴明

討賊便當　天必助順人民欣舞苦待妤音〇附西

行日記大將發向松丘五卦前路中邀見方人朱渾

午後到松卽〇二十六日辛巳晴伏兵軍士龍權山

—57—

等斬賊二級獻大將大將送于陣所即報巡察使〇

附西行日記松院設伏軍金漢原等九名各射中倭

徒士龍樟山各斬倭頭壯戡快戡午後大將還豐山

〇二十七日壬午晴西行日記附大將住棄陽郡以

其見元帥議兵事故也兵使以遞截山陽焚蕩倭事

棄夕還大將問初三黎事答云令駃列邑之軍本不

欲大擧而兩山山谷谷隱兵戲百欲掩截焚蕩之賊云

云大將曰兵不可無信且猖獗之賊將何時討平子

歟論諭時乘夜還宿橲川〇二十八日癸未雨傳賊

首詣巡察使〇大將到豐山縣傳令以四月一日鈇

—58—

248 향병일기

簡閱進助兵使捧擊挑蕩之賊○二十九日甲申大

兩江水暴溢

四月一日乙酉晴軍人以水漲不得渡太半未至○

二日丙戌○三日丁亥○四日戊子晴大將還陣抄

精兵士龍等向山陽與兵馬使合勢○巡察使在永

川同送日松丘之捷極爲可嘉軍功賞格公文輸送

云云(前日士龍等轉報回送也)○五日己丑晴左副將來陣

高揭督來話○夕大將見府伯與兵使談論兵務夜

深還陣○六日庚寅晴兵馬使答大將牒日淅江備

倭摠兵官王道領沙兵三萬及戰船萬餘隻并載軍

粮器械往對馬島斬倭一萬餘級今將渡海泊釜山

浦直向　王京與唐兵合擊倭賊故先送王愍兵家

丁王忠秉小舡直渡大海黃海道黃州沿海等地方

到泊東快馬急報經略衙門呢是將士乘勝討賊之

秋說諭列邑義陣追之遂北激勵敵愾則　宋社可

復大功可樹云云○七日辛卯晴兵使還向醴泉陣

○八日壬辰晴○九日癸巳晴巡察使營吏都體察

使體探言內　天兵東坡近處諸缺散陣以待宋恃

即大軍兩京驛事時未的知云○十日甲午雨○

十一日乙未晴近日仁同之賊亂入義興官家閭閻

盡數焚蕩唐橋之賊不知 故屯賊謀匡則來報事府
伯率軍出向就宮○午右副將到陣向江亭中衛將
金允思亦至○十二日丙申晴設伏軍士就等捲兵
還戯三馘問其設伏節次則自七日至九日連日埋
伏斬殖甚衆小得其馘十日接伏咸昌遇唐橋賊焚
掠金谷里還陣時不意捵撃士就斬倭一級梁守斬一
級山海斬一級義石士同等各奪倭馬一匹孫億文
斬馘最多而中九郎死甚可惜即報巡察使○搜酒
領卒慰其飢渴○兵使自醴泉八府○十三日丁酉
晴備牛酒勞餉獻馘精兵等○十四日戊戌兩亞使

錄報上洛府院君金榮貴狀 ○啓
賊我國臣子所與不共戴天之讐也此非人臣不忍
爲者即欽啓 聞以斥和議人也○賫盡兵部裒黄
以闡明學術者示本國大臣領議政崔興源復書贈
州大將曰學陽明者也分明是禪學○大將向江亭
○安集使入府○左副將徃見安集使○十五日巳
亥晴大將自江亭還陣○十六日庚子晴○十七日
辛丑晴○十八日壬寅晴彦陽縣監馳報内官人委
遣釜山寺處探聞賊勢則本府人言内全羅道兵船
八到日本接戰之奇賊徒聞之發船三百餘復運向

對馬島云則沙兵之說的實無稽云〇巡察使獻馘
回送文曰斬將獻馘項背相望當為本道義兵之道
而士龍梁守等尤為可嘉蒸米三斗軍功公文并送
以示別賞之意云〇十九日癸卯晴〇二十日甲
辰晴巡察使入府〇二十一日乙巳晴都大將移檄
以鄉兵出陣義城益備仁同賊故也大將入府見兵
相及兩道都事相議移陣事皆曰京城之賊新敗於
天兵掃氣喩嶺當此之時鄉兵若移動則衝突之
賊如入無人夾以獻馘及出陣非便事士龍論功之
意論報巡察使缺二十五日己酉晴都事來見大將

大将入見府伯議兵事○二十六日晴大将以倭馬

賞給士龍梁守等事巡察使回報曰賞格公文成送

倭馬則依所報大刀則上使云云○兵馬使回送文

大縣山陽義兵半為賊窩餟剝掠無所不至士龍

因成陸賊殺掠人物雉捕倭冦人多受害不可不懲

云云○二十七日辛亥京城忠州之賊盡遁踰嶺於

唐橋德通等地連畓結陣霄下尙州之路大将令軍

中揀抄精兵将討踰嶺之賊○二十八日壬子晴大

将有期缺○二十九日癸丑晴榮川傳通午時到京

賊盡遁忠州亦空 天兵與諸将入京 先鋒缺忠州

○龍宮傳通内唐橋之賊二十八日畫下云本府

自募軍還言内 天兵先缺已到唐橋云○府伯出

龍宮○義兵設伏勸捕不爲不多而官軍無一升受

料缺軍勢不齊缺

五月一日甲寅晴李逸道斬倭頭一級獻巡察使○

二日乙卯晴巡察使入府大將就見之○大將遣伏

兵將金嗣權設伏於尚州松峴遇唐橋賊下去自林

菶中突出夾聲賊迷亂遁走有一賊帥窘縮退伏令

將士縛致即獻于巡察使使軍官善亂射撕殺殆盡

斬頭以藏之巡察使回送文四生僉正賊使我得以

甘心少攄憤憤之意无極 可謹各別論物議 間公

文随後成送云二〇三日丙辰晴巡察使出龍宮爲

支待 天兵也大將見巡察使極道昨日松

峴之捷日断絶賊兵踰嶺之路待 天兵合勢象使

復騎得返〇義興整齊將洪慶承斬賊二級來獻〇

四日丁巳晴巡察使在醴泉四送缺爲啓 閒賞熟

勞云〇五日戊午晴大將與諸將出缺宣傳官來言

京城之賊盡爲遁下 天兵與三道防禦使四月十

九日皆向京城忠州之賊殆盡踰嶺云大將即入云

府見巡察使曰聞唐將李提督等皆稱疾不追遁還

賊我國將士並皆戢把不得下手使　廟社大冠

全師而歸一國臣民之憤惋撫矣吾既料率義旅而

當以死報國期滅醜賊目今兵單勢弱成敗利鈍非

可逆覩不幸不能支吾力盡勢窮則有死而已斷不

偷生以苟活也因泣下沾襟〇六日己未兩將山義

兵馳報內倭賊克斥於機張東萊兩營蔚山等地殺

掠焚湯賊艇彌滿江口倍於平前亂初之時西生浦

萬戶被圍遏害云云〇七日庚申雲陰大將出陣鼓

即移檄列邑治兵進賊以下缺〇右當時書記所錄

五月領兵在密陽右檢閱缺〇

開晉陽受圍治兵至曺州　伏兵梢命領兵拔梁山

因桂
缺

此後則追賊南下至於慶州與李山輝合勢大

破雞林之賊而江左義將皆受府君節制時有

南下日記而失於亂中設伏龍臧時有西征

錄及別錄而並失之

六月十九日大將卒于慶州陳中年序　臨辛有持四百
社註六

月着戎鬲

公兄等自護兵其易黃少不緯調府屈還令

圍身先死恩親現獨歸臨幕下金

師散而歸　果軒錄

記籍而望失之柩今得調

存此計生全

上數條並家乘所載而見漏於日記中故追

附子此

향병일기(鄉兵日記) 影印

안동대학교 안동문화연구소 『안동문화』 4 영인본

족조 신두환(안동대학교 한문학과) 교수가 원소유주 김석준·김방식 씨에게
허락을 받아 이곳에 영인하게 되었는바, 세 분께 감사의 마음을 전한다.

여기서부터 영인본을 인쇄한 부분입니다. 이 부분부터 보시기 바랍니다.